Recuerdos de la medianoche

SIDNEY SHELDON

Recuerdos de la medianoche

Traducción de
Raquel Albornoz

CÍRCULO DE LECTORES

A Alexandra, con cariño.

No entonéis canciones a la luz del día,
porque el sol es enemigo de los amantes;
cantad, en cambio, a las sombras y las tinieblas
y a los recuerdos de la medianoche.

SAFO

PRÓLOGO

KOWLOON, MAYO DE 1949

–Debe parecer un accidente. ¿Podrá hacerlo?

Lo tomó como un insulto y sintió que crecía la furia en su interior. Esa clase de preguntas uno las hacía a un aficionado que encontraba por la calle, y tentado estuvo de responder irónicamente: *Sí, creo que puedo hacerlo. ¿Prefiere un accidente en el interior de alguna casa? Puedo hacer que ella ruede por una escalera y se rompa el cuello.* La bailarina de Marsella. *También podría emborracharse y terminar ahogada en la bañera.* La rica heredera de Gstaad. *Podría ser que ingiriera una sobredosis de heroína.* De esa forma había eliminado a tres. *O bien quedarse dormida en la cama con un cigarrillo encendido.* El detective sueco, en L'Hotel, de París. *¿O prefiere usted que ocurra al aire libre? Podría ser un accidente de tráfico o de avión, o también desaparecer en el mar.*

Pero nada de eso dijo, pues, a decir verdad, el hombre que tenía sentado ante sí le daba miedo. Había oído demasiadas historias aterradoras sobre él, y tenía motivos para creerlas.

Por eso, lo único que dijo fue:

–Sí, señor, puedo hacerlo. Nadie lo sabrá jamás. –Y en el momento en que pronunciaba tales palabras, pensó: *Él sabe que lo sabré yo.* Entonces, esperó.

Se hallaban en el primer piso de un edificio de la ciudad amurallada de Kowloon, construida en 1840 por un grupo de chinos para protegerse de los bárbaros británicos. Los muros fueron derribados en la Segunda Guerra Mundial, pero había otras barreras que contenían el acceso de extraños en esa zona: bandas de asesinos, drogadictos y violadores que merodeaban por la ratonera que eran aquellas calles angostas y sinuosas; aquellas escaleras oscuras que desembocaban en la penumbra total. A los turistas se les advertía que no debían acercarse, y ni siquiera la policía se aventuraba a pasar de la calle limítrofe Tung Tau Tsuen. Desde ese piso se alcanzaba a oír el rumor de la calle y el discorde sonido políglota de las diversas lenguas que hablaban los habitantes de la ciudad.

El hombre lo observaba con una mirada impasible, y por fin habló.

—Muy bien. El método elíjalo usted.

—Sí, señor. ¿La persona se halla aquí, en Kowloon?

—En Londres. Se llama Catherine Alexander.

Una limusina, seguida por un segundo coche en el que viajaban dos guardaespaldas armados, llevó al hombre a la Casa Azul, en la zona de Tsim Sha Tsui. Allí se atendía sólo a clientes especiales: jefes de estado, artistas de cine y directores de grandes empresas. La gerencia se enorgullecía de su discreción. Años atrás, una de las chicas que allí trabajaba le había hecho comentarios a un periodista sobre los clientes del establecimiento, y a la mañana siguiente la encontraron en el puerto de Aberdeen: le habían cortado la lengua. En la Casa Azul se podía comprar cualquier cosa: vírgenes, niños, lesbianas que se satisfacían sin el «tallo de jade» de los hombres, animales. Era el único sitio donde aún se practicaba el arte de Ishinpo, del siglo X. La Casa Azul era una cornucopia de placeres prohibidos.

En esta oportunidad el hombre preguntó por las mellizas, un par de bellezas de cuerpo increíble y sin la menor inhibición. Recordaba la última vez que había estado allí... el taburete sin asiento y las lenguas y los dedos suaves de las mellizas, la bañera llena de agua tibia y aromática que se derramaba sobre el suelo de cerámica, mientras las bocas calientes se apoderaban de su cuerpo. Entonces, sintió el comienzo de una erección.

—Ya llegamos, señor.

Tres horas más tarde, cuando acabó con ellas, satisfecho y feliz, ordenó que la limusina enfilara hacia la calle Mody, en la zona de Tsim Sha Tsui. Contempló por la ventanilla las luces brillantes de la ciudad que nunca dormía. Los chinos la llamaban *Gaulung* (nueve dragones), y él imaginó a esas bestias ocultas en las montañas que rodeaban la ciudad, listas para abatir y aniquilar a los débiles e incautos. Él no era ni lo uno ni lo otro.

Llegaron a la calle Mody.

El sacerdote taoísta que le aguardaba parecía una figura sacada de un antiguo pergamino. Vestía la clásica túnica oriental y tenía una larga barba blanca.

—*Jou sahn.*

—*Jou sahn.*

—*Gei do chin?*

—*Yat-Chihn.*

—*Jou.*

El sacerdote cerró los ojos, oró en silencio y comenzó a agitar el *chim*, la copa de madera llena de palillos de oración numerados. Cuando uno de aquellos palillos cayó, cesó el movimiento. En medio del silencio, el monje taoísta consultó una tabla y se dirigió al visitante en un inglés defectuoso.

—Los dioses dicen que pronto se librará usted de peligroso enemigo.

El hombre se sintió agradablemente sorprendido. Era demasiado inteligente como para no darse cuenta de que el antiguo arte del *chim* no era nada más que una superstición, pero precisamente porque era inteligente no podía dejar de hacerle caso. Además, había otro signo que presagiaba buena suerte. Ese día era su cumpleaños.

—Los dioses lo han ungido con buena *fung shui.*

—*Do jeh.*

—*Hou wah.*

Cinco minutos más tarde se hallaba en la limusina camino a Kai Tak, el aeropuerto de Kowloon, donde lo aguardaba su avión privado para llevarlo de regreso a Atenas.

I

JANINA (GRECIA), JULIO DE 1948

Todas las noches se despertaba gritando, siempre con la misma pesadilla. Estaba en un lago en medio de una tormenta infernal, y un hombre y una mujer le metían con fuerza la cabeza dentro del agua helada para ahogarla. Se despertaba aterrada, jadeante, empapada en sudor.

No sabía quién era ni recordaba nada del pasado. Hablaba inglés, pero no sabía cuál era su país de origen ni cómo había ido a parar a Grecia, al pequeño convento de carmelitas donde se alojaba.

Con el correr del tiempo, tuvo recuerdos a ráfagas, imágenes borrosas, efímeras, que desaparecían demasiado rápido como para que pudiera retenerlas y analizarlas. Esas imágenes aparecían en el momento más inesperado; la cogían desprevenida y la llenaban de confusión.

Al principio había hecho preguntas. Las monjas eran bondadosas y comprensivas, pero se trataba de una orden religiosa con voto de silencio, por lo cual la única persona que tenía permiso para hablar era la hermana Teresa, la anciana madre superiora.

—¿Sabe usted quién soy yo?

—No, mi niña —respondió la hermana Teresa.

—¿Cómo llegué hasta aquí?

—Al pie de estas montañas hay una aldea llamada Janina. El año pasado ibas navegando en un barquito por el lago, en un día de tormenta. El barco se hundió y, por la gracia de

Dios, dos de nuestras hermanas te vieron y te salvaron. Después te trajeron aquí.

—Pero... ¿de dónde venía yo?

—Lo siento, querida. No lo sé.

No podía quedarse satisfecha con esa explicación.

—¿Nadie preguntó por mí? ¿Ha tratado alguien de encontrarme?

La hermana Teresa hizo un ademán de negación.

—Nadie.

Sintió deseos de gritar, llena de frustración.

—Seguramente en los diarios debe de haber salido alguna noticia... sobre la desaparición.

—Como tú sabes, no se nos permite comunicarnos con el mundo exterior. Debemos aceptar la voluntad de Dios, hija, y darle gracias por todas sus bondades. Felizmente, estás con vida.

Más de eso no pudo averiguar. Al principio estuvo demasiado enferma como para preocuparse demasiado por su identidad, pero a medida que pasaron los meses fuè recuperando las energías.

Cuando se sintió fuerte para moverse, empezó a ocuparse del vistoso jardín que había en el predio del convento. Pasaba los días a la luz incandescente del sol que bañaba a Grecia en un brillo celestial, con los vientos suaves que transportaban el olor agudo de limones y viñedos.

El ambiente era de una gran serenidad, pero ella no podía encontrar la paz. *Estoy perdida,* pensaba, *y a nadie le importa. ¿Por qué? ¿Habré cometido algún acto censurable? ¿Quién soy? ¿Quién soy? ¿Quién soy?* Las imágenes se le presentaban espontáneamente. Una mañana se despertó con una visión en la que aparecía ella en una habitación, y un hombre desnudo que la desvestía. ¿Era un sueño o se trataba de algo que le había ocurrido en el pasado? ¿Quién era ese hombre? ¿Habría sido su marido? ¿Tenía marido? No llevaba alianza matrimonial. De hecho, no tenía ni una sola pertenencia, salvo el hábito de carmelita que la hermana Teresa le había dado, y un prendedor de oro en forma de pájaro, con los ojos de rubíes y las alas extendidas.

Era un ser anónimo, una extraña que vivía entre extrañas. No había nadie que la ayudara, ningún psiquiatra que le dijera que su mente había sufrido un trauma tan grave que la única forma de conservar la cordura había sido bloquear su mente para no recordar un pasado terrible.

Y las imágenes seguían acudiendo, cada vez más rápido. Era como si su mente de pronto se hubiese convertido en un gigantesco rompecabezas, y las piezas fueran colocándose poco a poco en su lugar. Pero las piezas en sí no tenían sentido. Tuvo una visión de un inmenso despacho lleno de hombres con uniforme militar. Daba la impresión de que estaban filmando una película. *¿Habré sido actriz?* No; ella parecía estar dirigiendo. *Pero ¿dirigiendo qué?*

Un soldado le entregó un ramo de flores. *Tendrás que pagarlas tú misma,* dijo él, entre risas.

Dos noches más tarde, soñó con ese mismo hombre. Ella lo estaba despidiendo en un aeropuerto, y se despertó llorando porque sufría al tener que separarse de él.

A partir de ese momento ya no tuvo paz. Ésos no eran meros sueños; eran fragmentos de su vida, del pasado. *Tengo que averiguar quién era, quién soy.*

E inesperadamente, en medio de la noche, un nombre afloró de su subconsciente. *Catherine. Mi nombre es Catherine Alexander.*

II

ATENAS (GRECIA)

El imperio de Constantin Demiris no podía situarse en los mapas, y sin embargo él gobernaba un feudo de mayores dimensiones y más poderoso que muchos países. Era uno de los dos o tres hombres más ricos del mundo, y con una influencia incalculable. Pese a no contar con título ni cargo oficial alguno, constantemente compraba y vendía primeros ministros, cardenales, embajadores y reyes. Los tentáculos de Demiris llegaban a todas partes y se entrelazaban en medio de la trama de decenas de naciones. Era un hombre carismático, con una mente brillante y de llamativo aspecto físico: estatura superior al término medio, pecho y hombros anchos. De tez morena, tenía un perfil griego y ojos oscuros. En conjunto, su rostro era el de un halcón, un ave depredadora. Cuando se lo proponía, podía llegar a ser muy simpático. Hablaba ocho idiomas y era un excelente conversador. Poseía una de las colecciones de obras de arte más importantes del mundo, una flota de aviones privados, una docena de apartamentos, chalés y residencias desparramados por todo el orbe. Era un experto en el tema de la belleza femenina, y las mujeres bellas le resultaban irresistibles. Se había hecho fama de amante insaciable, y sus aventuras amorosas eran tan pintorescas como las financieras.

Constantin Demiris se enorgullecía de ser patriota –en su residencia de Kolonaki y en Psara, su isla privada, flameaba siempre la bandera blanca y azul de Grecia–, pero no pagaba impuestos; no se sentía obligado a cumplir con las normas que acataban los hombres comunes. Por sus venas corría la sangre de los dioses.

Casi todas las personas que conocían a Demiris pretendían obtener algo de él: financiación para algún proyecto comercial, una donación para alguna obra de caridad o simplemente el poder que se obtenía con sólo ser amigo suyo. A Demiris le gustaba adivinar qué era lo que se proponía cada persona, ya que rara vez era lo que parecía ser. Su mente analítica tomaba con escepticismo la verdad visible en la superficie, y por consiguiente no creía en nada de lo que se le decía, como tampoco confiaba en nadie. Su lema era: «Mantén cerca a tus amigos; y a tus enemigos, más cerca aún». A los periodistas que investigaban su vida se les permitía ver sólo su simpatía y cordialidad, todo su encanto de hombre de mundo. No tenían ellos motivos para sospechar que, debajo de tan agradable fachada, Demiris era un asesino, un delincuente de los bajos fondos que apuntaba siempre a la yugular del enemigo.

No perdonaba ni olvidaba jamás un desprecio. Para los griegos de la antigüedad, la palabra *tekaeossini* –justicia– a menudo era sinónimo de *ekthekissis* –venganza–, y a Demiris le obsesionaban ambas. Recordaba hasta la última afrenta jamás sufrida, y los que tenían la desgracia de ser sus enemigos, padecían mil y una formas de venganza. Ellos jamás lo percibían, ya que la mente matemática de Demiris encaraba como un juego el hecho de tomarse la revancha, y con una enorme paciencia urdía complicadas trampas y tramas complejas en las que finalmente el enemigo resultaba destruido.

Disfrutaba de las horas que pasaba maquinando la caída de sus adversarios. Estudiaba detenidamente a la víctima, analizando su personalidad, y evaluaba sus puntos fuertes y los débiles.

Una noche, en una fiesta, Demiris oyó por casualidad que un productor cinematográfico se refería a él llamándolo «ese sucio griego». Demiris entonces esperó su oportunidad. Dos años más tarde, el productor contrató a una bellísima actriz de fama internacional como protagonista principal de una multimillonaria producción en la cual él invirtió su propio dinero. Demiris aguardó hasta que se hubo llegado a la mitad del rodaje y luego convenció a la actriz para que dejara la película y se fuera de viaje con él en yate.

–Será nuestra luna de miel –le prometió.

La muchacha tuvo la luna de miel, pero no la boda. Hubo que dar por terminada la filmación, y el productor quedó arruinado.

En el jueguecito de Demiris, había varios jugadores de quienes aún no se había desquitado, pero él no tenía prisa. Disfrutaba con la expectativa, la maquinación y la ejecución. En esos momentos ya no encontraba enemigos, puesto que ningún hombre podía darse el lujo de ser su enemigo, de modo que sus víctimas eran sólo las que se habían cruzado en su camino en tiempos pasados.

Pero el sentido de justicia de Constantin Demiris tenía dos caras. Así como nunca perdonaba una ofensa, tampoco olvidaba un favor. Un pobre pescador que lo había protegido de niño pasó a ser dueño de una flota pesquera. Una prostituta que le había dado de comer y lo había vestido de joven, cuando él no tenía dinero para pagarle, había recibido misteriosamente un edificio de apartamentos, y nunca supo quién era su benefactor.

Demiris era hijo de un estibador del Pireo. Como eran catorce hermanos, en su casa nunca había comida bastante en la mesa.

Desde muy pequeño demostró un talento natural para los negocios. Ganaba dinero realizando diversas tareas después de las horas de clase, y a los dieciséis años había ahorrado lo suficiente para poner un puesto de venta de comida en el puerto, con un socio de más edad. El negocio fue de perlas, pero el socio lo estafó y le hizo perder su cincuenta por ciento. Demiris tardó diez años en arruinarlo. El muchacho hervía de ambición. Por las noches se quedaba despierto y pensaba en la oscuridad. *Voy a ser rico. Voy a ser famoso. Algún día todos conocerán mi nombre.* Ése era el único arrullo que lograba hacerlo dormir. No sabía cuándo iba a suceder, pero sí que iba a suceder.

A los diecisiete, leyó un artículo sobre los pozos petrolíferos de Arabia Saudí, y tuvo la sensación de que de pronto se abriría ante sus ojos una puerta mágica de entrada al futuro.

Entonces fue a hablar con su padre.

–Me voy a Arabia Saudí, a trabajar en los yacimientos petrolíferos.

–*Too-sou!* ¿Qué sabes tú de yacimientos petrolíferos?

–Nada, padre, pero pienso aprender.

Un mes más tarde Constantin Demiris se hallaba ya en camino.

La Empresa Petrolera Transcontinental tenía por norma ofrecer a los empleados extranjeros un contrato de trabajo de dos años de duración, pero Demiris no vaciló. Pensaba quedarse en Arabia Saudí todo el tiempo que fuese necesario para amasar una fortuna. Se había imaginado una aventura en el maravilloso país de las mil y una noches, un país misterioso, lleno de mujeres exóticas y oro negro que surgía de la tierra. La realidad lo dejó anonadado.

Una mañana de verano llegó a Fadhili, un sórdido campamento enclavado en medio del desierto, y compuesto por un feo edificio de piedra rodeado de *barastis*, míseras chozas de paja. Allí trabajaban mil operarios de baja cualificación, en su mayor parte saudíes. Las mujeres que caminaban por aquellas polvorientas calles de tierra usaban tupidos velos.

Demiris entró en el edificio donde tenía su despacho el jefe de personal, J. J. McIntyre.

Éste levantó la mirada al verlo.

–De modo que a usted lo contrató la oficina central, ¿eh?

–Sí, señor.

–¿Tiene alguna experiencia de trabajo en yacimientos petrolíferos, hijo?

Por un momento Demiris estuvo tentado de mentirle.

–No, señor.

McIntyre sonrió.

–Le va a encantar este lugar. Está a millones de kilómetros de cualquier parte, la comida es mala, no hay mujeres que pueda tocar sin arriesgarse a que le corten las pelotas, y además no hay nada que hacer de noche. Pero el sueldo es bueno.

–He venido a aprender.

–¿Ah, sí? Entonces le diré lo que le conviene aprender en seguida. Está usted en un país musulmán, y eso significa que tiene prohibidas las bebidas alcohólicas. Al que pescan robando, le cortan la mano derecha. La segunda vez, la izquierda. La tercera vez, le cortan un pie. Si mata a alguien, lo decapitan.

–No tengo intenciones de matar a nadie.

–Espere –dijo McIntyre con fastidio–. No se olvide de que acaba de llegar.

El campamento era una torre de Babel, con personas provenientes de una decena de países distintos, hablando sus respectivos idiomas. Demiris tenía buen oído y mucha facilidad para aprender otras lenguas. Los hombres estaban allí para construir caminos en medio de un desierto inhóspito, levantar casas, realizar instalaciones eléctricas, establecer comunicaciones telefónicas, edificar talleres, organizar la provisión de agua y el sistema de cloacas, la atención médica y, según le parecía al joven Demiris, para llevar a cabo mil tareas más. Trabajaban con temperaturas superiores a los cuarenta grados, padecían el azote de las moscas, los mosquitos, el polvo, la fiebre y la disentería. Aun en el desierto había una escala social. En la parte más alta estaban los hombres cuya misión era localizar el petróleo, y abajo los obreros y también los empleados, a los que se conocía por el sobrenombre de «pantalones brillantes».

Casi todos los hombres que participaban en la perforación —los geólogos, agrimensores, ingenieros y químicos del petróleo— eran norteamericanos, puesto que la nueva perforadora rotatoria se había inventado en los Estados Unidos y por tanto los norteamericanos estaban más familiarizados con su uso. El joven Demiris se desvivía por trabar amistad con ellos.

Pasaba el mayor tiempo posible cerca de los perforadores, y nunca dejaba de hacerles preguntas. Almacenaba la información y la absorbía de la misma forma que la arena caliente absorbe el agua. El muchacho advirtió que se utilizaban dos métodos distintos de perforación.

Se acercó a uno de los operarios que trabajaban cerca de una gigantesca torre de cuarenta metros de alto, y preguntó:

—¿Por qué se usan dos formas diferentes de perforación?

El hombre se lo explicó.

—Para una se utilizan herramientas con cable; para la otra, un instrumento giratorio. Ahora nos estamos dedicando más a este último sistema, aunque los dos empiezan de la misma manera.

—¿Ah, sí?

—Sí. En los dos hay que construir una torre como ésta para

elevar el instrumental que luego se introduce en el pozo. —Contempló el rostro ansioso del muchacho—. ¿Sabes por qué a estas torres se las denomina *derricks*?

—No, señor.

—Ése era el apellido de un verdugo del siglo XVII.

—Entiendo.

—La perforación por el sistema de cables se remonta a aquella época. Hace cientos de años, los chinos perforaban pozos de agua de esa manera. Hacían un agujero en la tierra levantando y dejando caer una pesada herramienta cortante que colgaba de un cable. Pero hoy en día el ochenta y cinco por ciento de los pozos se cavan por el método giratorio. —Se volvió para reanudar su trabajo.

—Perdón, pero ¿cómo funciona el sistema giratorio?

El hombre se detuvo.

—Bueno, en vez de hacer un orificio golpeando la tierra, se la perfora. ¿Ves aquí? En la plataforma de la torre hay un plato con un mecanismo que lo hace girar. Ese plato sujeta y hace girar un tubo que va hacia abajo, y que en la punta lleva una barrena.

—Sencillo, ¿no?

—Es más complicado de lo que parece. Hay que sacar el material que se desprende al excavar, impedir que las paredes se derrumben y que entren agua y gas en el pozo.

—Con tanta perforación, ¿nunca se desafila la perforadora?

—Por supuesto. Entonces hay que sacar todo el aparato, ponerle una barrena nueva y volver a introducirlo en el pozo. ¿Piensas dedicarte a la perforación?

—No, señor. Pienso ser dueño de pozos petrolíferos.

—Felicitaciones. ¿Ahora puedo volver a mi trabajo?

Una mañana, Demiris vio que introducían una herramienta en el pozo, pero la máquina, en vez de cavar hacia abajo, cortaba pequeños pedazos circulares de las paredes del orificio, y sacaba rocas.

—Perdón. ¿Para qué hacen eso? —preguntó.

El operario se secó la frente.

—Esto se llama sondeo de las paredes laterales. Se extraen esas rocas para analizarlas y determinar si contienen petróleo.

—Comprendo.

Cuando las cosas salían bien, Demiris oía que los perforadores gritaban: «Voy a girar a la derecha». Eso significaba que estaban perforando un agujero. Notó que había decenas de hoyos diminutos por todo el campo, a veces de diámetro tan pequeño como cinco o seis centímetros.

—Perdón. ¿Para qué son ésos? —preguntó.

—Son pozos de ensayo. Sirven para saber qué hay debajo, y a la compañía le ahorran mucho tiempo y dinero.

—Entiendo.

Todo resultaba fascinante para el muchacho, y hacía infinitas preguntas.

—Perdón. ¿Cómo saben *dónde* hay que perforar?

—Los geólogos miden los estratos y estudian los cortes de los pozos. Después los perforadores...

Constantin Demiris trabajaba desde primeras horas de la mañana hasta el atardecer arrastrando aparejos por el desierto candente, limpiando el instrumental, conduciendo tractores por la zona donde se elevaban llamas de los picos rocosos. Las llamas ardían día y noche, llevándose los gases venenosos.

J. J. McIntyre había dicho la verdad. La comida era mala, las condiciones de vida espantosas, y de noche no había nada que hacer. Demiris tenía la sensación de que cada poro de su cuerpo estaba lleno de granos de arena. El desierto tenía vida, y no había forma de escapar de él. La arena se filtraba en la choza, se le metía en la ropa y en el cuerpo hasta transmitirle la sensación de que se estaba volviendo loco. Pero después la situación empeoró.

Llegó el *shamaal*. Durante un mes entero hubo tormentas de arena lo suficientemente intensas como para enloquecer a cualquiera.

Demiris miraba los remolinos de arena desde la puerta de su choza.

—¿Vamos a salir a trabajar con semejante vendaval?

—Por supuesto. Esto no es un balneario.

Otras dos personas llegaron al campamento: un geólogo inglés y su mujer. Henry Potter tenía algo menos de setenta años, y Sybil, su esposa, apenas poco más de treinta. En otro contexto, Sybil Potter habría sido una mujer obesa y fea, de voz desagradable. En Fadhili, era toda una belleza. Como su marido estaba siempre fuera, localizando sitios para nuevos pozos, ella se quedaba mucho tiempo sola.

El joven Demiris recibió la orden de ayudarla a instalarse en sus aposentos.

—Este es el sitio más espantoso que he visto en la vida —se quejó Sybil Potter con su voz chillona—. Henry siempre está arrastrándome a lugares horribles como éste. No sé cómo lo tolero.

—Su marido tiene muchas obligaciones.

La mujer observó al muchacho.

—Sí, pero no cumple con algunas de esas obligaciones... No sé si me entiendes.

Demiris la entendió perfectamente.

—No, señora —dijo, sin embargo.

—¿Cómo te llamas?

—Demiris, señora. Constantin Demiris.

—¿Cómo te llaman tus amigos?

—Costa.

—Bueno, Costa, creo que tú y yo vamos a hacernos muy amigos. Ciertamente no tenemos nada en común con todos esos extranjeros.

—Tengo que volver al trabajo —anunció el muchacho.

Durante las semanas siguientes, Sybil Potter encontraba pretexto a cada momento para mandarlo llamar.

—Henry ha vuelto a partir esta mañana. Se ha ido a hacer esas estúpidas perforaciones. —Y agregó, enojada—: Debería hacer más perforaciones en su casa.

Demiris nada respondió. El geólogo ocupaba un cargo muy alto en la empresa, y él no tenía la menor intención de liarse con la mujer de Potter y poner en peligro su empleo. No sabía muy bien cómo, pero tenía la convicción de que, de alguna manera, aquel trabajo sería su pasaporte para acceder a esa otra vida que soñaba. El petróleo era el futuro, y estaba decidido a desempeñar un papel preponderante en él.

Una noche, Sybil Potter lo mandó llamar. Demiris llegó hasta la casa donde ella vivía, y golpeó la puerta.

—Adelante. —Sybil tenía puesto un fino camisón, que lamentablemente no ocultaba nada.

—¿Quería verme, señora?

—Sí, pasa, Costa. Esta lámpara no funciona bien.

Demiris esquivó la mirada, se dirigió hacia la lámpara y la cogió para revisarla.

—No tiene bombilla... —En ese momento ella estrechó su cuerpo contra él, y sus manos comenzaron a recorrerlo.

—Señora...

Lo besó con pasión, al tiempo que lo empujaba hacia la cama. Y él ya no tuvo control sobre lo que sucedió después.

Se quitó la ropa y penetró a aquella mujer que gritaba de felicidad.

—¡Así, así! ¡Dios mío, cuánto tiempo hacía...! —Con un último estremecimiento, exclamó—: Mi vida, amor mío, te quiero.

El pánico se apoderó de Demiris. *¿Qué he hecho? Si Potter llega a enterarse, estoy acabado.*

Como si le hubiera leído los pensamientos, Sybil soltó una risita.

—Los dos guardaremos el secreto, ¿verdad, mi amor?

El secreto se prolongó durante varios meses. Demiris no tenía forma de evitar a la mujer, y como Potter estaba ausente varios días cada vez que salía a hacer alguna exploración, el muchacho no encontraba excusas para no acostarse con la mujer. Lo que empeoró las cosas fue que Sybil Potter se enamoró perdidamente de él.

—Eres demasiado bueno para trabajar en un lugar así, querido. Tú y yo nos volveremos a Inglaterra.

—Yo vivo en Grecia.

—Ya no. —Acarició el delgado cuerpo juvenil—. Vendrás conmigo. Voy a divorciarme de Henry y así podremos casarnos.

Demiris sintió un repentino sobresalto.

—Sybil... yo no tengo dinero...

Ella le besó en el pecho.

—Eso no es problema. Conozco una forma de hacerlo.

—¿Ah, sí?

—Anoche Henry me contó que acaba de descubrir un importante yacimiento petrolífero. Para esas cosas es muy competente. En fin, estaba muy entusiasmado. Redactó el informe antes de partir y me pidió que lo despachara con el correo de esta mañana. Pero lo tengo aquí. ¿Quieres verlo?

El corazón de Demiris comenzó a latir con fuerza.

—Sí... me encantaría. —La miró bajarse de la cama y dirigirse hacia una mesita vieja que había en un rincón. La mujer cogió un sobre marrón de grandes dimensiones y lo llevó de vuelta a la cama.

—Ábrelo —dijo.

Demiris vaciló apenas un instante. Abrió el sobre y sacó los papeles que había dentro; en total, cinco páginas. Las leyó rápidamente una vez; luego volvió al principio y fue leyendo detenidamente cada palabra.

—¿Vale algo esa información?

¿Vale algo esa información? Se trataba de un informe acerca de una nueva zona con posibilidades de convertirse en uno de los yacimientos petrolíferos más ricos de la historia.

Demiris tragó saliva.

—Sí... Podría ser...

—Bueno, ahí está —afirmó Sybil, feliz—. Ahora tenemos dinero.

—No es tan sencillo —sostuvo él, con un suspiro.

—¿Por qué?

Demiris lo explicó.

—Esto vale mucho para una persona que pueda comprar las opciones de las tierras que contienen el yacimiento. Pero para eso hace falta dinero. —Él tenía ahorrados trescientos dólares en el banco.

—Ah, por eso no te preocupes. Henry tiene de sobra. Te extenderé un cheque. ¿Te bastará con cinco mil dólares?

Constantin Demiris no podía creer lo que estaba oyendo.

—Sí... no... no sé qué decir.

—Es para nosotros, querido. Para nuestro futuro.

Él se incorporó en la cama, mientras pensaba a toda velocidad.

—Sybil, ¿puedes retener ese informe uno o dos días?

—Por supuesto. Lo retengo hasta el viernes. ¿Tendrás suficiente tiempo, querido?

Él asintió lentamente.

—Sí; eso me dará tiempo para moverme.

Con los cinco mil dólares que le dio Sybil –no, no es un regalo sino un préstamo, se dijo–, Constantin Demiris compró opciones sobre los terrenos que circundaban la zona potencialmente petrolífera. Meses más tarde, cuando comenzaron a aparecer los pozos surtidores en el campo principal, se convirtió instantáneamente en millonario.

Devolvió a Sybil Potter los cinco mil dólares, le envió un camisón nuevo y regresó a Grecia. Ella no volvió a verlo jamás.

III

Existe una teoría según la cual nada se pierde en la naturaleza: todo sonido jamás emitido, toda palabra pronunciada, perdura en algún lugar del tiempo y el espacio, y algún día puede ser vuelto a oír.

Antes de que se inventara la radio, dicen, ¿quién iba a creer que el aire que nos rodea pudiera transportar el sonido de la música y las voces desde todos los confines del mundo? Algún día podremos viajar en el tiempo y escuchar el discurso de Lincoln en Gettysburg, la voz de Shakespeare, el Sermón de la Montaña...

Catherine Alexander escuchaba voces de su pasado, pero le llegaban ahogadas, fragmentadas, y la llenaban de confusión...

... ¿Sabes que eres muy especial, Cathy? Lo supe desde el día en que te conocí...

... Esto se terminó. Estoy enamorado de otra mujer. Quiero el divorcio...

... Sé lo mal que me he portado contigo, y me gustaría compensarte...

... Trató de matarme.

¿Quién?

Mi marido...

Las voces no se detenían, no cesaban de atormentarla.

Su pasado se convirtió en un calidoscopio de imágenes que cruzaban, veloces, por su mente.

El convento podía haber sido un maravilloso remanso de paz, pero de repente se había transformado en una cárcel. *Mi lugar no está aquí. Pero, ¿cuál es mi lugar?* No tenía idea.

No había espejos en el convento, pero fuera, cerca del jardín, había un estanque donde podía verse reflejada. Catherine hasta ese momento lo había evitado por miedo a lo que pudiera ver. Pero esa mañana se dirigió hacia allí, lentamente se arrodilló, miró hacia abajo y vio la imagen de una mujer hermosa, de piel bronceada, pelo negro, facciones perfectas y unos ojos grises cargados de tristeza... aunque quizás eso último fuese una ilusión que producía el agua. Vio también una boca generosa que parecía dispuesta a sonreír, y una naricita respingona. En suma, una bella mujer de treinta y tantos años. Pero una mujer sin pasado y sin futuro. Una mujer perdida. *Necesito que alguien me ayude,* pensó, desesperada, *alguien con quien hablar.* Entonces fue al despacho de la superiora.

–Hermana...

–¿Sí, mi niña?

–Quisiera... consultar a un médico, alguien que me pueda ayudar a descubrir quién soy.

La hermana Teresa la observó un largo instante.

–Siéntate.

Catherine se sentó en la silla recta que había al otro lado del antiguo escritorio.

–Criatura –dijo la religiosa con voz pausada–, Dios es tu médico. A su debido tiempo te hará saber lo que Él desea que sepas. Además, no se permite el acceso de personas extrañas dentro de estos muros.

Un repentino recuerdo cruzó por la mente de Catherine... la imagen imprecisa de un hombre que le hablaba en el jardín de un convento y le entregaba algo... pero después se borró.

–Yo no tengo que estar aquí.

–¿Y dónde tienes que estar?

Casualmente ése era el problema.

–No estoy segura. Lo estoy buscando. Perdóneme, hermana, pero sé que mi lugar no está aquí.

La superiora la estudiaba con expresión pensativa.

–Entiendo. ¿Y adónde te irías si te marcharas de aquí?

–No sé.

–Déjamelo pensar un poco, hija, y después volveremos a hablar.

–Gracias, hermana.

Cuando Catherine se retiró de su despacho, la hermana Teresa permaneció sentada largo rato frente a su escritorio, con la mirada perdida. La decisión que debía tomar era difícil. Por último, cogió lápiz y papel y comenzó a escribir: «Estimado señor: Ha ocurrido algo que, en mi opinión, usted debe conocer. Nuestra común amiga me informa de que desea abandonar el convento. Indíqueme, por favor, qué debo hacer».

El hombre leyó la breve nota una vez; luego se apoyó contra el respaldo de su sillón, analizando las consecuencias de aquel mensaje.

¡De modo que Catherine Alexander quiere regresar de entre los muertos! Qué pena. Voy a tener que eliminarla. Con cuidado, con mucho cuidado.

El primer paso sería sacarla del convento. Demiris decidió entonces que debía ir a visitar a la hermana Teresa.

A la mañana siguiente, se hizo llevar por su chófer a Janina. Mientras viajaban por el campo, iba pensando en Catherine

Alexander. Recordó lo bonita que era cuando la conoció. Era una chica alegre, vivaz, y estaba feliz de encontrarse en Grecia. *Esa chica lo había tenido todo,* pensó. Pero después los dioses se vengaron. Catherine se casó con uno de los pilotos de Demiris, y el matrimonio fue un maldito infierno. Casi de la noche a la mañana ella envejeció diez años, engordó y se entregó a la bebida. Demiris lanzó un suspiro. *Qué desperdicio.*

Ya estaba sentado en el despacho de la hermana Teresa.

—Lamento haberle molestado por esto —se disculpó la religiosa—, pero la niña no tiene a dónde ir y...

—Usted hizo lo que correspondía —le aseguró Constantin Demiris—. ¿Recuerda ella algo de su pasado?

La superiora negó con la cabeza.

—No, la pobre... —Se encaminó a la ventana y desde allí observó a un grupo de monjas que trabajaban en el jardín—. Está ahí afuera —dijo.

Demiris se situó a su lado y miró también. Había tres religiosas que le daban la espalda. Cuando una de ellas se volvió y él pudo verle el rostro, tuvo que contener el aliento de la impresión. Estaba preciosa. ¿Dónde había quedado la mujer gorda y decrépita?

—Es la de en medio —dijo la hermana Teresa.

Demiris hizo un gesto de asentimiento.

—Sí.

—¿Qué quiere que haga con ella ahora, señor?

Él respondió con cautela.

—Déjemelo pensar, y cuando decida algo le avisaré.

Constantin Demiris tenía que tomar una decisión. El aspecto de Catherine Alexander lo había sorprendido. La mujer había cambiado de un modo radical. *Nadie diría que es la misma,* pensó. Y la idea que se le ocurrió fue tan diabólica, pero tan simple, que casi se rió en voz alta.

Esa noche envió una nota a la hermana Teresa.

Es un milagro, pensó Catherine. *Un sueño hecho realidad.* La hermana Teresa había ido a su celda después de los maitines.

—Tengo novedades para ti, pequeña.

—¿Sí?

La religiosa eligió cuidadosamente sus palabras.

—Buenas noticias. Escribí a un señor amigo de este convento, le conté tu caso, y él desea ayudarte.

Catherine sintió que el corazón le daba un vuelco.

—¿Ayudarme... cómo?

—Eso te lo dirá él. Se trata de un hombre muy bueno y generoso. Te marcharás del convento.

A Catherine se le erizó la piel al oír esas palabras. Saldría a un mundo extraño, que ni siquiera recordaba. ¿Y quién era su benefactor?

Lo único que le dijo la hermana Teresa fue:

—Es un hombre muy bondadoso. Debes sentirte agradecida. Mandará su coche a buscarte el lunes por la mañana.

Catherine no pudo dormir las dos noches siguientes. De pronto, la idea de salir del convento y aventurarse en el mundo la aterraba. Se sentía desnuda, perdida. *A lo mejor lo que me conviene es no saber quién soy. Dios mío, no me dejes sola.*

El lunes, la limusina llegó a las puertas del convento a las siete de la mañana. Catherine había pasado la noche en vela, pensando en ese futuro desconocido que la aguardaba.

La hermana Teresa la acompañó hasta el portón que comunicaba con el mundo exterior.

—Rezaremos por ti. Y si decides regresar, recuerda que siempre tendrás un lugar aquí.

—Gracias, hermana. Lo tendré presente.

Pero dentro de su corazón Catherine estaba segura de que nunca iba a regresar.

En el largo viaje de Janina a Atenas, Catherine se sintió invadida por sentimientos contradictorios. La emocionaba estar fuera del convento, y sin embargo el mundo exterior le resultaba en cierto modo siniestro. ¿Llegaría a saber qué le había sucedido en el pasado? ¿Tendría algo que ver con ese sueño recurrente en el que alguien trataba de ahogarla?

En las primeras horas de la tarde dejaron atrás el campo, pasaron por pequeñas aldeas próximas a Atenas y pronto se hallaron en el centro de la bulliciosa ciudad. A Catherine todo le resultaba extraño e irreal, pero, al mismo tiempo, curiosamente conocido. *Yo he estado antes aquí,* pensó, contenta.

El conductor giró al este, y quince minutos más tarde llegaron a una enorme residencia enclavada en una loma. Cruzaron una verja de hierro y una garita de vigilancia, recorrieron el largo camino de acceso flanqueado por cipreses majestuosos y se detuvieron frente a una inmensa mansión mediterránea rodeada por seis estatuas magníficas.

El chófer le abrió la portezuela y Catherine bajó. Un hombre la aguardaba a la entrada de la casa.

—*Kalimera.* La palabra, que significaba «buenos días», afloró instintivamente en los labios de Catherine.

—*Kalimera.*

—¿Es usted... la persona a la que vengo a ver?

—No, no. El señor Demiris la espera en la biblioteca.

Demiris, un apellido que jamás había oído. ¿Por qué tendría interés en ayudarla?

Catherine entró detrás del hombre a una habitación redonda, con un techo en forma de cúpula en el que destacaban los relieves de fina porcelana antigua. Los suelos eran de mármol italiano, de color claro.

Más allá había un inmenso salón, con vigas altas en el techo y cómodos sillones y sillas por doquier. Un enorme lienzo de Goya cubría una pared entera. Cuando llegaron a la biblioteca, el hombre se detuvo.

—El señor Demiris la espera dentro —anunció.

Las paredes de la biblioteca estaban revestidas de *boiserie* blanca y dorada, y en las estanterías se veían libros con tapas de cuero repujado en oro. El hombre que estaba sentado detrás del escritorio levantó la mirada al ver entrar a Catherine, y se puso de pie. Buscó algún signo de reconocimiento en el rostro femenino, pero no encontró ninguno.

—Bienvenida. Soy Constantin Demiris. ¿Cuál es tu nombre? —Procuró que la pregunta sonara natural. *¿Recordaría ella su propio nombre?*

—Catherine Alexander.

Él no manifestó reacción alguna.

—Bienvenida, Catherine. Toma asiento, por favor. —Se sentó frente a ella, en un sofá de cuero negro. Vista de cerca, era más bonita aún. Es *magnífica,* pensó. *Incluso vestida con este hábito negro. Qué pena tener que destruir algo tan hermoso,* se dijo. *Pero al menos morirá contenta.*

—Muy amable de su parte el recibirme... pero no entiendo por qué...

Demiris sonrió.

—Es muy sencillo. De vez en cuando le echo una mano a la hermana Teresa. El convento tiene muy poco dinero, y yo colaboro lo más posible. Cuando ella me escribió para preguntarme si podía ayudarla, le contesté que con gusto haría lo que estuviera a mi alcance.

—Es muy... —Catherine no sabía cómo seguir—. ¿Le dijo la hermana Teresa que... he perdido la memoria?

—Sí, algo me dijo sobre eso. —Luego le preguntó con naturalidad—: ¿Qué es lo que recuerdas?

—Sé mi nombre, pero no sé de dónde vengo ni quién soy. —Y agregó, esperanzada—: A lo mejor aquí en Atenas puedo encontrar a alguien que me conozca.

Constantin Demiris sintió una punzada de temor. Eso era lo último que quería.

—Es posible, desde luego —dijo—. ¿Por qué no seguimos hablando de ello por la mañana? Ahora lamentablemente tengo una reunión. Te he hecho preparar una habitación aquí mismo. Creo que estarás cómoda.

—Yo... sinceramente no sé cómo agradecérselo.

El hombre agitó una mano como restándole importancia.

—No tienes nada que agradecer. Aquí te cuidaremos. Siéntete como en tu casa.

—Gracias, señor...

—Los amigos me llaman Costa.

Un ama de llaves la llevó a un fantástico dormitorio, decorado en tonos beige y blanco. Había allí una inmensa cama con dosel, sofás y sillones blancos, mesas y lámparas antiguas, y cuadros impresionistas en las paredes. Las persianas, en tono verde agua, no dejaban pasar el resplandor del sol. Catherine vio por las ventanas el mar color turquesa a distancia.

—El señor Demiris —le explicó la mujer— ha ordenado que le enviaran aquí prendas de vestir para que usted elija las que más le gusten.

Por primera vez, Catherine tomó conciencia de que todavía llevaba puesto el hábito.

—Gracias. —Se sentó en la mullida cama y tuvo la sensación de estar viviendo un sueño. ¿Quién era ese extraño, y por qué se mostraba tan amable con ella?

Una hora más tarde llegó una furgoneta cargada con ropa, y una modista se dirigió al cuarto de Catherine.

–Soy la señora Dimas. A ver con qué tengo que trabajar. ¿Puede desvestirse, por favor?

–Perdón... ¿cómo dice?

–Que se desvista. No puedo darme cuenta de la figura que tiene debajo de todos esos trapos.

¿Cuánto hacía que no se desnudaba delante de otra persona?

Catherine comenzó a quitarse la ropa lentamente, algo cohibida. Cuando quedó desnuda, la señora Dimas la observó con ojos avezados y quedó impresionada.

–Tiene usted una hermosa figura. Creo que podremos vestirla muy bien.

Dos ayudantas entraron con cajas de vestidos, ropa interior, blusas, faldas, zapatos.

–Elija lo que le guste –dijo la modista–, y se lo probaremos.

–Yo... no puedo comprar nada de esto. No tengo dinero.

La costurera se rió.

–No creo que el dinero sea problema. El señor Demiris lo pagará todo.

Pero, ¿por qué?

Las telas le trajeron recuerdos táctiles de ropa que en algún momento seguramente había usado. Eran sedas, lanas y algodones, en una exquisita variedad de colores.

Como las tres mujeres eran rápidas y eficientes, dos horas más tarde Catherine ya tenía seis preciosos conjuntos. Abrumada por los acontecimientos, se quedó sentada allí, sin saber qué hacer.

Estoy vestida de punta en blanco, se dijo, *y no tengo a dónde ir.* Sin embargo, había un sitio adonde ir: a la ciudad. La clave de cualquier cosa que le hubiese sucedido se hallaba en Atenas;

de eso estaba convencida. Entonces se levantó. *Vamos, extraña. Trataremos de averiguar quién eres.*

Se encaminó al recibidor, y allí se le acercó el mayordomo.

—¿Necesita ayuda, señorita?

—Sí... Querría ir a la ciudad. ¿Podría llamarme un taxi?

—Seguramente no será necesario. Tenemos limusinas a su disposición. En seguida le consigo un chófer.

Catherine vaciló.

—Ah, gracias.

¿Se enojaría el señor Demiris si ella iba a la ciudad? Al menos no le había dicho que no debía hacerlo.

Unos minutos más tarde estaba sentada en el asiento trasero de una limusina Daimler, e iba camino de Atenas.

Quedó deslumbrada por la bulliciosa ciudad y la interminable sucesión de ruinas y monumentos que aparecían por doquier.

El conductor señaló hacia delante y dijo, orgulloso:

—Ése es el Partenón, señorita, en la cima de la Acrópolis.

Catherine miró el edificio de mármol blanco, que le resultaba conocido.

—Dedicado a Atenea, la diosa de la sabiduría —comentó ella, sorprendiéndose a sí misma.

El chófer sonrió complacido.

—¿Es usted estudiante de historia griega, señorita?

A Catherine se le empañaron los ojos de lágrimas.

—No sé —murmuró—. No lo sé.

En ese momento pasaban frente a otras ruinas.

—Ése es el teatro de Herodes Ático. Como verá, la estructura aún está en pie. En una época albergaba a más de cinco mil personas.

—Seis mil doscientas cincuenta y siete —pronunció Catherine, en tono quedo.

Modernos hoteles y edificios de oficinas asomaban entre las ruinas eternas, en una exótica fusión del pasado y el presente. La limusina pasó por un gran parque en el centro de la ciudad, con danzarinas fuentes en medio. Diseminadas por el parque había mesitas de colores y toldos azules.

Esto lo he visto antes, pensó, con la sensación de que se le enfriaban las manos. *Y entonces me sentía feliz.*

Había cafés al aire libre en casi todas las manzanas, y en las esquinas abundaban los vendedores de esponjas recién pescadas. Por todas partes se multiplicaban los puestos de flores.

La limusina llegó entonces a la plaza Syntagma.

Cuando pasaban frente a un hotel situado en una esquina, Catherine pidió:

—¡Pare, por favor!

El chófer estacionó junto a la acera. A Catherine le costaba respirar. *Reconozco este hotel porque estuve alojada aquí.*

Cuando habló, lo hizo con voz temblorosa.

—Quiero bajarme. ¿Podría venir a buscarme dentro de... dos horas?

—Desde luego, señorita. —El hombre se bajó en el acto para abrirle la portezuela y Catherine salió al cálido aire del estío. Sentía las rodillas flojas—. ¿Se siente bien, señorita? —Ella no pudo responder. Tenía la sensación de hallarse en el borde de un precipicio, a punto de caer en un abismo desconocido, aterrador.

Avanzó entre la muchedumbre, maravillada de ver tanta gente que caminaba presurosa por las calles, creando un gran bullicio con sus conversaciones. Después del silencio y la soledad del convento, todo le parecía irreal. Luego se encaminó hacia la Plaka, la parte vieja de Atenas en el corazón de la ciudad, con sus callejuelas sinuosas y sus escaleras decrépitas que llevaban a casas diminutas, cafeterías y ruinosos edificios blancos. Sabía el camino por algún misterioso instinto que no entendía ni trataba de dominar. Pasó frente a una taberna desde la cual se podía observar la ciudad, y se paró a mirar. *Yo he estado sentada a esa mesa. Me entregaron un menú escrito en griego. Éramos tres.*

¿Qué quieres comer?, le habían preguntado.

¿Por qué no pides tú por mí? Tengo miedo de pedir algo raro.

Todos se rieron. Pero ¿quiénes eran esos «todos»?

Un camarero se le acercó.

—*Bono Nah Sahss?*

—*Ochi Ehfkhahreesto.*

¿Necesita ayuda? No, gracias. ¿Cómo es que he sabido decir eso? ¿Acaso soy griega?

Siguió su camino presurosa, como si alguien fuera guiándola. Parecía saber con certeza adónde iba.

Todo le resultaba conocido. Y no conocía nada. *Dios mío,* pensó, *me estoy volviendo loca. Tengo alucinaciones.* Pasó delante de un café donde decía: «Treflinkas». Un recuerdo la perturbaba casi en el límite de lo consciente. Algo que le había pasado, una cosa importante. Pero no sabía qué era.

Recorrió las callecitas sinuosas, muy concurridas, y dobló a la izquierda en Voukourestiou, una zona donde abundaban las tiendas. *Yo solía venir aquí de compras.* Cuando iba a cruzar la calle, un coche azul rápidamente giró en la esquina y por poco la atropella.

Creyó recordar una voz que le decía: *Aquí todos conducen de esa manera. Los griegos todavía no han hecho la transición al automóvil. En el fondo de su corazón todavía montan en burro. Si quieres comprender plenamente a este pueblo, no leas las guías para turistas, lee las antiguas tragedias griegas. Nos inundan grandes pasiones, celos profundos y terribles padecimientos, y no hemos aprendido a disimular nada bajo un barniz de conducta civilizada.*

¿Quién se lo había dicho?

En ese momento, un hombre se acercaba presto en dirección a ella. Al verla, puso cara de reconocerla y aminoró la marcha. Era alto, de tez morena, y Catherine estaba segura de no haberle visto nunca. Sin embargo...

—Hola. —Parecía contento de encontrarla.

—Hola. —Catherine respiró hondo—. ¿Me conoces?

El hombre sonrió.

—Por supuesto que te conozco.

El corazón le dio un vuelco. Por fin iba a saber la verdad sobre su pasado. *Pero ¿cómo se hace para preguntarle a un desconocido «quién soy» en plena calle, rodeados de gente?*

—¿Podemos... hablar?

—Desde luego —repuso el hombre.

Estaba sumamente ansiosa. El misterio de su identidad iba a desvelarse. Sin embargo, sentía un miedo profundo. *¿Y si en el fondo no quiero saberlo? ¿Y si he cometido algún acto censurable?*

El hombre la conducía hacia un bar al aire libre.

—Estoy tan contento de haberte encontrado.

—Yo también. —Catherine tragó saliva.

Un camarero los acompañó hasta una mesa.

—¿Qué quieres beber?

Hizo un gesto de negación con la cabeza.

—Nada. —Había tantas preguntas que hacerle. *¿Por dónde empiezo?*

—Estás muy guapa. Esto es obra del destino, ¿no crees?

—Sí. —Casi temblaba de la emoción. Entonces, respiró hondo—. ¿Dónde... dónde nos conocimos?

El individuo sonrió.

—¿Acaso importa, *mounareemou*? En París, en Roma, en las carreras, en alguna fiesta. —Le cogió una mano—. Eres la más bella de las que he visto por aquí. ¿Cuánto cobras?

Catherine se quedó mirándolo, pues por un momento no lo entendió. Después, se levantó horrorizada.

—¡Eh! ¿Qué te pasa? Te pagaré lo que...

Dio media vuelta y salió disparada a la calle. Al llegar a la esquina aminoró el paso y giró, con los ojos llenos de lágrimas de humillación.

Vio enfrente una pequeña taberna con un letrero en la ventana que decía: «Madame Piris – Adivina». Se detuvo. *Yo conozco a madame Piris. He venido a este lugar.* El corazón comenzó a latirle con fuerza. Supo que allí, atravesando ese zaguán oscuro, se hallaba el comienzo del fin del misterio. Abrió la puerta y entró. Varios segundos tardó en adaptarse a la penumbra del recinto. Había un mostrador en un rincón, y una decena de mesas y sillas. Un camarero se le acercó y le habló en griego.

—*Kalimera.*

—*Kalimera. Pou Ine madame Piris?*

—*Madame Piris?*

El hombre le señaló una mesa vacía, en un rincón; Catherine fue hasta allí y tomó asiento. Todo estaba exactamente como lo recordaba.

Una mujer increíblemente vieja, vestida de negro, con el rostro desecado hasta formar sólo ángulos y planos, se acercó a la mesa.

—¿En qué puedo serv...? —Se interrumpió y escudriñó fijamente la cara de Catherine. Entonces abrió desmesuradamente los ojos—. Yo a usted la conocía, pero su cara... ¡Ha vuelto!

—¿Sabe quién soy?

La mujer observaba su semblante con expresión horrorizada.

—¡No! ¡Usted está muerta! ¡Váyase de aquí!

Catherine lanzó un tenue gemido y sintió que se le erizaba el pelo.

—Por favor, sólo...

—¡Váyase, señora Douglas!

—Tengo que saber...

La anciana se persignó, dio media vuelta y se retiró.

Catherine permaneció sentada un instante, temblorosa. Luego se marchó a la calle. *¡Señora Douglas!*

Fue como si se hubiera abierto una compuerta que dejó entrar decenas de imágenes de colores en su mente, una serie de brillantes calidoscopios que danzaban fuera de control. *Estoy casada con Larry Douglas.* Vio el rostro atractivo de su marido. Se había enamorado perdidamente de él, pero algo fue mal. Algo...

En la imagen siguiente aparecía ella intentando suicidarse, y luego despertaba en un hospital.

Catherine se había detenido en la calle, temerosa de que las piernas no la sostuvieran, mientras los recuerdos se agolpaban en su mente.

Había estado bebiendo en exceso por haber perdido a Larry. Pero después él volvió. Estaban sentados en el Café Treflinkas, y Larry decía: «Sé que me porté muy mal y quiero compensarte, Cathy. Te amo. Nunca he querido a nadie como a ti. Dame otra oportunidad. ¿No te gustaría que nos fuéramos de segunda luna de miel? Conozco un lugar precioso. Se llama Janina».

Después, empezó el horror.

Las imágenes que poblaban su mente eran aterradoras.

Estaba sentada en la cima de una montaña con Larry, perdidos en medio de una neblina gris. Él se le acercaba con los brazos extendidos, con la intención de empujarla al vacío.

En ese preciso instante llegaron unos turistas que la salvaron.

Después estuvo también el episodio de las cuevas.

Me contaron que hay unas cavernas por aquí cerca, donde suelen ir las parejas en luna de miel.

Fue así como fueron a las cuevas, y Larry la llevó hasta las entrañas de una de ellas y la dejó allí para que se muriera.

Se tapó las orejas como si con ese gesto pudiese borrar los pensamientos terribles que la atormentaban.

Había sido rescatada y llevada de vuelta al hotel, y un médico le dio un sedante. Pero a medianoche se despertó y oyó a Larry y su amante, que estaban en la cocina planeando su asesinato, pero el viento se llevaba algunas de sus palabras.

... nadie lo sabrá jamás...

Te dije que yo me encargaría de...

... estaba equivocado... No puedes hacer...

... ahora, mientras está dormida.

Recordaba que salió corriendo en medio de una tormenta espantosa, perseguida por ellos; luego subió a un bote y el viento lo empujó hasta el centro del lago. Cuando la embarcación estaba a punto de hundirse, perdió el conocimiento.

Se sentó en un banco de la calle, demasiado agotada para poder moverse. Así pues, las pesadillas habían ocurrido de verdad. El marido, junto con su amante, habían tratado de matarla. Volvió a pensar en el extraño que había ido a visitarla al convento poco después de su rescate. Le había regalado un bellísimo prendedor de oro en forma de pájaro, con las alas desplegadas. *Ahora nadie te hará daño. Los malvados ya han muerto.* Aún no recordaba nítidamente su rostro.

Comenzó a sentir punzadas en la cabeza. Por último, se levantó y caminó lentamente hacia la calle donde debía encontrarse con el chófer que la llevaría de regreso a casa de Constantin Demiris, donde podría descansar con tranquilidad.

IV

—¿Por qué le permitió salir de casa? —quiso saber Demiris.

—Perdóneme, señor —repuso el mayordomo—, pero como usted no me dijo que no la dejara salir...

Demiris trató de mostrarse sereno.

—Bueno, no es tan importante. Probablemente regresará en seguida.

—¿Algo más, señor?

—No.

Cuando el mayordomo se retiró, se puso a mirar por una ventana el impecable jardín. Era muy peligroso que Catherine Alexander anduviera por las calles de Atenas, donde alguien podía reconocerla. *Qué pena que no pueda permitirle vivir. Pero primero... mi venganza. Seguirá viva hasta que me haya vengado. Voy a divertirme con ella. La enviaré lejos de aquí, a algún lugar donde nadie la conozca. Londres puede ser un sitio seguro. Allí podremos vigilarla. Le daré un empleo en mis oficinas de Londres.*

Una hora más tarde, cuando Catherine regresó a la casa, Constantin Demiris percibió en el acto el cambio que se había operado en ella. Daba la impresión de que se hubiera descorrido una pesada cortina, y de repente ella hubiese cobrado vida. Tenía puesto un bonito traje de seda azul y una blusa blanca. A Demiris le llamó la atención lo mucho que había cambiado su aspecto. *Nostimi*, pensó. Atractiva.

—Señor Demiris...

—Costa.

—Sé quién soy... y también lo que pasó.

El rostro del hombre permaneció impasible.

—¿Ah, sí? Siéntate, querida, y cuéntamelo.

Estaba demasiado excitada para sentarse. Comenzó a pasearse sobre la alfombra, desgranando las palabras que acudían a su mente.

—Mi marido y su... amante, Noelle, trataron de asesinarme. —Se interrumpió y lo miró fijamente—. ¿Le parece una locura lo que digo? No sé... a lo mejor lo es.

—Prosigue, querida —dijo él, tratando de tranquilizarla.

—Unas monjas del convento me salvaron. Mi marido trabajaba para usted, ¿verdad?

Demiris vaciló un instante, mientras sopesaba su respuesta.

—Sí. —*¿Hasta dónde debía contarle?*—. Era uno de mis pilotos. Yo me sentí responsable por ti...

—Pero entonces sabe quién soy. ¿Por qué no me lo ha dicho esta mañana?

—Tenía miedo de que pudieras sufrir una conmoción. Por eso me pareció mejor dejar que fueras descubriendo tú sola las cosas.

—¿Sabe qué suerte corrieron mi marido y... esa mujer? ¿Dónde están?

Demiris la miró a los ojos.

—Fueron ejecutados.

Catherine se puso pálida. Emitió un pequeño sonido. De pronto sintió que perdía las fuerzas para mantenerse de pie y se hundió en un sillón.

—Yo no...

—Fueron ejecutados por las autoridades, Catherine.

—Pero... ¿por qué?

Cuidado. Peligro.

—Porque intentaron matarte.

Ella frunció el ceño.

—No entiendo. ¿Por qué tenían que ejecutarlos? Yo estoy viva...

—Catherine, las leyes griegas son muy estrictas, y aquí la justicia es muy rápida. Se celebró un juicio público. Varios testigos declararon que tu marido y Noelle Page habían tratado de asesinarte. Se los recluyó, y después fueron sentenciados a muerte.

—Me cuesta creerlo. —Estaba turbada—. El juicio...

Constantin Demiris se le acercó y apoyó una mano sobre su hombro.

—Tienes que olvidar el pasado. Ellos quisieron hacerte algo muy malo, y lo pagaron. —Trató de imprimir un tono más animado a su voz—. Creo que tú y yo deberíamos hablar de tu futuro. ¿Tienes algún plan?

No lo oía. *Larry*, pensó. *El bello rostro de Larry, sonriente. Sus brazos, su voz...*

—Catherine...

Levantó la mirada.

—Perdóneme —dijo.

—¿Has pensado algo para el futuro?

—No... No sé lo que voy a hacer. Supongo que podría quedarme en Atenas...

—No —se opuso firmemente Demiris—. No sería una buena idea porque te traería a la memoria muchos malos recuerdos. Yo te sugeriría que te fueras de Grecia.

—Pero no tengo otro sitio adonde ir.

—Yo lo he estado pensando... Tengo oficinas en Londres. En una época tú trabajaste con un tal señor William Fraser, en Washington. ¿Te acuerdas?

—¿William...? —De pronto le vino a la memoria. Había sido una de las épocas más felices de su vida.

—Eras su secretaria, creo.

—Sí...

—Podrías hacer el mismo trabajo para mí en Londres.

Titubeó.

–No sé. No quiero parecer desagradecida, pero...

–Comprendo. Sé que todo te da la impresión de estar ocurriendo demasiado rápido –dijo benévolamente Demiris–. Necesitas tiempo para reflexionar. ¿Por qué no cenas tranquila, en tu cuarto, y mañana seguimos hablando del tema?

El hecho de sugerirle que cenara en su cuarto había sido una inspiración de último momento. No podia permitirse el lujo de que su mujer se topara con ella.

–Es usted muy bueno y generoso. Esta ropa...

Demiris le dio una palmadita en la mano y se la estrechó un instante más de lo necesario.

–No tienes nada que agradecerme.

Sentada en su dormitorio, contempló el sol deslumbrante que se ponía sobre el azul Egeo, provocando una explosión de color. *No tiene sentido revivir el pasado. Tengo que pensar en el futuro. Gracias a Dios que existe Constantin Demiris. De no haber sido por él, no tendría ninguna otra persona a quien acudir. Y ahora le ofrecía un puesto en Londres. ¿Lo acepto o no?* Un golpecito en la puerta interrumpió sus pensamientos:

–Le traigo la cena, señorita.

Largo rato después de que Catherine se retirara, Demiris permanecía aún en la biblioteca pensando en la conversación. *Noelle.* En una sola oportunidad Demiris se había permitido perder el control sobre sus emociones. Se enamoró perdidamente de Noelle Page y la convirtió en su amante. Nunca había conocido a una mujer como ella. Sabía de arte, de música, de negocios, y se volvió indispensable. Nada de Noelle le sorprendía, y al propio tiempo toda ella le asombraba, le obsesionaba. Era la mujer más hermosa y sensual que había conocido jamás. Dejó su carrera de actriz para quedarse a su lado. Despertaba en él emociones nunca vividas hasta entonces. Era su amante, su confidente, su amiga. Demiris le entregó toda su confianza, y ella lo engañó con Larry Douglas, error que pagó con su vida. Constantin Demiris acordó con las autoridades que sus restos fueran sepultados en el cementerio de Psara, la isla privada que poseía en el Egeo. Todos comentaron lo hermoso y sentimental del gesto. De hecho, Demiris lo quiso así para disfrutar del placer de caminar por encima de la tumba de aquella fulana. En la mesa de noche de su dormitorio conservaba una foto preciosa de ella mirándole sonriente. Siempre sonriente, congelada en el tiempo.

Incluso ahora, transcurrido ya un año, Demiris no podía dejar de pensar en ella. Era una herida abierta que ningún médico podía curar.

¿Por qué, Noelle, por qué? Te lo di todo. Te amaba, mala puta. Te amaba. Te amo.

También estaba el asunto con Larry Douglas, quien tuvo que pagar con su vida. Pero eso no fue suficiente para Demiris. Tenía pensada otra venganza perfecta: iba a complacerse con la esposa de Douglas, tal como Douglas lo hiciera con Noelle. Después, enviaría a Catherine a reunirse con su marido.

–Costa...

Era la voz de su mujer Melina, que entró en la biblioteca.

Constantin Demiris estaba casado con Melina Lambrou, una bella mujer proveniente de una aristocrática familia griega. Era alta, elegante y de una dignidad innata.

–Costa, ¿quién es la mujer que he visto en el recibidor? –preguntó ella, con voz tensa.

La pregunta lo cogió desprevenido.

–¿Qué? Ah, sí. Es una amiga de un socio mío. Va a trabajar en mis oficinas de Londres.

–La he visto de pasada y me ha recordado a alguien.

–¿Ah, sí?

–Sí. –Titubeó–. Me recuerda a la esposa del piloto que trabajaba contigo, pero sé que es imposible porque la asesinaron.

–Sí. La mataron.

Cuando Melina se fue, la siguió con la mirada. Tendría que andarse con cuidado. Melina no era ninguna tonta. *Nunca debí casarme con ella, se dijo, fue un gran error...*

Diez años antes, la boda de Melina Lambrou y Constantin Demiris había conmocionado los círculos sociales y financieros desde Atenas hasta la Riviera y Newport. Lo que hizo más jugosa la noticia fue el hecho de que la novia, hasta un mes antes de casarse, había estado comprometida con otro hombre.

De niña, Melina Lambrou había dado muchos dolores de cabeza a su familia. A los diez años decidió que quería ser marinera. El chófer de la familia la encontró un día en el puerto, tratando de subir clandestinamente a un barco, y la llevó de vuelta a su casa. A los doce años intentó escaparse con la gente de un circo.

A los diecisiete, Melina ya se había resignado a su suerte: era bella, inmensamente rica e hija de Mihalis Lambrou. A los diarios les encantaba escribir sobre ella, un personaje de cuento de hadas que jugaba con príncipes y princesas, pese a lo cual, y por milagro, no se había vuelto consentida. Tenía un hermano, Spyros, que le llevaba diez años, y se adoraban mutuamente. Los padres habían muerto en un accidente marítimo cuando Melina tenía trece años, por lo que fue Spyros quien la crió.

El hermano la protegía (demasiado, en opinión de ella).

Investigaba a todos los aspirantes a la mano de Melina, pero ninguno le parecía lo suficientemente bueno.

—Debes tener cuidado —le advertía constantemente—, porque estás en la mira de todos los cazadores de fortunas del mundo. Eres joven, bonita y rica, y además llevas un apellido famoso.

—Bravo, querido hermano. Eso me servirá de inmenso alivio cuando tenga ochenta años y me muera solterona.

—No te preocupes, Melina. Ya aparecerá el hombre adecuado para ti.

Fue el conde Vassilis Manos, un hombre de más de cuarenta años, empresario afamado proveniente de una distinguida familia griega. El conde se enamoró locamente de la joven y bella Melina, y a las pocas semanas de haberla conocido le propuso matrimonio.

—Es perfecto para ti —se pronunció Spyros, feliz—. Tiene los pies puestos en la tierra, y lo has vuelto loco.

Melina no compartía su entusiasmo.

—No tiene ningún encanto, Spyros. Cuando estamos juntos, no habla más que de negocios y negocios. Me gustaría que fuera más... romántico.

—El matrimonio no se basa exclusivamente en el romanticismo —reaccionó el hermano—. Te hace falta un marido asentado, estable, alguien que se te entregue por entero.

Por fin convenció a Melina de que aceptara al conde. Manos estaba encantado.

—Me has hecho el hombre más feliz del mundo. Acabo de crear una nueva empresa, que se va a llamar Melina International.

Ella habría preferido una docena de rosas. Se fijó la fecha de la boda, se envió un millar de invitaciones y comenzaron a elaborarse complejos planes.

Fue entonces cuando Constantin Demiris entró en la vida de Melina Lambrou.

Se conocieron en una de las tantas fiestas de compromiso que se organizaron para la pareja.

La anfitriona los presentó.

–Ésta es Melina Lambrou. Constantin Demiris.

Demiris la contempló con sus ojos negros, pensativos.

–¿Cuánto tiempo te permitirán quedarte? –preguntó.

–Perdone, no le entiendo.

–No me cabe duda de que te han enviado de los cielos para enseñarnos a los mortales lo que es la belleza.

Melina se rió.

–Me halaga, señor Demiris.

–No lo tomes como un simple elogio. Cualquier cosa que yo diga no te haría justicia.

En ese momento se acercó el conde Manos e interrumpió la conversación.

Esa noche, antes de dormirse, Melina pensó en Demiris. Desde luego había oído hablar de él, un hombre rico, viudo, que tenía fama de empresario despiadado y de mujeriego compulsivo. *Me alegro de no tener nada que ver con él,* se dijo.

Los dioses sonrieron.

A la mañana siguiente, el mayordomo de Melina entró en el comedor.

–Ha llegado un paquete para usted, señorita. Lo entregó el chófer del señor Demiris.

–Tráigamelo, por favor.

Así que Constantin Demiris piensa que me va a impresionar con su fortuna. Bueno, se va a llevar una desilusión. Lo que me haya mandado... ya sea una alhaja costosa o alguna valiosa antiguedad... se lo devolveré en el acto.

El paquetito era rectangular y venía muy bien envuelto.

Curiosa, Melina lo abrió. La tarjeta decía, simplemente: «He pensado que esto te gustaría. Constantin».

Era una edición encuadernada en cuero de *Todo Raba,* por Nikos Kazantzakis, su autor preferido. *¿Cómo se ha enterado?*

Melina le escribió entonces una nota de agradecimiento, y pensó: *Bueno, esto se acabó.*

A la mañana siguiente le llegó otro paquete. En esta ocasión se trataba de una grabación de Delius, su compositor favorito. La tarjeta decía: «Quizá disfrutes escuchando esta música mientras lees *Todo Raba*».

A partir de entonces recibió obsequios todos los días. Las flores, el perfume, la música, los libros que más le gustaban. Constantin Demiris se había tomado el trabajo de averiguar sus preferencias, y ella no pudo menos que sentirse halagada.

Cuando le llamó por teléfono para agradecerle, él dijo:

—Nada de lo que yo pueda darte será nunca lo que te merezcas.

¿A cuántas mujeres le habría dicho lo mismo?

—¿Vendrás a comer conmigo, Melina?

Iba a contestarle que no, pero luego pensó: *¿Qué tiene de malo que acepte la invitación? Después de todo, se ha mostrado muy amable conmigo.*

—Bueno.

Cuando le contó que iba a almorzar con Constantin Demiris, el conde Manos se enojó.

—¿Por qué lo haces, querida? No tienes nada en común con ese hombre tan terrible. ¿Por qué vas a verlo?

—Vassilis, me ha estado enviando pequeños obsequios todos los días. Voy para decirle que no me mande nada más. Pero aún en el momento en que daba la excusa, pensó: *También se lo podría haber dicho por teléfono.*

Constantin Demiris había reservado una mesa en el popular y céntrico restaurante Flocas, de la calle Panepistimiou, y hacía un buen rato que estaba esperando a Melina cuando ésta se presentó casi de repente.

Se puso de pie.

–Has venido. Tenía miedo de que cambiaras de opinión.

–Siempre cumplo mi palabra.

Él la miró y añadió, con cierto aire solemne:

–Yo también cumplo la mía. Voy a casarme contigo.

Melina meneó la cabeza, en parte divertida pero también con algo de fastidio.

–Señor Demiris, estoy comprometida para casarme.

–¿Con Manos? –Hizo un ademán como restándole importancia a la idea–. No es hombre para ti.

–¿Ah, no? ¿Y por qué?

–Lo he hecho investigar. Hay casos de demencia en su familia. Además, es hemofílico, tiene antecedentes policiales por una denuncia de índole sexual contra él en Bruselas y juega muy mal al tenis.

No pudo contener la risa.

–¿Y usted?

–Yo no juego al tenis.

–Entiendo. ¿Y por eso debo casarme con usted?

–No. Te casarás conmigo porque te haré la mujer más feliz sobre la tierra.

–Señor Demiris...

Él le cogió una mano.

–Costa.

Melina retiró la mano.

–Señor Demiris, he venido hoy para pedirle que no siga mandándome regalos. No pienso volver a verle nunca más.

Él la observó un largo instante.

–Estoy seguro de que no eres cruel.

–Espero que no.

Demiris sonrió.

—Bien. Entonces no querrás partirme el corazón.

—Dudo que sea fácil partir su corazón, a juzgar por la fama que tiene.

—Ah, eso fue antes de conocerte. Hace mucho que vengo soñando contigo.

Melina soltó una carcajada.

—Lo digo en serio. Cuando era joven, leía cosas sobre la familia Lambrou. Tú eras rica y yo muy pobre. Vivíamos con lo justo. Mi padre era estibador y trabajaba en los muelles del Pireo. Tuve catorce hermanos, y teníamos que pelear por todo lo que queríamos.

Melina no pudo dejar de conmoverse.

—Pero ahora es rico —dijo.

—Sí, aunque no tanto como voy a serlo.

—¿Cómo se hizo rico?

—Gracias al hambre. Siempre tenía hambre, y sigo teniéndola.

Leyó en sus ojos que le estaba contando la verdad.

—¿Cómo... cómo empezó?

—¿De verdad quieres saberlo?

—Sí.

—Cuando tenía diecisiete años, me fui al Oriente Medio a trabajar en una pequeña compañía petrolífera. No me iba demasiado bien. Una noche salí a cenar con un geólogo joven que trabajaba en una compañía importante. Recuerdo que pedí un filete y él pidió una simple sopa. Cuando le pregunté por qué no comía carne, me contestó que porque le faltaban las muelas de atrás, y no tenía dinero para hacerse poner unas postizas. Entonces le di cincuenta dólares para que fuera al dentista. Un mes más tarde me llamó una noche y me contó que acababa de descubrir un yacimiento de petróleo y aún no se lo había comunicado a su jefe. Por la mañana, pedí prestado todo el dinero posible, y por la noche ya había comprado todas las opciones sobre los terrenos adyacentes al nuevo yacimiento, que resultó ser uno de los más grandes del mundo.

Melina escuchó fascinada hasta la última palabra.

–Ése fue el comienzo. Como necesitaba buques cisterna para transportar el petróleo, con el tiempo adquirí una flota. Después, una refinería, una línea aérea. –Se encogió de hombros–. Y después la cosa siguió.

Sólo mucho tiempo después de casados descubrió Melina que la historia del filete era pura invención.

Melina Lambrou no tenía intenciones de volver a ver a Demiris, pero por una serie de coincidencias cuidadosamente planeadas Demiris se las ingeniaba para aparecer en la misma fiesta, función teatral o reunión de beneficencia a las que acudía ella. Y en cada oportunidad, Melina sentía el poderoso magnetismo de su persona. Comparado con Demiris, Vassilis Manos –lamentaba reconocerlo, incluso ante sí misma– resultaba aburrido.

A ella le gustaban los pintores flamencos, y cuando salió a la venta *Cazadores en la nieve,* de Bruegel, antes de que pudiera adquirirlo, Constantin Demiris se lo había enviado de regalo.

Le fascinaba la forma misteriosa en que él conocía sus gustos.

–No puedo aceptarle un obsequio tan costoso.

–No, no es un obsequio. Tendrás que pagarlo: ven a cenar conmigo esta noche.

Finalmente, accedió. Ese hombre era irresistible.

Una semana más tarde rompió su compromiso con el conde Manos.

Cuando le contó la noticia a su hermano, éste quedó desconcertado.

–¿Por qué, si puede saberse? *¿Por qué?* –preguntó Spyros.

–Porque voy a casarme con Constantin Demiris.

El hermano se espantó.

–Te has vuelto loca. No puedes casarte con él. Es un monstruo. Te destruirá. Si...

–Lo estás juzgando mal, Spyros. Es maravilloso. Y estamos enamorados...

–Tú estás enamorada –le replicó él–. No sé qué es lo que busca, pero no tiene nada que ver con el amor. ¿Sabes la fama que tiene con las mujeres?

–Es cosa del pasado, Spyros. Voy a casarme igualmente.

Y el muchacho no pudo convencerla de que cambiara de idea.

Un mes más tarde, se celebró la boda de Melina Lambrou y Constantin Demiris.

Al principio parecía el matrimonio perfecto. Constantin era un compañero atento, divertido, un amante apasionado, y constantemente sorprendía a su mujer con regalos caros y viajes a exóticos lugares.

La primera noche de casados, dijo:

–Mi primera mujer nunca pudo darme hijos. Nosotros en cambio vamos a tener muchos varones.

–¿Ninguna hija? –bromeó Melina.

–Si quieres... Pero primero un varón.

El día en que ella se enteró de que estaba embarazada, Demiris quedó encantado.

–Mi hijo se hará cargo de mi imperio –declaró, feliz.

En el tercer mes de embarazo, Melina perdió a la criatura. En ese momento Constantin no se encontraba en el país, y cuando regresó, reaccionó como un loco.

–¿Qué hiciste? –le recriminó–. ¿Cómo pudo ocurrir?

–Costa, yo...

–¡No tuviste cuidado!

–Sí, te lo juro...

Él respiró hondo.

—De acuerdo. Lo hecho, hecho está. Tendremos otro hijo.

—Yo... no puedo. —No se atrevía a mirarlo a los ojos.

—¿Qué dices?

—Tuvieron que hacerme una operación... y no puedo tener más hijos.

Demiris quedó petrificado unos instantes. Luego giró sobre sus talones y se marchó sin decir una palabra.

A partir de ese momento, la vida de Melina se convirtió en un infierno. Con su comportamiento, Constantin demostraba que, para él, su esposa había matado deliberadamente al hijo. No la tomaba en cuenta para nada, y comenzó a salir con otras mujeres.

Eso Melina podría haberlo tolerado, pero lo que más la humillaba era el placer con que él exhibía en público sus asuntos amorosos. Tenía aventuras con conocidas estrellas de cine, cantantes de ópera y hasta con las mujeres de ciertos amigos. Llevaba a sus amantes a Psara, su isla privada; las invitaba a realizar cruceros en su yate y a actos sociales. La prensa se deleitaba relatando las escapadas sentimentales de Constantin Demiris.

Estaban cenando en casa de un conocido banquero.

—Tienes que venir con Melina —había dicho el banquero—. Tengo un nuevo cocinero oriental que prepara la más exquisita comida china.

En la lista de invitados figuraban sólo personas de renombre. Así, se reunió alrededor de la mesa una fascinante colección de pintores, políticos e industriales. La comida, por cierto, fue excelente. El cocinero había preparado sopa de aleta de tiburón, pastel de camarones, cerdo *mui shu*, pato de Pekín, fideos orientales y decenas de platos más.

Melina estaba sentada a la cabecera de la mesa, al lado del anfitrión, y su marido en el otro extremo, junto a una joven actriz de cine. Demiris le brindaba a esa muchacha toda su atención, sin reparar en las demás personas. Melina alcanzaba a oír trozos de su conversación.

—Cuando termines la película, tienes que venir a navegar en mi yate. Será un maravilloso descanso para ti. Recorreremos la costa dálmata...

Trató de no escuchar, pero era imposible pues Demiris no hacía el menor esfuerzo por bajar la voz.

—No conoces Psara, ¿verdad? Es una isla preciosa, totalmente solitaria. Te va a gustar. —Melina quería esconderse debajo de la mesa, pero aún no había llegado lo peor.

Acababan de comer costillas de cerdo, y los camareros traían a la mesa pequeños cuencos para enjuagarse los dedos.

Cuando colocaron uno delante de la actriz de cine, Demiris dijo:

—No vas a necesitar esto. —Acto seguido, muy sonriente le tomó una mano y lentamente comenzó a lamerle los dedos, uno por uno, para quitarle los restos de salsa. Los demás invitados desviaron la mirada.

Melina se puso de pie y se disculpó ante el anfitrión.

—Perdóneme, pero me duele la cabeza.

Todos la vieron salir apresuradamente de la habitación.

Demiris no volvió a su casa esa noche ni la siguiente.

Cuando Spyros se enteró del incidente, se quedó lívido.

—Dame tu autorización —dijo, indignado—, y ahora mismo mato a ese hijo de puta.

—Él no puede evitarlo —lo defendió Melina—. Es su carácter.

—¿Su carácter? ¡Es un animal! Habría que recluirlo. ¿Por qué no te divorcias de él?

Esa misma pregunta se la había formulado ella a menudo en la quietud de las largas noches que pasaba sola. Y siempre llegaba a la misma conclusión: *Porque lo amo.*

A las cinco y media de la madrugada, una mujer del servicio fue a despertar a Catherine.

—Buenos días, señorita...

Catherine abrió los ojos y miró en derredor, desorientada. En vez de hallarse en la minúscula celda del convento, se encontraba en un hermoso dormitorio de... De pronto le vinieron los recuerdos. *El viaje a Atenas... Eres Catherine Douglas... Ellos fueron ejecutados...*

—Señorita...

—¿Sí?

—El señor Demiris desea que se reúna a desayunar con él en la terraza.

Catherine la miró, adormilada. Había permanecido despierta hasta las cuatro de la mañana debido a los pensamientos que daban vueltas por su cabeza.

—Gracias. Dígale al señor que en seguida estoy con él.

Veinte minutos más tarde, el mayordomo la acompañó hasta una enorme terraza que daba al mar. Un muro de piedra no muy alto rodeaba la terraza, y desde aquel lugar se veían los jardines, unos seis metros más abajo. Constantin Demiris se hallaba sentado a una mesa, esperando. Observó a Catherine mientras se acercaba a él. La muchacha poseía un aire de inocencia muy atrayente. Él iba a apoderarse de ese aspecto tan bello, iba a poseerlo, a hacerlo suyo. La imaginó desnuda en la cama, ayudándolo a castigar una vez más a Noelle y a Larry.

—Buenos días. Perdona que te haya despertado tan temprano, pero dentro de unos minutos salgo para la oficina y quería que habláramos antes.

—Sí, por supuesto.

Catherine tomó asiento en la larga mesa de mármol, frente a él, de cara al mar. El sol estaba despuntando, rociando el agua con miles de reflejos.

—¿Qué quieres desayunar?

—No tengo hambre.

—¿Café, tal vez?

—Gracias.

El mayordomo le sirvió café en una taza de porcelana.

—Bueno, Catherine. ¿Has pensado en algo de lo que hablamos?

No había pensado en otra cosa en toda la noche. No le quedaba nada por hacer en Atenas, y tampoco tenía otro lugar adonde ir. *No voy a regresar al convento,* juró mentalmente. La propuesta de trabajar en Londres para Constantin Demiris le pareció tentadora. *De hecho,* tuvo que reconocer, *me entusiasma. Podría ser el inicio de una vida nueva.*

—Sí, he pensado en ello.

—¿Y?

—Creo... que me gustaría probar.

Demiris logró ocultar su sensación de alivio.

—Me alegro. ¿Has estado en Londres?

—No. Es decir... creo que no. *¿Por qué no estoy segura?* Aún tenía tantas lagunas en la memoria. *¿Cuántas cosas más voy a tener?*

—Es una de las pocas ciudades civilizadas que quedan en este mundo. Pienso que te va a gustar mucho.

Vaciló.

—Señor Demiris, ¿por qué se toma tantas molestias conmigo?

—Digamos que porque siento cierta responsabilldad. —Hizo una pausa—. Yo le presenté a Noelle Page a tu marido.

—Ah. —*Noelle Page.* La sola mención de aquel nombre le dio escalofríos. Ambos habían muerto, el uno por el otro. *Larry debía de quererla mucho.*

Luego hizo un esfuerzo y formuló la preguntá que la había estado atormentando la noche entera.

—¿Cómo... cómo los ejecutaron?

Se produjo una breve pausa.

—Con un pelotón de fusilamiento.

—Ah. —Le pareció sentir las balas que perforaban la carne de Larry, que desgarraban el cuerpo del hombre al que tanto había amado. Entonces lamentó haberlo preguntado.

—Déjame darte un consejo: no pienses en el pasado porque sólo puede ocasionarte dolor. Debes dejarlo todo atrás.

—Tiene razón —aceptó, en tono quedo—. Trataré de no pensar.

—Bien. Casualmente uno de mis aviones volará esta mañana hacia Londres. ¿Puedes prepararte para partir dentro de un rato?

Pensó en todos los viajes que había hecho con Larry, en el entusiasmo de los preparativos, en cómo le gustaba hacer las maletas.

Esta vez no iría con nadie, tendría muy poco que preparar, y nada para lo cual prepararse.

—Sí, por supuesto.

—Excelente. A propósito —dijo Demiris sin dejar traslucir nada especial en su tono de voz—, ahora que has recobrado la memoria, quizás haya alguna persona de tu pasado a la que quieras hacerle saber que estás bien.

El nombre que le vino de inmediato a la mente fue el de Bill Fraser, la única persona del mundo que aún quedaba del pasado. Sin embargo, sabía que todavía no estaba en condiciones de encontrarse con él. *Cuando ya esté instalada,* pensó, *cuando haya empezado a trabajar, entonces me pondré en contacto con él.*

Constantin Demiris estudiaba su rostro, aguardando una respuesta.

—No —dijo por fin—. No hay nadie.

Desde luego, no supo que acababa de salvarle la vida a William Fraser.

—Yo te conseguiré un pasaporte. —Le entregó un sobre—. Aquí tienes un adelanto del sueldo. No tendrás que preocuparte en buscar un lugar donde vivir porque la compañía posee un apartamento en Londres, que puedes ocupar.

Se sintió abrumada.

–Es demasiado generoso.

Demiris le cogió una mano.

–Ya verás que puedo... –A mitad de frase cambió lo que iba a decir. *Trátala con cuidado,* pensó. *No te apresures, no sea cosa que se espante*–. ...que puedo llegar a ser un buen amigo.

–Ya *es* un buen amigo.

Demiris sonrió. *Espera y verás.*

Dos horas más tarde Demiris la ayudó a subir al Rolls Royce que habría de llevarla al aeropuerto.

–Disfruta de Londres –dijo–. Ya tendrás noticias mías.

Cinco minutos después de marcharse el coche, Demiris estaba hablando por teléfono con Londres.

–Ya va en camino –anunció.

V

El avión debía despegar del aeropuerto de Hellienikon a las 9 de la mañana. Era un Hawker Siddeley, y Catherine advirtió con sorpresa que la única pasajera era ella. El piloto, un griego de mediana edad y rostro afable, comprobó que estuviera cómodamente sentada y se hubiese abrochado el cinturón.

–Vamos a despegar dentro de unos minutos.

–Gracias.

Lo vio dirigirse a la cabina, donde se hallaba el copiloto, y el corazón comenzó a latirle con fuerza. *Éste es el avión que pilotaba Larry. ¿Noelle Page se habría sentado en este mismo asiento?* De pronto tuvo la sensación de que iba a desmayarse, de que las paredes la aprisionaban. Cerró los ojos y respiró hondo. *Eso se terminó*, se dijo. *Demiris tiene razón. No puedo hacer nada para cambiar el pasado.*

Oyó el rugir de los motores y abrió los ojos. La nave levantaba el vuelo rumbo al noroeste, hacia Londres. *¿Cuántas veces había hecho Larry el mismo vuelo? Larry...* Se estremeció por la mezcla de emociones que despertaba en ella ese nombre. Y los recuerdos. Los recuerdos maravillosos, terribles...

Corría el verano de 1940, el año previo a la intervención de los Estados Unidos en la guerra. Ella acababa de salir de la Northwestern University y viajó de Chicago a Washington en busca de su primer trabajo.

Una compañera le había contado:

–Se ofrece un puesto de secretaria en el Departamento de Estado, para la oficina de William Fraser. Es un personaje importante, que dirige todo lo vinculado con las relaciones públicas. Yo me enteré anoche. Si vas ahora mismo, puedes ganarles a las demás.

Catherine salió corriendo, pero lamentablemente la sala de espera de Fraser estaba colmada de aspirantes al cargo de secretaria. *No tengo ni la menor posibilidad,* se dijo. En ese momento se abrió la puerta que comunicaba con el despacho y salió William Fraser, un rubio alto, bien parecido, con canas en las sienes, ojos de un azul intenso y una mandíbula imponente.

–Necesito un ejemplar de *Life* –le indicó a la recepcionista–. El número que salió hace tres o cuatro semanas, que trae la foto de Stalin en la portada.

–En seguida se lo pido, señor.

–Sally, tengo al senador Borah en la línea y quiero leerle un artículo que se publicó en ese número. Le doy dos minutos para que me lo consiga. –Volvió a entrar en su despacho y cerró la puerta.

Las aspirantes a secretarias se miraron unas a otras y se encogieron de hombros.

Catherine trató de pensar inteligentemente. Dio media vuelta y se abrió paso para retirarse de la oficina. Al salir, oyó que una de las jóvenes comentaba: «Genial. Una menos».

Tres minutos más tarde regresó con el ejemplar de *Life* que tenía la foto de Stalin en la portada, y se lo entregó a la recepcionista. Diez minutos después, estaba sentada en el despacho de Bill Fraser.

–Me dice Sally que eres la joven que ha traído la revista.

–Sí, señor.

—Supongo que no tendrías por casualidad una revista vieja en el bolso.

—No, señor.

—¿Cómo la has encontrado tan rápido?

—He ido hasta la peluquería más próxima. En las peluquerías y los consultorios de dentistas siempre hay revistas viejas.

—¿Eres tan inteligente para todo?

—No, señor.

—Eso lo vamos a averiguar. Quedas contratada —le dijo Fraser.

Le entusiasmaba trabajar para Fraser. Su jefe era soltero, rico y sociable, y parecía que conocía a todo el mundo en Washington. La revista *Time* lo había nombrado «el soltero más codiciado del año».

Seis meses después de que empezó a trabajar allí, Fraser y Catherine se enamoraron.

En el dormitorio de él, Catherine dijo:

—Tengo que advertirte una cosa: soy virgen.

Fraser meneó la cabeza, azorado.

—Increíble. ¿Cómo he venido a caer con la única mujer virgen de toda Washington?

Un día, Fraser le dijo:

—Me han pedido que nuestra oficina supervise una película para promover el reclutamiento de muchachos en el ejército. Se está filmando en los estudios de la MGM, en Hollywood, y quiero que te ocupes tú de eso mientras dure mi estancia en Londres.

—¿Yo? Bill, ni siquiera soy capaz de poner la película en una cámara automática. ¿Qué sé yo de cine?

Fraser sonrió.

–Más o menos lo mismo que los demás. No te preocupes, porque hay un director. Se llama Alan Benjamin. El ejército piensa utilizar actores en el filme.

–¿Ah, sí? ¿Por qué?

–Seguramente pensarán que los soldados no son demasiado convincentes como soldados.

–Típico del ejército.

Fue así como Catherine viajó a Hollywood para supervisar el rodaje de la película.

El escenario estaba repleto de extras, la mayoría de ellos vestidos con uniformes que les quedaban mal.

–Disculpe –se dirigió Catherine a un hombre que pasaba–, ¿está por aquí el señor Alan Benjamin?

–¿El cabo bajito? –Señaló–: Anda por allí.

Catherine se volvió y vio a un hombre menudo, de aspecto frágil, con un uniforme que no era de su tamaño e insignias de cabo, que le estaba gritando a uno con estrellas de general.

–No me interesa lo que diga el director de reparto. Ya estoy harto de los generales. Quiero suboficiales. –Levantó las manos en un gesto de impotencia–. Aquí todos quieren ser caciques, pero ninguno indio.

–Perdón, soy Catherine Alexander.

–¡Gracias a Dios! Ahora se hace cargo usted. Sinceramente no sé lo que estoy haciendo aquí. Tenía un puesto muy bien retribuido en Dearborn como director de una revista del gremio de fabricantes de muebles. Apenas me reclutaron me mandaron a escribir guiones para películas de propaganda militar. ¿Y qué sé yo del trabajo de productor o director? Se lo cedo; es todo suyo. –Dio media vuelta y enfiló hacia la salida, dejando a Catherine allí.

Un hombre delgado y canoso, con jersey de cuello alto, se le acercó con una sonrisa en los labios.

—¿Necesita ayuda?

—Necesito un milagro. Quedo a cargo de todo esto, y ni siquiera sé lo que hay que hacer.

El hombre le sonrió.

—Bienvenida a Hollywood. Soy Tom O'Brien, ayudante de dirección.

—¿Cree usted que podría dirigir esto?

Vio que el hombre dibujaba una mueca en la comisura de los labios.

—Podría intentarlo. He hecho seis películas con Willy Wyler. La situación no es tan lamentable como parece. Lo único que hace falta es un poco de organización. El guión está escrito, y el decorado está listo.

Catherine miró a su alrededor.

—Algunos de esos uniformes son espantosos. Veamos si podemos mejorarlos.

O'Brien asintió.

—De acuerdo.

Catherine y O'Brien se encaminaron hacia el grupo de extras. El rumor de la conversación en el inmenso escenario era ensordecedor.

—A ver si bajan el volumen; muchachos —gritó O'Brien—. Ésta es la señorita Alexander, que va a quedar al frente del proyecto.

—Pónganse en fila, por favor, así puedo verlos bien —pidió Catherine.

O'Brien hizo formar a los hombres. Catherine oyó risas y voces en un sector, y se volvió, enojada. Uno de los hombres uniformados estaba en un rincón, sin prestar atención y conversando con un grupo de chicas que lo escuchaban embelesadas. Los modales del sujeto la fastidiaron sobremanera.

—Disculpe. ¿Por qué no se integra al grupo?

Él se dio la vuelta y dijo:

—¿A mí me habla?

—Sí. Queremos empezar a trabajar.

Era extraordinariamente apuesto, alto, delgado, de pelo negro y ojos oscuros de mirada intensa. El uniforme le quedaba a la perfección. En el hombro llevaba galones de capitán y en el pecho se había colocado varias cintas de colores, que Catherine observó con desconfianza.

—Esas medallas...

—Impresionan, ¿verdad, jefa? —El individuo habló con voz grave y tono insolente.

—Quíteselas.

—¿Por qué? Pensé que querían darle a la película un poco de color.

—Usted se olvida de un pequeño detalle: que los Estados Unidos aún no han entrado en guerra. Esas condecoraciones seguramente se las ganó en alguna fiesta de carnaval.

—Tiene razón —reconoció él, con humildad—. No había pensado en eso. Me quitaré algunas.

—Quíteselas *todas* —le espetó Catherine.

Al terminar el rodaje de la mañana, cuando Catherine estaba almorzando, él se acercó a su mesa.

—Hola. ¿Qué tal me he portado esta mañana? ¿He estado convincente?

Sus modales la pusieron furiosa.

—Se ve que le gusta andar de uniforme y pavonearse con esas medallas. ¿No se le ha ocurrido que podría alistarse?

—El puso cara de espanto.

—¿Y arriesgarme a que me maten en combate? Eso es para los tontos.

Catherine estaba a punto de estallar.

—Es usted un ser despreciable.

—¿Por qué?

—Si no sabe por qué, jamás podría explicárselo.

—¿Por qué no lo intenta? Esta noche, cenando conmigo... en su casa. ¿Sabe cocinar?

—No se moleste en volver al plató. Se le enviará un cheque abonándole la mañana de trabajo. ¿Cómo se llama?

—Larry Douglas.

La experiencia con ese joven actor, tan pedante, la indignó, pero resolvió no pensar más en él. Sin embargo, por alguna razón desconocida le resultó difícil olvidarlo.

Cuando regresó a Washington, William Fraser le dijo:

—Te he echado de menos, Catherine. He estado pensando mucho en nosotros. ¿Me quieres?

—Mucho, Bill.

—Yo también a ti. ¿Por qué no salimos esta noche a celebrarlo?

Supo, entonces, que esa noche le propondría matrimonio. Fueron al distinguido Jefferson Club. En medio de la cena, apareció Larry Douglas vestido aún de uniforme, con todas las condecoraciones. Catherine observó, incrédula, que entraba, se dirigía a su mesa y saludaba no a ella sino a Fraser.

—Cathy —dijo Bill—, te presento al capitán Lawrence Douglas. Larry, la señorita Catherine Alexander. Larry es piloto de la RAF, uno de nuestros máximos héroes. Era el jefe del escuadrón norteamericano en Gran Bretaña. Lo han convencido de que dirija una base de cazas en Washington, con el fin de adiestrar a algunos de nuestros muchachos para el combate.

Catherine tuvo la sensación de estar viendo la reposición de una película vieja, en la que aparecía ella ordenándole quitarse las condecoraciones, y él obedeciéndole de buen grado. Había estado presumida, altanera... ¡e incluso lo tildó de cobarde! Sintió ganas de que la tragara la tierra.

Al día siguiente, Larry Douglas la llamó a la oficina, pero ella se negó a atenderle. Cuando terminó la jornada de trabajo, se lo encontró en la calle, esperándola. Se había quitado medallas y condecoraciones, y lucía sólo las insignias de subteniente.

Sonriente, se le acercó.

—¿Así está mejor? —dijo.

Catherine se quedó mirándolo.

—¿Acaso... acaso no está prohibido usar los galones que no corresponden al grado de uno?

—No sé. Pensé que esos temas los dominabas tú.

Lo miró a los ojos y comprendió que estaba perdida. Ese hombre poseía un magnetismo irresistible.

—¿Qué quieres de mí?

—Todo. Te quiero entera.

Fueron al apartamento de él e hicieron el amor. Y Catherine sintió una felicidad muy grande, que jamás había soñado; fue una forma deliciosa de unirse que sacudió la habitación, el universo, hasta que se produjo una explosión, el delirio del éxtasis, un viaje conmovedor, una llegada y una partida, un final y un comienzo. Después quedó allí, aturdida, estrechándose fuertemente contra él, sin ganas de soltarlo, deseando que no terminara nunca esa sensación.

Sentada ahora en el avión, rumbo a Londres para iniciar una nueva vida, pensó: *Éramos tan felices. ¿Cuándo fue que empezaron a ir mal las cosas? Las películas románticas y las canciones de amor nos hicieron creer en los finales felices, en caballeros de reluciente armadura, en un amor que nunca muere. Creíamos sinceramente que James Stewart y Donna Reed tenían una vida maravillosa; sabíamos que Clark Gable y Claudette Colbert vivirían eternamente juntos; lloramos cuando Frederik March regresó con Myrna Loy después de* Los mejores años de nuestra vida *y estábamos seguros de que Joan Fontaine había hallado la felicidad en los brazos de Lawrence Olivier, en*

Rebeca. *Sin embargo eran mentiras, todo mentiras. Y las canciones...* Siempre te amaré. *¿Cómo miden los hombres el «siempre»? ¿Con un relojito para hervir huevos?* ¿Qué profundidad tiene el océano? *¿Qué idea tenía en mente Irving Berlin? ¿Treinta centímetros? ¿Sesenta?* Una noche encantada. *Vamos a escalar el monte Tzoumerka...* Tú, la noche y la música. *El gerente del hotel me contó que aquí cerca hay unas cavernas...* Por razones sentimentales, te amo. *Nadie se enterará... ahora que está dormida. Escuchábamos las canciones, mirábamos las películas y realmente pensábamos que la vida iba a ser así. Yo creí tanto en mi marido. ¿Puedo volver a creer en otra persona? ¿Qué hice para que él tuviera deseos de matarme?*

—Señorita Alexander...

Levantó la vista, sorprendida, y vio al piloto a su lado.

—Ya hemos aterrizado. Bienvenida a Londres.

Había una limusina esperándola en el aeropuerto.

—En seguida me ocupo del equipaje, señorita —le dijo el chófer—. Mi nombre es Alfred. ¿Quiere ir directamente a su apartamento?

Mi apartamento.

—Sí, perfecto.

Se recostó contra el respaldo del asiento. Increíble. Constantin Demiris la había enviado en un avión privado y le había conseguido un lugar donde vivir. Era el hombre más generoso del mundo, o bien... No se atrevió a pensar en la alternativa. No. *Es el hombre más generoso del mundo. Tendré que buscar la forma de demostrarle mi agradecimiento.*

El apartamento, que quedaba en la calle Elizabeth, cerca de la plaza Eaton, era decididamente lujoso. Contaba con un amplio recibidor, una sala hermosamente amueblada, con una araña de cristal, una biblioteca con paredes revestidas en madera, una cocina bien abastecida de alimentos, tres dormitorios con precioso mobiliario y dependencias para el servicio.

En la puerta la recibió una mujer de cuarenta y tantos años, vestida de negro.

—Buenas tardes, señorita Alexander. Soy Anna, el ama de llaves.

Claro, el ama de llaves. Estaba empezando a tomar las cosas con naturalidad.

—Mucho gusto.

El chófer subió las maletas y las llevó hasta el dormitorio de Catherine.

—La limusina queda a su disposición, señorita —le informó—. Avísele a Anna cuando esté lista para ir a la oficina, y yo pasaré a buscarla.

La limusina queda a mi disposición. Por supuesto.

—Gracias.

—Yo voy a deshacer las maletas —anunció Anna—. Cualquier cosa que necesite, avíseme sin falta.

—No se me ocurre nada —repuso Catherine, sincera.

Mientras Anna vaciaba las maletas, Catherine se puso a recorrer la casa. Fue hasta el dormitorio, miró los preciosos vestidos que Demiris le había comprado y pensó: *Esto es como un bello sueño.* Todo transmitía cierta sensación de irrealidad. Cuarenta y ocho horas antes estaba regando las rosas en el convento, y ahora llevaba la vida de una duquesa. Se preguntó cómo sería su empleo. *Pienso trabajar con ahínco. No lo quiero defraudar, porque ha sido maravilloso conmigo.* De pronto se sintió agotada y se tendió en la cama blanda, cómoda. *Voy a descansar un minutito,* pensó, y cerró los ojos.

Estaba ahogándose y pidiendo ayuda a gritos. Larry nadaba hacia ella, y cuando llegó a su lado, la hundió. Después, estaba en una caverna oscura, y unos murciélagos la atacaban, le arrancaban el pelo, agitaban las alas contra su rostro. Se despertó temblando, y se incorporó en la cama.

Trató de respirar hondo para serenarse. *Suficiente,* se dijo. *Eso se acabó. El pasado quedó atrás. Nadie va a hacerte daño; nadie. Nunca más.*

Del otro lado de la puerta del dormitorio, Anna, el ama de llaves, había escuchado los alaridos. Aguardó un momento, y cuando volvió a reinar el silencio, fue hasta el teléfono para informar a Constantin Demiris.

La Compañía Helénica estaba situada en la calle Bond, en el número 217, cerca de Picadilly, en un viejo edificio oficial que años atrás se había transformado en un bloque de oficinas. La fachada era una obra maestra de la arquitectura por sus líneas bellas y elegantes.

Cuando Catherine llegó, el personal la estaba esperando. La recibieron unas seis personas en la puerta.

–Bienvenida, señorita Alexander. Soy Evelyn Kaye. Éste es Carl... Tucker... Matthew... Jennie...

Se hizo cierto lío con las caras y los nombres.

–Mucho gusto.

–Ya está listo su despacho. Venga, que se lo enseño.

–Gracias.

El vestíbulo de recepción contaba con un precioso sofá Chesterfield, flanqueado a ambos lados por sillones Gainesborough. Recorrieron un largo pasillo alfombrado y pasaron frente a una sala de conferencias con paredes revestidas de madera y sillones de cuero colocados alrededor de una reluciente mesa.

La llevaron hasta un bello despacho donde había un sofá de cuero y otros cómodos muebles.

–Todo suyo.

–Es precioso –murmuró.

Había flores sobre el escritorio.

—Las envió el señor Demiris.

Qué atento.

Evelyn Kaye, que fue quien la acompañó hasta allí, era una mujer de mediana edad, de rostro agradable y muy simpática.

—Tardará unos días en acostumbrarse al lugar, pero el trabajo en realidad es sencillo. Esta oficina es uno de los centros neurálgicos del imperio Demiris. Aquí se coordinan los informes que llegan de las sucursales extranjeras y se envían a la sede central de Atenas. Yo soy la gerente y tú serás mi secretaria.

—Ah. —*Así que voy a ser secretaria de la gerente.* No sabía en qué consistiría su trabajo. La habían introducido en un mundo de fantasía, un mundo de aviones privados, limusinas, una casa hermosísima con sirvientes...

—Wim Vandeen es nuestro genio matemático. Él recibe todos los balances y con ellos confecciona un cuadro maestro de análisis financiero. Su mente es más veloz que la mayoría de las máquinas de calcular. Ven, vamos a su oficina y te lo presento.

Se encaminaron a un despacho que había al final del pasillo, y Evelyn abrió la puerta sin golpear.

—Wim, te presento a mi nueva ayudante.

Catherine entró en la habitación y ahí se quedó, inmóvil. Wim Vandeen parecía tener algo más de treinta años y una expresión ausente en los ojos, que tenía clavados en el suelo.

—Wim. ¡Wim! Ésta es Catherine Alexander.

Levantó la mirada.

—El nombre verdadero de Catalina Primera era Marta Skavron Skaya. Nacida en 1684, capturada por los rusos, sólo era una sirvienta. Se casó con el emperador Pedro I y fue emperatriz de Rusia desde 1725 hasta 1727. Catalina la Grande era hija de un mariscal de campo prusiano. Nació en 1729 y se casó con Pedro, que se convirtió en el emperador

Pedro III en 1745. Lo sucedió en el trono en 1762, luego de haberlo mandado matar. Bajo su reinado hubo tres divisiones de Polonia, dos guerras contra los turcos y una contra Suecia... –La información brotaba como desde una fuente, en tono monocorde.

Catherine lo escuchaba fascinada.

–Muy... interesante –atinó a decir.

Wim Vandeen desvió la mirada.

–Wim se pone tímido cuando conoce por primera vez a la gente –explicó Evelyn.

¿Tímido?, pensó Catherine. *Ese tipo es un loco. ¿Y lo consideran un genio? ¿Qué clase de trabajo será éste?*

En Atenas, Constantin Demiris recibía en sus oficinas de la calle Aghiou Geronda un informe que Alfred le enviaba por teléfono desde Londres.

–Llevé a la señorita Alexander directamente del aeropuerto al apartamento, señor Demiris. Le pregunté si quería que la llevara a alguna otra parte, como usted me indicó, y me contestó que no.

–¿No tuvo contacto con ninguna otra persona?

–No, señor, a menos que haya llamado a alguien desde la casa.

A Demiris eso no le preocupaba, pues acerca de esa cuestión le informaría Anna, el ama de llaves. Entonces, cortó satisfecho. Catherine no representaba ningún problema por el momento, y además él la tendría vigilada. Estaba sola en el mundo. No tenía a nadie a quien acudir, salvo a su benefactor, Constantin Demiris. *Tengo que viajar pronto a Londres,* pensó Demiris, feliz. *Muy pronto.*

A Catherine le resultó interesante su nuevo trabajo. Diariamente llegaban informes sobre el amplio imperio de Constantin Demiris. Había conocimientos de embarque provenientes de una fábrica de acero en Indiana; auditorías de una fábrica de automóviles en Italia; facturas de una cadena de diarios en Australia, de una mina de oro y una compañía de seguros. Catherine cotejaba los informes y enviaba los datos directamente a Wim Vandeen. Wim los miraba una sola vez y los pasaba por esa increíble computadora que era su cerebro, y casi al instante había calculado ya los porcentajes de ganancia o de pérdida de la empresa.

Para Catherine fue un placer llegar a conocer a sus compañeros de trabajo. Además, le impresionaba la belleza del edificio donde se hallaban las oficinas.

Un día se lo mencionó a Evelyn Kaye delante de Wim, y éste dijo:

–Éste era un antiguo edificio de aduanas, diseñado por sir Christopher Wren en 1721. Con posterioridad al gran incendio de Londres, Christopher Wren volvió a diseñar cincuenta iglesias. Sus iglesias más famosas son la de San Pablo y San Miguel. También es autor del edificio de la Bolsa y el Palacio de Buckingham. Murió en 1723 y está enterrado en San Pablo. Esta construcción se transformó en edificio de oficinas en 1907, y en la Segunda Guerra Mundial, durante los bombardeos, el gobierno lo declaró refugio antiaéreo oficial.

El refugio era una habitación amplia, a prueba de bombas, contigua al sótano, a la que se accedía pasando por una pesada puerta de hierro. Catherine observó el recinto fortificado y pensó en los valientes hombres, mujeres y niños de Inglaterra que se habían guarecido allí durante el terrible bombardeo que perpetró la aviación de Hitler.

El sótano era inmenso, pues se extendía a lo largo de todo el edificio. Había allí una enorme caldera para la calefacción, así como equipamiento electrónico y de teléfonos. La caldera era un problema; varias veces Catherine había acompañado al sótano a técnicos de reparaciones para que le echaran un vistazo. Cada uno de ellos le hacía alguna cosa, la declaraba curada de cualquier mal que la hubiese aquejado y se iba.

—Parece tan peligrosa —se atemorizó Catherine—. ¿No hay posibilidades de que explote?

—No, señorita. Dios nos libre. ¿Ve esta válvula de seguridad? Pues si la caldera se recalienta por demás, la válvula deja escapar el vapor sobrante; entonces no hay ningún problema.

Cuando terminaba el día de trabajo, estaba Londres... una cornucopia de teatro, danza y conciertos maravillosos. Había interesantes librerías antiguas como Hatchards, y Foyles, y decenas de museos, tiendas de antigüedades y restaurantes. Catherine visitó las tiendas de litografías de Cecil Court e hizo compras en Harrods, en Fortnum & Mason y en Marks & Spencer, y tomó el té de los domingos en el Savoy.

De tanto en tanto la asaltaban ciertos pensamientos... Tantas cosas le hacían recordar a Larry. Una voz... una frase... una colonia... una canción. *No. El pasado ya no existe. Lo que importa es el futuro.* Y cada día que pasaba se volvía más fuerte.

Catherine entabló amistad con Evelyn Kaye y a veces salían juntas. Un día fueron a una exposición pictórica al aire libre, a orillas del Támesis. Había decenas de pintores viejos y jóvenes que exhibían sus telas, y todos tenían una cosa en común: eran fracasados que nunca habían podido exponer sus obras en galería alguna. Los cuadros eran espantosos, pero Catherine compró uno por lástima.

—¿Dónde vas a ponerlo? —quiso saber Evelyn.

—En la sala de la caldera.

En su recorrido por las calles londinenses pasaron por la zona de los artistas callejeros, que pintaban sobre la acera con tizas de colores. Algunas de las obras eran sorprendentes. Los peatones se detenían a admirar el trabajo y arrojaban monedas a los autores. Una tarde, cuando volvía de almorzar, Catherine se detuvo a mirar a un hombre ya mayor que pintaba un precioso paisaje en tiza. Cuando estaba terminándolo, comenzó a llover, y el hombre se quedó allí, contemplando cómo desaparecia su obra. *Eso se parece mucho a mi vida pasada,* se dijo Catherine.

Evelyn la llevó a Shepherd's Market.

—Es una zona interesante —le anticipó.

Realmente era variopinta. Había un restaurante de tres siglos de antigüedad llamado Tiddy Dols, un puesto de revistas, un mercado, un salón de belleza, una panadería y varias residencias de dos y tres plantas.

Las placas identificativas que lucían los buzones particulares eran extrañas. En una decía «Helen», y debajo «Clases de francés». Otra anunciaba a «Rosie», para luego indicar: «Se enseña griego».

—¿Es una zona dedicada a la enseñanza? —preguntó Catherine.

Evelyn prorrumpió en carcajadas.

—En cierto modo lo es, sólo que la clase de educación que dan estas chicas no es la que se imparte en las escuelas.

Evelyn se rió aún con más ganas al ver que su amiga se sonrojaba.

La mayor parte del tiempo Catherine estaba sola, pero se mantenía ocupada para evadirse de su soledad. Se lanzaba a conquistar cada día libre como si quisiera resarcirse por los preciosos momentos de su vida que le habían sido robados.

Se negaba a preocuparse por el pasado o el futuro. Visitó el castillo de Windsor, Canterbury con su hermosa catedral, y también Hampton Court. Los fines de semana viajaba al interior y se alojaba en simpáticas posadas. Daba largas caminatas por el campo y almorzaba en tabernas salidas de otro siglo.

Estoy con vida, pensaba. *Nadie nace feliz. Cada uno tiene que construir su propia felicidad. Soy una persona que ha sobrevivido. Soy joven, estoy sana, y me van a suceder maravillosas cosas.*

El lunes regresaba al trabajo, a ver a Evelyn, las chicas y Wim Vandeen.

Wim seguía siendo un enigma.

Nunca había conocido a una persona como él. Había veinte empleados en la oficina y, sin usar siquiera una calculadora, Wim recordaba el sueldo, el número de la seguridad social y la retención de cada uno. Aunque esto figuraba en los archivos, llevaba en la mente todos los datos de la empresa. Sabía cuál era el flujo de caja de cada departamento, los diferenciales entre el monto total de un mes en relación con los meses anteriores, y así sucesivamente hacia atrás, remontándose hasta cinco años antes, es decir, hasta la fecha de su ingreso en la compañía.

Wim Vandeen recordaba todo lo que alguna vez había visto u oído. La magnitud de sus conocimientos era increíble. La pregunta más simple desencadenaba en él una catarata de información; sin embargo, era un ser poco sociable.

Un día Catherine habló sobre él con Evelyn.

—No entiendo a Wim —confesó.

—Es un excéntrico —repuso Evelyn—. Tienes que aceptarlo como es. Su única pasión son los números. No creo que las personas le interesen demasiado.

—¿Tiene amigos?

—No.

—¿Nunca sale con chicas?

—No.

Catherine pensó que Wim era un hombre solo y triste, y por eso mismo se sintió identificada con él.

Su caudal de conocimientos la asombraba. Una mañana, ella amaneció con dolor de oídos.

—El tiempo no te va a ayudar demasiado —fue el comentario de Wim—. Te convendría consultar a un médico.

—Gracias, Wim. Yo...

—El oído está compuesto por la aurícula, el meato auditivo, la membrana del tímpano, la cadena de huesecillos (el martillo, el yunque), la cavidad timpánica, el conducto semicircular, la ventana oval, la trompa de Eustaquio, el nervio auditivo y el caracol. —Dicho lo cual, se marchó.

Otro día, Catherine y Evelyn lo invitaron a almorzar a Ram's Head, una taberna de la zona. En el salón del fondo, los parroquianos jugaban a los dardos.

—¿Te gusta algún deporte, Wim? —quiso saber Catherine—. ¿Alguna vez has visto un partido de béisbol?

—El béisbol... La bola de béisbol mide veintitrés coma ochenta y siete centímetros de circunferencia. Está hecha de hilo enrollado alrededor de un cono de goma dura y recubierta de cuero blanco. El bate suele ser de fresno, y no mide más de seis coma ochenta y cinco centímetros de diámetro en su parte más ancha y ciento seis centímetros de largo.

Conoce todos los datos estadísticos, pensó Catherine, *pero ¿ha experimentado alguna vez el placer de llegar personalmente a estos números?*

—¿No *practicas* algún deporte? El baloncesto, por ejemplo.

—El baloncesto se juega sobre piso de madera o de cemento. La pelota es esférica, de cuero, de setenta y ocho centímetros de circunferencia. Se infla a una presión de uno coma treinta y siete libras. Este deporte fue inventado por James Naismith en 1891.

Catherine no insistió más.

A veces, Wim les hacía pasar vergüenza en público. Un domingo, Catherine y Evelyn lo llevaron a Maidenhead, sobre el Támesis, y pararon en Compleat Angler a almorzar. El camarero se acercó a la mesa y anunció:

—Tenemos almejas frescas, hoy.

—¿Te gustan las almejas? —preguntó Catherine a Wim.

—Existen las almejas largas, las de tipo quahog o redondas, las navajas, las de marea y las de una sola valva.

El hombre se quedó mirándolo.

—¿Entonces le sirvo eso, señor? —preguntó.

—No me gustan las almejas —le replicó Wim.

A Catherine le caían bien sus compañeros de trabajo, pero Wim se convirtió en alguien muy especial. En cierto sentido era brillante, pero también era introvertido, triste.

—¿No hay posibilidades de que pueda llevar una vida normal? —preguntó un día Catherine a Evelyn—. Me refiero a que se enamore y se case.

Evelyn lanzó un suspiro.

—Ya te dije que no siente emociones. Jamás se enamorará de nadie.

Pero Catherine no lo creyó. En una o dos oportunidades había advertido un destello de interés —o de cariño, de risa—, en los ojos de Wim, y sintió deseos de ayudarlo. ¿O acaso había sido su imaginación?

Un día, el personal de la oficina recibió una invitación para un baile de beneficencia que iba a tener lugar en el Savoy.

Catherine se dirigió entonces al despacho de Vandeen.

—Wim, ¿sabes bailar? —le preguntó a bocajarro.

Él la miró sin pestañear.

—Un compás y medio de cuatro por cuatro completa la unidad rítmica del *foxtrot.* El hombre comienza el paso básico con el pie izquierdo y da dos pasos adelante. La mujer lo empieza con el derecho y da dos pasos hacia atrás. Los dos pasos lentos son seguidos por un paso rápido, en ángulo recto con respecto a los pasos lentos. Para inclinarse, el hombre avanza sobre el pie izquierdo y se inclina lentamente; luego se adelanta con el derecho, lentamente también. Después se mueve hacia la izquierda con el pie izquierdo, rápidamente. Y por último pone el pie derecho a la altura del izquierdo, rápidamente también.

Catherine no supo cómo reaccionar. *Sabe todas las palabras,* pensó, *pero no entiende el significado.*

Constantin Demiris llamó por teléfono una noche. Era tarde, y Catherine ya se disponía a acostarse.

—Espero no haberte molestado, soy Costa.

—No, por supuesto que no. —Se alegró de oír su voz. Echaba de menos hablar con él, poder pedirle consejo. Al fin y al cabo, era la única persona del mundo que conocía su pasado, y por eso lo consideraba como un viejo amigo.

—He estado pensando en ti, Catherine. Me preocupaba que pudieras sentirte muy sola en Londres. Después de todo, ahí no conoces a nadie.

—Sí, a veces me siento sola, pero me las arreglo. Siempre me acuerdo de lo que me dijo: eso de que olvidara el pasado y viviera para el futuro.

—Así es. Hablando del futuro, mañana viajo a Londres y me gustaría invitarte a cenar.

—Será un placer. —Se puso contenta porque iba a tener la oportunidad de demostrarle lo agradecida que se sentía.

Cuando Constantin Demiris cortó, sonrió para sus adentros. *La cacería ya se ha iniciado.*

Cenaron en el Ritz. El comedor era muy distinguido, y la comida, exquisita. Pero Catherine estaba demasiado emocionada como para prestar atención a nada, como no fuera al hombre que tenía ante sus ojos. Tantas cosas tenía que contarle.

—El personal de la oficina es maravilloso —comentó—. Wim me tiene asombrada. Nunca pensé que una persona pudiera...

Pero Demiris no la escuchaba sino que se limitaba a estudiarla, mientras pensaba en lo bonita y vulnerable que era. *Pero no tengo que presionarla,* se dijo. *No. Voy a jugar mis cartas lentamente, y saborear la victoria. Esto va para ti, Noelle, y para tu amante.*

—¿Se va a quedar mucho tiempo en Londres?

—Uno o dos días, nada más. He tenido que venir por unos negocios. —Era verdad, pero también era cierto que podría haber solucionado el problema por teléfono. No; había viajado a Londres para iniciar la campaña destinada a que Catherine se encariñara con él. Se inclinó hacia adelante—. Catherine, ¿te hablé de la época en que trabajaba en los pozos petrolíferos de Arabia Saudí?

Demiris la invitó a cenar la noche siguiente.

—Evelyn me informó lo bien que trabajas, por lo cual he decidido darte un aumento.

—Ya ha sido suficientemente generoso —protestó ella.

Demiris la miró a los ojos.

—No te imaginas lo generoso que puedo llegar a ser.

Se quedó cohibida. *Lo dice simplemente de amable que es,* pensó. *Debo de estar viendo visiones.*

Al día siguiente, Demiris ya estaba listo para marcharse.

—¿Quieres acompañarme al aeropuerto, Catherine?

–Sí.

Le parecía un hombre cautivador. Era, también, divertido, inteligente, y la impresionaba mucho con la atención que le dispensaba.

Ya en el aeropuerto, Demiris le dio un beso suave en la mejilla.

–Me alegro de que hayamos podido pasar unos momentos juntos, Catherine.

–Yo también. Gracias, Costa.

Se quedó mirando despegar el avión. Es un *hombre muy especial*, se dijo. *Voy a echarlo de menos.*

VI

Todo el mundo se asombraba de la amistad aparentemente estrecha que unía a Constantin Demiris y Spyros Lambrou, su cuñado.

Spyros era casi tan rico y poderoso como Demiris. Éste era dueño de la mayor flota de cargueros del mundo, y Spyros poseía la siguiente en orden de importancia. Demiris tenía una cadena de diarios, líneas aéreas, pozos petrolíferos, fábricas de acero y minas de oro; Spyros Lambrou, compañías de seguros, bancos, un sinnúmero de bienes inmuebles y una planta química. Parecían amables competidores; más aún, amigos.

«¿No es maravilloso –comentaba la gente– que dos de los hombres más ricos del mundo sean tan amigos?»

En realidad, eran implacables rivales que se despreciaban mutuamente. Cuando Spyros Lambrou adquirió un yate de 30 metros de eslora, de inmediato Constantin Demiris encargó uno de 45 metros con cuatro motores diésel GM, una tripulación de 13 personas, dos lanchas rápidas y una piscina de agua dulce.

Cuando la flota de Spyros Lambrou alcanzó un total de 12 buques cisterna, y 200.000 toneladas, Demiris aumentó la propia a 23 petroleros, o sea, un total de 650.000 toneladas. Lambrou adquirió una cuadra de caballos de carreras, y Demiris compró otra de mayores dimensiones para correr contra él, y constantemente le ganaba.

Se veían a menudo, ya que ambos pertenecían a las mismas sociedades benéficas y a las juntas directivas de diversas empresas, y de tanto en tanto concurrían a reuniones de familia.

De temperamento, eran exactamente opuestos. Mientras que Demiris era de extracción humilde y tuvo que luchar para ascender, Lambrou había nacido aristócrata. Era un hombre delgado y elegante, siempre impecablemente vestido, de modales distinguidos. Su árbol genealógico se remontaba hasta Otto de Baviera, que en una época fue rey de Grecia. Durante las primeras sublevaciones políticas de Grecia, una pequeña minoría –la oligarquía– amasó fortunas mediante los negocios, la industria naviera y la posesión de tierras. El padre de Spyros Lambrou fue uno de ellos, y Spyros heredó su imperio.

Spyros era supersticioso. Valoraba la buena suerte que había tenido en la vida y no quería en absoluto hacer enojar a los dioses. De vez en cuando iba a ver a una adivina para pedirle consejo. Era lo suficientemente inteligente para saber cuándo lo engañaban, pero había una adivina en particular que le resultaba extraordinaria. Esa mujer predijo que su hermana Melina iba a perder el hijo y las consecuencias que ello acarrearía a su matrimonio, aparte de muchas otras cosas que luego ocurrieron. Vivía en Atenas y se llamaba madame Piris.

Con el correr de los años, Spyros Lambrou y Constantin Demiris continuaron con la farsa de su amistad, pero cada uno tenía la firme decisión de destruir al otro; Demiris, debido a su instinto de supervivencia, y Lambrou por la forma en que su cuñado trataba a Melina.

Constantin Demiris tenía por costumbre llegar todos los días a su oficina de la calle Aghiou Geronda a las seis de la mañana en punto. Cuando sus rivales empezaban a trabajar, él ya llevaba varias horas realizando transacciones con los representantes que tenía en decenas de países.

La oficina privada de Demiris era espectacular. Tenía una vista magnífica desde los ventanales, con la ciudad de Atenas a sus pies. El suelo era de granito negro, y el mobiliario, de acero y cuero. En las paredes había una colección de cuadros cubistas, entre los que se destacaban obras de Léger, Braque y media docena de lienzos de Picasso. Había un inmenso escritorio de acero y cristal y un imponente sillón de cuero. Sobre el escritorio, un busto de Alejandro Magno, con la inscripción: «Alexandros, el defensor del hombre».

Esa mañana en particular, cuando llegó a la oficina, estaba sonando su teléfono privado. Solamente seis personas conocían ese número.

Atendió.

–*Kalimera.*

–*Kalimera.* –La voz pertenecía a Nikos Veritos, el secretario privado de Spyros Lambrou, y parecía nervioso.

–Perdone que lo moleste, señor Demiris, pero como usted me dijo que lo llamara cuando tuviera alguna información que pudiese...

–Sí. ¿De qué se trata?

–El señor Lambrou piensa adquirir una empresa llamada Aurora International, que cotiza en la Bolsa de Nueva York. Un amigo del señor Lambrou, que está en el consejo, le avisó que el gobierno le va a asignar un importante contrato a dicha compañía para la construcción de bombarderos. Desde luego, este dato es confidencial. Las acciones registrarán una fuerte alza cuando se haga el anuncio...

–No me interesa el mercado bursátil –le replicó Demiris–. No vuelva a molestarme a menos que tenga algo importante que comunicarme.

–Lo siento, señor. Pensaba...

Pero Demiris ya había cortado.

A las ocho de la mañana, cuando llegó Giannis Tcharos, su secretario, Demiris le dijo:

–Hay una empresa que cotiza en la Bolsa de Nueva York y se llama Aurora International. Notifique a todos los diarios que se está investigando a esa compañía por prácticas fraudulentas. No cite fuentes, pero haga correr la voz. Quiero que sigan sobre el tema hasta que caiga el valor de las acciones. Entonces empiece a comprar hasta que yo tenga la mayoría.

–Sí, señor. ¿Algo más?

–No. Cuando yo tenga la mayoría haga público que los rumores eran infundados. Ah, sí, y busque la forma de que la Bolsa de Nueva York sepa que Spyros Lambrou compró sus acciones porque contaba con información confidencial que alguien le vendió.

Giannis Tcharos habló entonces en tono cauto.

–Señor Demiris, en los Estados Unidos eso constituye un delito penal.

–Ya lo sé –dijo Constantin Demiris sonriendo.

A menos de dos kilómetros de allí, en la plaza Syntagma, Spyros Lambrou se hallaba en su oficina. El lugar donde trabajaba reflejaba su gusto ecléctico. Los muebles eran piezas de anticuario, de estilo francés e italiano. Tres de las paredes exhibían cuadros de impresionistas franceses. La cuarta estaba dedicada a varios pintores belgas, desde Van Rysselberghe a De Smet. El cartel de la entrada rezaba: «Lambrou y Asociados», pero nunca había habido socio alguno. Spyros Lambrou heredó un negocio próspero de su padre, y con el correr de los años lo convirtió en un conglomerado de empresas que abarcaban todo el orbe.

Spyros Lambrou debía de ser un hombre feliz puesto que era rico y gozaba de excelente salud; sin embargo, le resultaría imposible ser verdaderamente feliz en tanto Constantin

Demiris siguiera vivo. Su cuñado era una maldición para él, y además lo despreciaba. Consideraba a Demiris un *polymichanos*, es decir, un hombre de muchos recursos, un sinvergüenza sin principios. Siempre lo había odiado por la forma en que trataba a Melina, pero la salvaje rivalidad entre ambos tenía también otras causas.

Todo había empezado diez años antes, un día en que Spyros invitó a almorzar a su hermana, quien nunca lo había visto tan entusiasmado.

—Melina, ¿sabías que la cantidad de combustible fósil que consume el mundo sólo en un día tardó mil años en formarse?

—No.

—Habrá una tremenda demanda de petróleo en el futuro, y no habrá suficientes petroleros para transportarlo.

—¿Piensas construir algunos, Spyros?

Él asintió.

—Pero no petroleros comunes. Voy a construir la primera flota de buques cisterna de enormes dimensiones, el doble del tamaño de los actuales. —Hablaba con gran pasión—. Hace meses que vengo estudiando las cifras. Escucha: un galón de crudo transportado desde el golfo Pérsico hasta un puerto de la costa este norteamericana cuesta siete centavos, pero en uno de esos enormes buques costará apenas tres centavos el galón. ¿Te haces una idea de lo que podría significar?

—Spyros, ¿de dónde vas a sacar el dinero para construir semejante flota?

—Ésa es la parte más bonita del plan: no me costará un centavo.

—*¿Qué?*

Él se inclinó hacia adelante.

—El mes que viene viajo a los Estados Unidos para hablar

con los directivos de las grandes compañías petrolíferas. Con esos buques podré transportarles el petróleo a la mitad de precio de lo que están pagando en la actualidad.

–Pero... tú no tienes ninguno de esos buques.

Spyros sonrió, feliz.

–No, pero si esas compañías firman contratos a largo plazo conmigo, los bancos me adelantarán el dinero necesario para construirlos. ¿Qué te parece?

–Creo que eres un genio. El plan es brillante.

Tanto le impresionó el plan de su hermano, que esa noche se lo contó a su marido en la cena.

Cuando terminó de explicarlo, le preguntó:

–¿No te parece fabuloso?

Constantin Demiris permaneció un instante en silencio.

–Tu hermano es un soñador. Jamás daría resultado.

Lo miró, asombrada.

–¿Por qué no, Costa?

–Porque es una idea descabellada. En primer lugar, no va a haber tanta demanda de petróleo, de modo que esos buques que imagina seguramente navegarán vacíos. Segundo, las compañías petrolíferas no van a entregar el petróleo a una flota fantasma que ni siquiera existe. Y tercero, cuando tu hermano vaya a ver a los banqueros, se le van a reír en la cara.

Melina puso cara de desencanto.

–Spyros estaba tan entusiasmado. ¿Por qué no hablas con él?

Demiris meneó la cabeza.

–No, Melina; que se quede con su sueño. Lo mejor es que ni siquiera se entere de esta conversación.

–Está bien, Costa. Lo que tú digas.

A primera hora del día siguiente, Demiris viajaba a los Estados Unidos para iniciar las negociaciones acerca de los petroleros de gran tonelaje. Sabía que las reservas de petróleo fuera de los Estados Unidos y el bloque de territorios soviéticos estaban bajo el control de las «siete hermanas»: la Standard Oil de Nueva Jersey, la Standard Oil de California, la Gulf Oil, la Texas Company, la Socony-Vacuum, la Shell holandesa y la Anglo-Iraní. Sabía también que si conseguía aunque no fuera más que una de ellas, detrás vendrían las demás.

Su primera visita fue a las oficinas de la Standard Oil de Nueva Jersey, para ver al cuarto vicepresidente, Owen Curtiss.

–¿En qué puedo servirle, señor Demiris?

–Tengo una idea que seguramente será muy beneficiosa en el plano económico para su empresa.

–Sí; ya me lo anticipó por teléfono. –Miró rápidamente la hora–. Dentro de unos minutos tengo una reunión, de modo que le ruego sea breve...

–Seré muy breve. Traer el crudo desde el golfo Pérsico les está costando a ustedes siete centavos el galón.

–Correcto.

–¿Qué diría si yo le asegurase que puedo traérselo por tres centavos el galón?

Curtiss sonrió con aire condescendiente.

–¿Y cómo conseguiría semejante milagro?

–Construyendo una flota de superpetroleros. Cada buque tendrá el doble de capacidad de los que hay en la actualidad. Yo podría acarrear el petróleo en el mismo tiempo que ustedes tardan en extraerlo de la tierra.

Curtiss lo observaba con expresión meditativa.

–¿De dónde va a sacar tales barcos?

–Los pienso construir.

–Lo siento, pero no nos interesa invertir...

Demiris lo interrumpió.

–A ustedes no les costará un centavo. Lo único que les pido es un contrato a largo plazo para transportarles el petróleo a la mitad de precio de lo que están pagando ahora. La financiación me la darán los bancos.

Se produjo un silencio largo, significativo. Luego Owen Curtiss carraspeó.

—Venga conmigo arriba, a conocer a nuestro presidente.

Ése fue el comienzo. Las demás compañías petrolíferas se manifestaron igualmente deseosas de celebrar contratos con Constantin Demiris.

Cuando Spyros Lambrou se enteró de lo que pasaba, ya era tarde. Viajó a los Estados Unidos y pudo cerrar trato con algunas de las empresas independientes, pero Demiris se había llevado ya la mejor parte del mercado.

—Es tu marido —se indignó Spyros—, pero te juro, Melina, que algún día me las pagará por lo que ha hecho.

Melina sintió un profundo remordimiento, pues tenía la sensación de haber traicionado a su hermano. Pero cuando se encaró a Demiris, éste se encogió de hombros.

—Yo no fui a buscarlos, Melina, sino que ellos vinieron a mí. ¿Cómo podía negarme?

Y ahí terminó la conversación.

Pero las cuestiones de negocios no eran nada en comparación con lo que Lambrou sentía por la forma en que Demiris trataba a su hermana.

Podía pasar por alto que fuera un afamado tenorio (al fin y al cabo, un hombre tenía derecho a darse gustos), pero el hecho de que lo hiciera tan descaradamente constituía una afrenta no sólo para Melina, sino también para toda la familia Lambrou. El romance de Demiris con la actriz Noelle Page había sido el ejemplo más atroz. Ocupó los titulares del mundo entero. *Algún día,* pensó Spyros Lambrou, *algún día...*

Nikos Veritos, su secretario, entró en el despacho. Veritos trabajaba con Lambrou desde hacía quince años. Era competente aunque poco imaginativo, un hombre sin futuro, gris, anónimo. La rivalidad que existía entre los cuñados le presentó una oportunidad que él consideró de oro. Como creía que a la larga iba a ganar Demiris, de tanto en tanto le pasaba información confidencial, esperando que él lo recompensara debidamente.

Veritos se acercó a Lambrou.

—Perdone, pero está aquí un tal Anthony Rizzoli, que quiere verlo.

Lambrou dejó escapar un suspiro.

—Será mejor terminar cuanto antes con el asunto. Hágalo pasar.

Anthony Rizzoli tenía algo más de cuarenta años, pelo negro, nariz aguileña y ojos castaños. Caminaba con el típico andar de los boxeadores profesionales. Llevaba puesto un costoso traje claro, camisa amarilla de seda y zapatos de piel de buena calidad. Hablaba con voz suave y cortés, y sin embargo emanaba cierto aire amenazante.

—Un placer conocerle, señor Lambrou.

—Tome asiento, señor Rizzoli. ¿En qué puedo servirlo?

—Bueno, tal como le he explicado al señor Veritos, yo querría contratar uno de sus buques de carga. Tengo una fábrica en Marsella y desearía enviar por barco cierta maquinaria a los Estados Unidos. Si llegamos a un acuerdo, estoy en condiciones de conseguirle mucho más trabajo en el futuro.

Spyros Lambrou se recostó en su sillón y estudió el semblante del hombre que tenía ante sí. *Desagradable.*

—¿Eso es lo único que piensa transportar, señor Rizzoli? —preguntó.

—¿Qué? No entiendo lo que me pregunta.

—Yo creo que sí entiende. Mis barcos no están disponibles para usted.

—¿Por qué? ¿Qué me quiere decir?

—Señor Rizzoli, usted trafica con drogas.

El visitante entornó los ojos.

—¡Está loco! No irá a creer cualquier rumor que oye.

Sin embargo, eran algo más que rumores. Lambrou había hecho investigar a Rizzoli, y de ese modo se enteró de que era uno de los principales traficantes de Europa. Pertenecía a la mafia, y se comentaba que se había quedado sin medio de transporte para su género. Por eso estaba tan ansioso por llegar a un acuerdo.

—Lamentablemente tendrá que buscarse a algún otro.

Tony Rizzoli lo midió con la mirada, hasta que por fin hizo un gesto de asentimiento.

—De acuerdo. —Sacó una tarjeta del bolsillo y la arrojó sobre el escritorio—. Si cambia de parecer, puede localizarme aquí. —Se levantó, y un instante después se había marchado.

Spyros Lambrou tomó la tarjeta, que decía: «Antonhy Rizzoli. Importación-Exportación». Figuraba la dirección de un hotel de Atenas y un número de teléfono.

Nikos Veritos había escuchado, muy sorprendido, la conversación. Cuando vio que Rizzoli se marchaba, preguntó:

—¿De verdad es...?

—Sí. Trafica con heroína. Si alguna vez le permitimos usar un barco nuestro, el gobierno podría prohibirnos el uso de toda la flota.

Tony Rizzoli salió de la oficina hecho una furia. *¡Ese griego hijo de puta me ha tratado como a un ser inferior! ¿Y cómo se habrá enterado de lo de las drogas? El cargamento va a ser inusualmente grande, con un valor de venta en la calle de por lo menos diez millones de dólares. Pero el problema es transportarlo hasta Nueva York. Atenas está inundada de esos malditos policías de las brigadas de es-*

tupefacientes. Voy a tener que llamar por teléfono a Sicilia para ganar algo de tiempo. Tony Rizzoli nunca había perdido un cargamento, y no pensaba perder ése. Se consideraba un triunfador nato.

Se había criado en Hell's Kitchen, un barrio de Nueva York. Geográficamente, la zona estaba situada en el sector oeste de Manhattan, entre la Octava Avenida y el río Hudson, y en el sentido norte-sur, entre las calles Veintitrés y Cincuenta y Nueve. Pero psicológica y emocionalmente, Hell's Kitchen era una ciudad dentro de la ciudad, un enclave armado. En las calles dominaban las bandas. Estaban las Tortugas, la Pandilla del Salón, los Gorilas y la banda de Rhodes. Los tratos para matar a alguien se cotizaban en cien dólares; con descuartizamiento, un poco más.

Los vecinos de Hell's Kitchen vivían en sucios bloques de apartamentos infestados de piojos, ratas y cucarachas. No había bañeras, carencia que los jóvenes suplían a su manera: se arrojaban desnudos al agua, junto a los muelles del río Hudson, donde desembocaban las cloacas. La zona de los muelles apestaba con el hedor de perros y gatos muertos, asquerosamente hinchados.

En las calles siempre había acción. Un camión de bomberos que respondía a un aviso de incendio... una pelea entre bandas en el terrado de algún edificio... un cortejo nupcial... un partido de béisbol en la acera... alguien que corría tras un caballo desbocado... un intercambio de disparos... Los únicos lugares para jugar que tenían los niños eran la calle, los tejados, los baldíos convertidos en basureros y, en el verano, las ruidosas aguas del río North. Y como telón de fondo, el olor acre de la pobreza. En ese ambiente se había criado Tony Rizzoli.

El recuerdo más antiguo que tenía Tony Rizzoli era el de haber sido derribado de un golpe, y que le robaron el dinero que llevaba para comprar leche. Tenía en aquel entonces siete años. Los chicos de más edad y más corpulentos constituían una eterna amenaza. El camino a la escuela era tierra de nadie, y la propia escuela era un campo de batalla. A los quince años, Tony tenía ya un cuerpo fuerte y una gran capacidad para el boxeo. Le gustaba pelear, y como lo hacía bien, tenía una sensación de superioridad. Junto con sus amigos organizaban peleas de boxeo en el gimnasio de Stillman.

De tanto en tanto, alguno de los gángsters se daba una vuelta por allí para controlar a los boxeadores que le pertenecían. Frank Costello aparecía una o dos veces por mes, junto con Joe Adonis y Lucky Luciano. Les gustaban las veladas de boxeo que organizaban los más jóvenes, y como diversión empezaron a apostar. Tony Rizzoli ganaba siempre, y muy pronto se convirtió en el favorito de los mafiosos.

Un día en que Rizzoli se estaba cambiando en el vestuario, oyó por casualidad una conversación entre Frank Costello y Lucky Luciano.

–Ese chico es una mina de oro –decía Luciano–. La semana pasada le saqué cinco mil.

–¿Vas a apostar por él en la pelea con Lou Domenic?

–Por supuesto. Diez mil.

–¿Con qué margen?

–Diez contra uno. Pero qué más da, Rizzoli seguro que gana.

Tony no estaba seguro de haber entendido toda la conversación; por eso fue y se la contó a Gino, su hermano mayor.

–¡Caramba! –exclamó Gino–. Esos tipos están apostando fuerte en tus peleas.

–Pero ¿por qué, si no soy profesional?

Gino pensó un instante.

–Nunca has perdido un combate, ¿verdad, Tony?

–No.

–Lo que probablemente pasó es que hicieron algunas apuestas pequeñas para divertirse, y cuando vieron cómo te desenvolvías, empezaron a apostar en serio.

Tony se encogió de hombros.

—No significa nada para mí.

Gino lo tomó del brazo y habló con convicción:

—Podría significar mucho para ti, para nosotros dos. Escucha, muchacho...

La pelea con Lou Domenic tuvo lugar en el gimnasio de Stillman un viernes por la tarde, y asistieron todos los personajes importantes: Frank Costello, Joe Adonis, Albert Anastasia, Lucky Luciano y Meyer Lansky. Les gustaba ver pelear a los chicos, pero lo que más les atraía era el hecho de haber encontrado la forma de ganar dinero con ellos.

Lou Domenic tenía diecisiete años, uno más que Tony, y pesaba dos kilos y medio más. Sin embargo, no era digno rival para Tony, que tenía grandes méritos pugilísticos y el instinto del triunfador. La pelea era a cinco asaltos. Tony ganó sin dificultad el primero, así como también el segundo... y el tercero. Los mafiosos ya estaban contando su dinero.

—Este muchacho va a llegar a campeón del mundo —vaticinó Lucky Luciano—. ¿Cuánto has apostado por él?

—Diez mil —respondió Costello—. Lo mejor que pude conseguir fue quince contra uno, porque el chico ya tiene fama.

Hasta que de pronto ocurrió lo inesperado. En la mitad del quinto asalto, Lou Dominic asestó un gancho a Tony y lo derribó. El árbitro empezó a contar muy lentamente, al tiempo que lanzaba miraditas temerosas al público.

—¡Levántate, hijo de puta! —gritó Adonis—. ¡Levántate y pelea!

La cuenta prosiguió hasta que, incluso a ese ritmo tan lento, llegó a diez. Tony Rizzoli continuaba tendido en la lona, inconsciente.

—¡Hijo de puta! ¡Con *un solo* puñetazo!

Los hombres comenzaron a calcular lo que habían perdido. La cifra era cuantiosa. Gino llevó a Tony hasta el vestuario. El muchacho no abrió los ojos por miedo a que los demás se dieran cuenta de que estaba consciente y se la jugaran.

Sólo cuando llegó a su casa pudo tranquilizarse.

–¡Lo hicimos! –exclamó el hermano–. ¿Sabes cuánto dinero hemos ganado? Casi mil dólares.

–No entiendo...

–Pedí dinero a los propios usureros de ellos para apostar por Domenic, y conseguí un quince contra uno. Somos ricos.

–¿No se enfadarán?

Gino sonrió.

–Jamás se enterarán.

Al día siguiente, cuando Tony salía de la escuela, había una limusina negra esperándolo. Lucky Luciano iba sentado en el asiento de atrás y le hizo señas para que se acercara.

–Sube.

Tony sintió que el corazón le latía con fuerza.

–No puedo, señor Luciano. Se me hace tarde para...

–Sube.

No tuvo más remedio que obedecerle. Luciano le habló entonces al chófer.

–Da la vuelta a la manzana –dijo.

¡Gracias a Dios no lo llevaban a dar un paseo!

–Te dejaste ganar –afirmó Luciano.

–No, señor...

–A mí no me mientas. ¿Cuánto te embolsaste con esa pelea?

–Nada, señor...

–Te lo pregunto una vez más. ¿Cuánto ganaste con esa pelea?

El chico vaciló.

–Mil dólares.

Lucky Luciano reaccionó riéndose.

–Eso es calderilla, aunque claro, para un chico de... ¿qué edad tienes?

–Casi dieciséis.

–Supongo que para un chico de dieciséis años no está mal. Sabes que mis amigos y yo perdimos mucho dinero.

–Lo siento. Yo...

–No tiene importancia. Eres un muchacho inteligente, tienes futuro.

–Gracias.

–No voy a contárselo a nadie, Tony, porque si lo cuento, mis amigos te cortan las pelotas y luego te obligan a comértelas. Pero quiero que el lunes vengas a verme. Tú y yo vamos a trabajar juntos.

Una semana más tarde, Tony Rizzoli trabajaba para Lucky Luciano. Comenzó como vendedor de una lotería ilegal, pero como era un muchacho inteligente llegó a convertirse en la mano derecha de Luciano. Cuando su jefe fue detenido y enviado a prisión, Tony Rizzoli continuó con la organización de Luciano.

Las familias explotaban el juego, la prostitución, la usura y cualquier otro negocio que produjera ganancias ilegales. Por lo general, no era bien visto el tráfico de drogas, pero cuando algunos de sus miembros quisieron iniciarse en ese campo, las familias, con cierta renuencia, les concedieron autorización para comenzar.

Para Tony Rizzoli la idea se convirtió en obsesión. Por lo que había visto, las personas que se dedicaban al tráfico de estupefacientes estaban totalmente desorganizadas. *Cada cual hace lo suyo. Con un poco de inteligencia y de empuje...*

Entonces tomó la decisión.

Tony no era hombre dado a emprender nada al azar. Por eso, comenzó a leer todo lo posible sobre la heroína.

La heroína se estaba convirtiendo rápidamente en la reina de las drogas. La marihuana y la cocaína daban a la persona la sensación de volar, pero la heroína creaba un estado de euforia total en el que no se sentía dolor ni preocupación. Los que se esclavizaban con su consumo estaban dispuestos a vender todos sus bienes, robar cualquier cosa que se les pusiera al alcance de la mano, cometer cualquier crimen. La heroína se transformaba en su religión, su razón de ser.

Turquía era uno de los principales productores de la adormidera, de la cual se extraía la heroína.

Como la familia tenía contactos en Turquía, Tony Rizzoli tuvo una charla con Pete Lucca, uno de los capos.

–Voy a introducirme en esto –anunció Rizzoli–. Pero quiero que sepas que todo lo que haga será para la familia.

–Eres un buen muchacho, Tony.

–Quiero ir a Turquía para estudiar el panorama. ¿Puedes encargarte de mi viaje?

Lucca vaciló.

–Bueno, daré aviso. Pero ellos no son como nosotros, Tony. No tienen moral; son como animales. Si no confían en ti, te matarán.

–Tendré cuidado.

–Sí; te conviene.

Dos semanas más tarde, Rizzoli volaba rumbo a Turquía.

Viajó a Esmirna, Afyon y Eskisehir, las regiones donde se cultivaba la adormidera, y al principio lo trataron con sumo recelo. Era un extranjero, y los extranjeros no eran bien recibidos.

–Vamos a hacer juntos muchos negocios –aseguraba–. Querría echar un vistazo a las plantaciones de adormidera.

Sus interlocutores se encogían de hombros.

—Yo no sé nada de plantaciones de adormidera. Vuélvase; está perdiendo el tiempo.

Pero Rizzoli estaba decidido. Se hicieron varias llamadas y se enviaron cables en clave. Por último, en Kilis —localidad de la frontera turco-siria—, se le permitió ver la cosecha de opio en la hacienda de Carella, un gran terrateniente.

—No entiendo —comentó Tony—. ¿Cómo pueden obtener heroína de una flor de mierda?

Un científico de bata blanca se lo explicó.

—Hay varias etapas, señor Rizzoli. La heroína se sintetiza del opio, que se consigue tratando la morfina con ácido acético. La heroína proviene de una especie de amapola llamada *papaver somniferum*, la flor del sueño. El opio obtiene su nombre de la palabra griega *opos*, que significa jugo.

—Comprendo.

Tony fue invitado a visitar la hacienda de los Carella para la cosecha. Cada integrante de la familia contaba con un *çizgi biçak,* un cuchillo con forma de escalpelo con el cual se practicaba una incisión en la planta. Carella explicó:

—Las adormideras deben ser recolectadas en el término de veinticuatro horas; de lo contrario, la cosecha se echaría a perder.

Había nueve miembros de la familia, y todos trabajaban sin tregua para levantar la cosecha dentro del plazo. El aire estaba impregnado de aromas que inducían al sopor.

Rizzoli se sentía mareado.

—Tenga cuidado —le advirtió Carella—. Trate de no dormirse, porque si se acuesta en el campo, jamás volverá a levantarse.

Las puertas y ventanas de la casa se mantuvieron firmemente cerradas durante esas veinticuatro horas.

Una vez que se recogieron las adormideras, Rizzoli observó cómo la sustancia blanca, viscosa, se transformaba en heroína en un «laboratorio» instalado en las montañas.

–De modo que esto es todo, ¿eh?

Carella negó con la cabeza.

–No, amigo mío. Esto es sólo el comienzo. Hacer la heroína es lo más fácil; lo difícil es transportarla sin que te atrapen.

Tony Rizzoli sintió una profunda emoción interior. Ahí entraría en juego toda su experiencia. Hasta ese momento, el negocio había sido dirigido por chapuceros. Él iba a enseñarles cómo opera un profesional.

–¿Cómo mueven la droga?

–Hay muchas formas. En camión, autocar, tren, coche, mula, camello...

–¿En camello?

–Antes pasábamos la heroína en latas en el vientre de un camello, hasta que los guardias comenzaron a utilizar detectores de metales. Entonces optamos por las bolsas de goma. Al terminar el viaje matamos a los camellos. El problema es que a veces las bolsas se revientan dentro del camello, y el animal anda a tumbos, como borracho. Así fue cómo los guardias se percataron del método.

–¿Qué ruta emplean?

–A veces la enviamos desde Alepo, Beirut y Estambul a Marsella. Otras veces la heroína viaja desde Estambul a Grecia, y de allí a Sicilia, Córcega y Marruecos. Después cruza el Atlántico.

–Agradezco su colaboración –dijo Rizzoli–. Informaré de todo esto a mi gente. Pero antes quiero pedirle otro favor.

–¿Sí?

–Me gustaría viajar con el próximo cargamento.

Se produjo una larga pausa.

–Podría ser peligroso.

–Estoy dispuesto a correr el riesgo.

Al día siguiente, le presentaron a un hombre robusto, un delincuente de enorme bigote y con el cuerpo parecido a un tanque.

—Este es Mustafá, de Afyon. En turco, afyon significa opio. Mustafá es uno de nuestros contrabandistas más diestros.

—Hoy en día es preciso ser un experto —sentenció Mustafá, modestamente—, porque hay muchísimos peligros.

Tony Rizzoli sonrió.

—Pero vale la pena correr el riesgo, ¿no?

—Usted habla de dinero, pero para nosotros el opio es algo más que una fuente de ingresos. Hay toda una mística que lo rodea. Es el único cultivo que significa más que la comida misma. La savia blanca de la planta es un elixir que viene del cielo y que, bebido en pequeñas cantidades, constituye una medicina natural. Puede ser ingerido o aplicado directamente sobre la piel, y cura la mayoría de las enfermedades comunes: desarreglos de estómago, resfriados, fiebre, dolores, torceduras. Pero hay que tener cuidado. Si se ingiere en grandes cantidades, no sólo obnubila los sentidos sino que también inhibe la capacidad sexual, y en Turquía no hay nada que destruya más la dignidad de un hombre que la impotencia.

—Claro.

El viaje desde Afyon se inició a medianoche. Un grupo de campesinos que caminaba en fila india en la negra noche se reunió con Mustafá. Había siete mulas fornidas, y a cada una se le cargaron trescientos cincuenta kilos de opio, que despedía un olor dulzón semejante al del heno húmedo. Una docena de campesinos había ido a custodiar el opio vendido a Mustafá; cada uno de ellos iba armado con un rifle.

—En esta época hay que andarse con cuidado —explicó Mustafá a Rizzoli—. Muchos policías y agentes de la Interpol nos buscan. Antes era más divertido. Solíamos atravesar una aldea o una ciudad con el opio escondido dentro de un ataúd, recubierto con un paño negro. Era emocionante ver a la gente y a los policías por las calles, que se quitaban el sombrero en señal de respeto cuando veían pasar el cajón lleno de droga.

La provincia de Afyon se halla en la zona más occidental de Turquía, al pie de los montes Sultan, en una meseta elevada, virtualmente aislada de las principales ciudades del país.

—Este terreno es muy bueno para nuestro trabajo —sostuvo Mustafá—. Aquí no es fácil encontrarnos.

Las mulas avanzaron lentamente por los montes desolados, y a medianoche llegaron a la frontera turco-siria. Allí fueron recibidos por una mujer vestida de negro, que arrastraba a un caballo, el cual, a su vez, transportaba una inocente bolsa de harina sobre el lomo. El animal llevaba atada en la silla una soga de cáñamo de unos sesenta metros de largo de la cual se cogió Mustafá y, detrás, los quince contrabandistas contratados. Caminaban agachados, casi rozando el suelo, sujetándose con una mano de la soga y sosteniendo en la otra un saco de arpillera lleno de opio. Cada saco pesaba diecisiete kilos. La mujer y el caballo cruzaron por una zona minada, pero había un sendero que había abierto antes un rebaño de ovejas arreadas por ese mismo lugar. Si la mujer dejaba caer la soga al suelo, Mustafá y los demás notarían que se aflojaba la tensión, lo cual era la señal de que había gendarmes más adelante. Si la mujer era detenida para interrogarla, los contrabandistas podían avanzar solos sin problemas, y atravesar la frontera.

Cruzaron por Kilis, el último punto fronterizo, que también se hallaba profusamente minado. Una vez que dejaron atrás la zona controlada por las patrullas de gendarmes, los contrabandistas recorrieron una franja neutral de cinco kilómetros de ancho hasta llegar al sitio de encuentro, donde fueron recibidos por sus colegas sirios. Colocaron los sacos de opio en el suelo y se los agasajó con una botella de *raki*, que los hombres fueron pasándose uno a otro. Rizzoli observó cómo el opio era pesado y atado luego al lomo de una docena de sucios burros sirios. El trabajo estaba concluido.

Bueno, se dijo, *ahora veamos cómo se hace esto mismo en Tailandia.*

La siguiente escala fue Bangkok. Una vez que acreditó su identidad, se le permitió navegar en un pesquero que llevaba droga envuelta en polietileno, acomodada en el interior de tambores vacíos de queroseno que tenían unas anillas en su parte superior. Cuando los buques se acercaban a Hong Kong, soltaban los tambores en una zona de aguas poco profundas cerca de las islas de Lima y Ladrone, donde una embarcación más pequeña los recogía enganchándolos por la anilla.

–*No está mal* –comentó Rizzoli–. *Pero tiene que haber una forma mejor.*

Los narcotraficantes llamaban a la heroína «H» o «caballo», pero Tony Rizzoli la definía como oro. Las ganancias eran asombrosas. Los campesinos que cultivaban el opio no elaborado recibían trescientos cincuenta dólares por cada diez kilos, pero ese mismo opio, una vez procesado y vendido en las calles de Nueva York, alcanzaba un valor de doscientos cincuenta mil dólares.

Es tan fácil, pensó. *Carella tenía razón. Lo importante es no dejarse pescar.*

Eso había sido al comienzo, diez años atrás, pero ahora era más difícil. La Interpol acababa de asignar la máxima importancia al tráfico de estupefacientes, por lo que todos los barcos que zarpaban de los principales puertos de contrabando, y que parecían levemente sospechosos, eran minuciosamente registrados. Por eso Rizzoli fue a ver a Spyros Lambrou: porque su flota no despertaba sospecha alguna. Era muy difícil que la policía registrara alguno de sus cargueros. Pero el muy hijo de puta no había querido tratar con él. *Voy a encontrar otra manera*, pensó, *pero más vale que la encuentre pronto.*

–Catherine, ¿te molesto?

Era medianoche.

–No, Costa. Me encanta oír tu voz.

–¿Todo anda bien?

–Sí... gracias a ti. El trabajo sinceramente me gusta.

–Bien. Dentro de unas semanas me daré una vuelta por Londres. Tengo ganas de verte. –Con cuidado; no te apresures–. Quiero que hablemos sobre algunos miembros del personal de la empresa.

–Bueno.

–Entonces, hasta pronto.

–Buenas noches.

Esta vez fue ella quien lo llamó.

–Costa, no sé qué decir. El medallón es precioso. No tendrías que...

–Es un pequeño obsequio, Catherine. Evelyn me contó cuánto la ayudas, y quise demostrarte mi agradecimiento.

Es tan fácil, pensó Demiris. Pequeños obsequios, halagos. Después: «Voy a separarme de mi mujer». Luego, la etapa de «me siento tan solo». Cierta referencia imprecisa al matrimonio y una invitación para ir en yate a su isla. El método nunca fallaba. *Esto va a ser particularmente emocionante porque tendrá un final distinto: ella va a morir.*

Demiris llamó a Napoleón Chotas. El abogado se manifestó encantado de oírlo.

–Cuánto tiempo hacía, Costa. ¿Todo bien?

–Sí, gracias. Necesito un favor.

–Por supuesto.

–Noelle Page tenía una pequeña residencia en Rafina. Quiero que la compres para mí, usando el nombre de algún testaferro.

–Desde luego. Se lo encargaré a uno de los abogados del despacho...

–Quiero que esto lo manejes personalmente.

Se produjo un silencio.

–Muy bien; lo haré yo mismo.

–Gracias.

Napoleón Chotas se quedó sentado, con la mirada clavada en el teléfono. Esa residencia era el nidito donde Noelle Page había tenido su romance con Larry Douglas. ¿Para qué la quería Constantin Demiris?

VII

El palacio de justicia de Atenas se encuentra en un amplio edificio de piedra gris que ocupa toda una manzana en la calle University. De las treinta salas que hay allí, sólo tres están reservadas para casos penales: la 21, la 30 y la 33.

Dado el enorme interés provocado por la causa criminal de Anastasia Savalas, el juicio se desarrollaba en la sala 33, que medía doce metros por dieciocho. Había varias filas de bancos de madera, y al frente, detrás de una baranda de caoba de dos metros de largo, un estrado y tres sillones de respaldo alto para los jueces.

Delante del estrado se hallaba el banquillo de los testigos, una pequeña tarima con un atril, y contra la pared del fondo, la tribuna del jurado, ocupada en ese momento por sus diez integrantes. Frente a la mesa del fiscal se encontraba la de los defensores, y a la izquierda, el banquillo del acusado.

El juicio era espectacular en sí mismo, pero el plato principal era el hecho de que llevaba la defensa el doctor en leyes Napoleón Chotas, uno de los más afamados criminalistas del mundo. Chotas se dedicaba exclusivamente a casos de homicidio, y tenía una extraordinaria trayectoria de causas ganadas. Se comentaba que sus honorarios eran siempre millones de dólares. Napoleón Chotas era un hombre delgado, demacrado, con los ojos tristes de un sabueso y el rostro lleno de arrugas. No vestía con elegancia, y su apariencia física no podía decirse que inspirara confianza. Pero detrás de ese aspecto anodino se escondía una mente lúcida y mordaz.

La prensa había especulado acerca de por qué Chotas había aceptado defender a esa mujer, ya que no había ni la menor posibilidad de que ganara el caso. Por el contrario, todos apostaban a que sería su primera derrota.

Los hechos eran simples: Anastasia Savalas, una mujer joven y bella, se había casado con un hombre acaudalado, George Savalas, que le llevaba treinta años de edad. Anastasia tenía una aventura amorosa con el joven Josef Pappas, el chófer de la familia, y, según afirmaban los testigos, el marido había amenazado con divorciarse de ella y borrarla de su testamento. La noche del homicidio, Anastasia dio permiso a toda la servidumbre y preparó la cena para su esposo. George Savalas padecía un fuerte resfriado. Durante la comida, tuvo un ataque de tos. La mujer le trajo el frasco de jarabe. Savalas bebió un sorbo y cayó muerto.

Un caso sumamente sencillo.

La sala 33 estaba llena de público esa mañana. Anastasia Savalas se hallaba sentada en la mesa de la defensa, vestida con falda y blusa de color negro, ningún adorno y muy poco maquillaje. Era asombrosamente hermosa.

El fiscal, doctor Peter Demonides, se dirigía en ese momento al jurado.

–Señoras y señores. Hay veces en que un juicio criminal se prolonga entre tres y cuatro meses, pero creo que en este caso no deberán preocuparse por la posibilidad de estar aquí tanto tiempo. Cuando escuchen los pormenores de esta causa seguramente convendrán en que hay un solo veredicto posible: asesinato en primer grado. Esta fiscalía demostrará que la acusada asesinó con premeditación a su marido, porque éste la amenazó con divorciarse al enterarse de que ella tenía una aventura con el chófer de la familia. Vamos a demostrar que la acusada tuvo la motivación, la oportunidad y los medios para realizar a sangre fría su plan. Gracias. –Tomó asiento.

El presidente del tribunal se dirigió a Chotas.

–¿La defensa está preparada para su exposición inicial?

Napoleón Chotas se puso lentamente en pie.

–Sí, su Señoría. –Se adelantó hasta la tribuna del jurado con paso incierto. Se plantó delante de ellos, parpadeó, y luego habló casi como reflexionando en voz alta–. Tengo muchos años de vida, y he aprendido que una persona no puede disimular su carácter perverso. Siempre se le nota en algo. El poeta dijo una vez que los ojos son el espejo del alma, y yo creo que es cierto. Señoras y señores, quiero que miren a los ojos a la acusada, y se darán cuenta de que esa mujer no puede haber matado a nadie. –Chotas permaneció un momento inmóvil, como tratando de decidir si agregaba algo más, y luego regresó a su asiento.

Peter Demonides se sintió invadido por una repentina sensación de triunfo. *Caramba, ¡es la exposición más débil que he oído en la vida! Este hombre ya ha perdido.*

–¿Está listo el fiscal para llamar a su primer testigo?

–Sí, su Señoría. Llamo a Rosa Lykourgos.

Una mujer de mediana edad, robusta, se levantó de uno de los bancos del público y avanzó al frente con paso decidido.

–¿Puede decirnos su ocupación, señora Lykourgos?

–Soy el ama de llaves... –Se le ahogó la voz–. *Era* el ama de llaves del señor Savalas.

–¿De George Savalas?

–Sí, señor.

–¿Cuánto tiempo trabajó para él?

–Veinticinco años.

–Es mucho tiempo. ¿Apreciaba usted a su patrón?

–Era un santo.

–¿Trabajó bajo sus órdenes durante el primer matrimonio de Savalas?

–Sí, señor. Estuve junto a él cuando enterró a su mujer.

–¿Sería razonable afirmar que ambos tenían una buena relación?

–Estaban muy enamorados uno del otro.

Peter Demonides echó un vistazo a Napoleón Chotas, pues suponía que éste iba a plantear una objeción al tipo de interrogatorio, pero Chotas permaneció en su asiento, al parecer reconcentrado. Entonces, el fiscal prosiguió.

–¿Y trabajó también para el señor Savalas durante el segundo matrimonio con la acusada?

–Sí, señor, así fue –repuso, con desagrado.

–¿Diría usted que era un matrimonio feliz? –Nuevamente miró a Chotas, pero no hubo reacción.

–¿Feliz? No, señor. Se peleaban como perro y gato.

–¿Presenció usted alguna de esas peleas?

–No podía evitarlo. Se les oía por toda la casa, y eso que es una casa grande.

–Doy por sobreentendido que las peleas eran verbales, sin agresiones físicas... ¿El señor Savalas nunca pegó a su mujer?

–Claro que eran físicas, pero al revés: era la señora quien le pegaba *a él*. El señor Savalas ya era mayor y no tenía demasiada fuerza.

–¿Vio usted realmente que la señora golpeara a su marido?

–Más de una vez. –La testigo posó sus ojos en la acusada y contestó con un tono de satisfacción.

–Señora Lykourgos, la noche en que murió el señor Savalas, ¿qué miembros del servicio se hallaban en la casa?

–Ninguno.

Demonides transmitió una impresión de sorpresa en la voz.

–¿Dice usted que en una casa tan grande no quedó ni un

solo criado? ¿Acaso el señor Savalas no tenía cocinera, mayordomo...?

–Sí, claro que tenía; pero la señora nos dio la noche libre porque dijo que quería cocinar ella para su marido. Iba a ser una especie de segunda luna de miel. –La última frase fue pronunciada con ironía.

–¿De modo que la señora Savalas dio permiso a todos los sirvientes?

En esta ocasión fue el presidente del tribunal quien lanzó una miradita a Napoleón Chotas esperando que éste plantease alguna objeción, pero el abogado continuó en su lugar, con cara de preocupación. El juez se dirigió entonces al fiscal.

–Tenga a bien no influir en la testigo, señor fiscal.

–Disculpe, su Señoría. Voy a plantear la pregunta de otra manera. –Se acercó al ama de llaves–. ¿Lo que usted dice es que una noche en la que, de ordinario, la servidumbre se encontraría en la casa, la señora Savalas ordenó a todos que se fueran para poder quedarse sola con su marido?

–Sí, señor. Y el pobre señor tenía un resfriado espantoso.

–La señora Savalas, ¿cocinaba a menudo para su marido?

La mujer resopló con desprecio.

–¿Ella? No, señor. Jamás. Nunca movía un dedo en la casa.

Y Napoleón Chotas seguía sentado, escuchando como si fuera un espectador cualquiera.

–Gracias, señora. Ha sido usted muy amable.

Peter Demonides se volvió hacia Chotas tratando de disimular su satisfacción. La declaración de la señora Lykourgos había producido cierto efecto perceptible en los miembros del jurado, que lanzaban miradas de desaprobación a la acusada. *Vamos a ver cómo se las arregla el viejo con esto.*

–Su testigo.

Chotas levantó la mirada.

–¿Qué? Ah, no. No tengo preguntas.

El presidente del tribunal lo miró asombrado.

—Señor Chotas... ¿no desea repreguntar a la testigo?

El defensor se puso de pie.

—No, su Señoría. Me parece una mujer sincera.

Volvió a tomar asiento.

Peter Demonides no podía creer su buena suerte. *Dios mío*, pensó, *ni siquiera lucha. Este viejo está liquidado.* Ya saboreaba la victoria.

El juez se volvió entonces hacia el fiscal.

—Puede llamar al siguiente testigo —dijo.

—Llamo a Josef Pappas.

Un muchacho apuesto, de pelo oscuro, se levantó entre el público y se dirigió al banquillo de los testigos, donde se le tomó juramento.

—Señor Pappas, informe por favor a este tribunal cuál es su ocupación.

—Soy chófer.

—¿Tiene empleo en este momento?

—No.

—Pero lo tuvo hasta hace poco; es decir, hasta la muerte de George Savalas.

—Así es.

—¿Cuánto tiempo trabajó para la familia Savalas?

—Poco más de un año.

—¿Fue un empleo agradable?

El hombre observaba de reojo a Chotas, con la esperanza de que el abogado fuera en su rescate; pero sólo hubo silencio.

—¿Fue un empleo agradable, señor Pappas?

—Normal, supongo.

—¿Le pagaban un buen sueldo?

—Sí.

—Entonces, ¿no diría que era algo más que normal? Es decir, ¿no obtenía algunos beneficios adicionales? ¿No se acostaba regularmente con la señora Savalas?

Josef Pappas miró a Chotas como buscando ayuda, pero nada obtuvo.

–Sí, señor. Supongo que sí.

Demonides lo fulminó con una mirada de desprecio.

–*¿Supone que sí?* Recuerde que está bajo juramento. O tuvieron una aventura o no la tuvieron. Defínase.

Pappas se revolvió inquieto en su asiento.

–Tuvimos una aventura.

–¿Pese a que trabajaba para el marido de ella, que recibía un sueldo generoso, que vivía bajo el mismo techo que él?

–Sí, señor.

–¿No le molestaba recibir el dinero del señor Savalas mientras vivía un idilio con la esposa de él?

–No era un simple idilio.

Demonides tendió el señuelo con cuidado.

–¿No fue un simple idilio? ¿Qué quiere decir con eso?

–Quiero decir... que Anastasia y yo pensábamos casarnos.

Se produjeron murmullos de sorpresa en la sala. Los miembros del jurado miraban a la acusada.

–La idea de casarse, ¿fue suya o de la señora Savalas?

–Bueno, lo queríamos los dos.

–¿Quién lo propuso?

–Supongo que ella. –Miró hacia donde estaba sentada y ella le devolvió la mirada sin pestañear.

–Sinceramente, señor Pappas, me deja intrigado. ¿Cómo iba usted a hacer para casarse si la señora ya tenía marido? ¿Acaso pensaba esperar a que él se muriera de viejo o tuviera algún accidente fatal? ¿Qué era lo que tenía en mente?

Las preguntas eran tan insidiosas que el fiscal y los tres jueces miraron en dirección al abogado defensor esperando que protestara indignado, pero éste estaba muy ocupado haciendo garabatos, sin prestar atención. Anastasia Savalas también empezaba a poner cara de preocupación.

Demonides insistió.

–No ha respondido a mi pregunta, señor Pappas.

El chófer estaba visiblemente inquieto.

—No sé exactamente.

La voz del fiscal fue como un latigazo.

—Entonces déjeme decírselo *exactamente*. La señora Savalas planeó asesinar al marido para quitarlo de en medio. Sabía que él iba a borrarla del testamento, que quedaría sin un centavo, y...

—¡Protesto! —La objeción no provino de la defensa sino del presidente del tribunal—. Está exigiéndole al testigo una conjetura. —Se volvió hacia Chotas, sorprendido por el silencio del abogado. El anciano estaba recostado en su asiento, con los ojos entornados.

—Disculpe, su Señoría. —Pero Peter Demonides sabía que ya había dejado clara su opinión. Dirigiéndose a Chotas, dijo—: Su testigo.

Napoleón Chotas se levantó.

—Gracias, señor Demonides. No tengo preguntas.

Los tres jueces se miraron sorprendidos, y uno de ellos dijo:

—Señor Chotas, ¿comprende que ésta es la única oportunidad que tendrá de interrogar al testigo?

—Sí, su Señoría.

—Y teniendo en cuenta lo que él ha declarado, ¿no desea formularle pregunta alguna?

Chotas hizo un movimiento con la mano y respondió:

—No, su Señoría.

—Bien —dijo el juez con un suspiro—, el fiscal puede hacer pasar a su próximo testigo.

El siguiente fue Mihalis Haritonides, un hombre corpulento, de sesenta y tantos años.

Cuando se le hubo tomado juramento, el fiscal le pidió:

—Díganos por favor cuál es su ocupación.

—Soy gerente de un hotel.

—¿Puede decirnos el nombre del hotel?

—El Argos.

–¿Y dónde está situado?

–En Corfú.

–Voy a preguntarle, señor Haritonides, si alguna de las personas presentes en esta sala se alojó alguna vez en su establecimiento.

El hombre paseó la mirada a su alrededor.

–Sí, señor –contestó–. Él y ella.

–Que quede constancia que el testigo está señalando a Josef Pappas y Anastasia Savalas. –Volvió a dirigirse al testigo–. ¿Estuvieron en el hotel más de una vez?

–Sí, por supuesto. Unas cinco o seis veces, por lo menos.

–¿Y pasaron la noche juntos, en la misma habitación?

–Sí, señor. Solían venir los fines de semana.

–Gracias, señor Haritonides. –Miró al abogado defensor–. Es su testigo –dijo.

–No hay preguntas.

El presidente del tribunal cruzó unas palabras con sus dos colegas. Luego miró a Chotas.

–¿No tiene preguntas para este testigo?

–No, su Señoría. Creo en su testimonio. Es un bonito hotel. Yo mismo me he alojado allí.

El juez miró un largo instante al defensor. Luego se dirigió al fiscal.

–La fiscalía puede convocar a su próximo testigo.

–Quiero llamar al doctor Vassilis Frangescos.

Un hombre alto, distinguido, se aproximó al banquillo de los testigos y prestó juramento.

–Doctor Frangescos, ¿tendría la amabilidad de informarnos de cuál es su especialidad?

–Ejerzo la medicina general.

–¿Eso equivale a ser médico de cabecera?

–Es otra manera de llamarlo, sí.

–¿Cuánto hace que ejerce, doctor?

–Casi treinta años.

–Y tiene habilitación oficial, desde luego.

–Por supuesto.
–Doctor, ¿George Savalas era paciente suyo?
–Sí, lo fue.
–¿Durante cuánto tiempo?
–Algo más de diez años.
–¿Lo estaba tratando por alguna afección en particular?
–Bueno, la primera vez que fue a verme fue por un problema de presión sanguínea alta.
–Y usted le dio tratamiento concretamente para eso.
–Sí.
–¿Y después volvió a atenderlo?
–Sí, sí. De vez en cuando me consultaba... cuando tenía bronquitis o algún problema hepático... nada grave.
–¿Cuándo fue la última vez que lo vio?
–En diciembre del año pasado.
–Es decir, poco antes de que él muriera.
–En efecto.
–¿Fue él a su consultorio?
–No. Fui yo a verlo a la casa.
–¿Acostumbra usted a hacer visitas domiciliarias?
–No; por lo general, no.
–Pero en ese caso hizo una excepción.
–Sí.
–¿Por qué?
El médico vaciló.
–Bueno, porque no estaba en condiciones de moverse.
–¿Cómo estaba?
–Tenía heridas, algunas costillas astilladas y varias contusiones.
–¿Había tenido un accidente?
El doctor Frangescos dudó antes de responder.
–No. Me dijo que le había pegado su mujer.
El público contuvo el aliento.
El presidente del tribunal habló en tono de fastidio.
–Señor Chotas, ¿no va a protestar porque se está haciendo

constar en acta como testimonio algo que sólo se sabe de oídas?

Napoleón Chotas levantó la mirada.

—Ah sí, gracias, su Señoría. Sí, protesto.

Pero desde luego, el daño ya estaba hecho: los miembros del jurado miraban a la acusada con manifiesta hostilidad.

—Gracias, doctor Frangescos. No hay más preguntas. —Demonides se volvió hacia el defensor y dijo, complacido—: Su testigo.

—No tengo preguntas.

A continuación se sucedieron testigos: una criada que aseguraba haber visto más de una vez cómo la señora Savalas se dirigía al cuarto del chófer... un mayordomo que decía haber oído que George Savalas amenazaba con divorciarse de su mujer y borrarla del testamento... vecinos que habían oído las discusiones del matrimonio...

Y Napoleón Chotas seguía sin formular pregunta alguna a los testigos.

La trama se iba cerrando rápidamente en torno de Anastasia Savalas.

Demonides vivía por anticipado el placer de la victoria. Imaginaba los titulares de los diarios. Ese juicio penal iba a ser el más breve de la historia. *Podría terminar hoy mismo, incluso*, pensó; *el gran Napoleón Chotas es hombre derrotado.*

—Quiero llamar al estrado al señor Niko Mentakis.

Se trataba de un muchacho delgado, que hablaba lentamente, con cuidado.

—Señor Mentakis, ¿puede decirle a este tribunal cual es su ocupación?

—Trabajo en un vivero.

—Ah, entonces es un experto en plantas, árboles y flores, es decir, en cosas que crecen.

–Desde luego. Hace muchos años que me dedico a lo mismo.

–Supongo que una parte de su trabajo consiste en asegurarse de que las plantas que tiene a la venta se mantengan sanas.

–Sí, claro. Las cuidamos mucho. No seríamos capaces de vender plantas enfermas a nuestros clientes, la mayoría de los cuales son habituales.

–¿Eso quiere decir que vuelven siempre a comprarles a ustedes?

–Sí, señor –repuso con orgullo–. Les brindamos un buen servicio.

–Dígame, señor Mentakis, ¿la señora Savalas era una clienta habitual?

–Sí, sí, señor. A ella le encantan las plantas y las flores.

El presidente del tribunal tomó la palabra, impaciente:

–Señor Demonides, este tribunal considera que su interrogatorio no viene al caso. Por favor, pase a otro tema o...

–Si su Señoría me permite terminar, creo que este testigo es fundamental para la causa.

El juez miró en dirección al defensor.

–Señor Chotas, ¿no pone usted reparos a este tipo de interrogatorio?

Chotas levantó la mirada y parpadeó.

–¿Qué? No, su Señoría.

El juez parecía desilusionado; luego se volvió hacia el fiscal.

–Bien, puede continuar –dijo.

–Señor Mentakis, ¿la señora Savalas fue un día a verlo en el mes de diciembre y le contó que tenía problemas con algunas plantas?

–Sí, señor.

–Más aún, ¿le dijo que una plaga de insectos le estaba destruyendo las plantas?

–Sí, señor.

–¿Le pidió entonces algún producto pára eliminarlos?
–Sí, señor.
–¿Puede decir a este tribunal qué era?
–Le vendí antimonio.
–¿Puede explicar qué es eso?
–Es un veneno, como el arsénico.
Se produjo un fuerte murmullo en la sala.
El juez golpeó con el mazo.
–Si se produce otra reacción semejante, ordenaré que desalojen la sala. –Le habló al fiscal–. Puede continuar con el interrogatorio.
–Entonces usted le vendió cierta cantidad de antimonio.
–Sí, señor.
–¿Diría usted que se trata de un veneno letal? Antes lo ha comparado con el arsénico.
–Ah, sí, señor. Es mortal.
–¿Y asentó la venta en sus libros como exige la ley para vender sustancias venenosas?
–Sí, señor.
–¿Ha traído aquí dicho libro?
–Sí, señor. –Se lo entregó.
El fiscal se acercó a los jueces.
–Desearía que este libro se rotulara como Prueba A. –Se volvió hacia el testigo–. No tengo más preguntas. –Miró al defensor.
Pero Napoleón Chotas movió la cabeza.
–No tengo preguntas –dijo otra vez.
Peter Demonides respiró hondo. Había llegado el momento de dejar caer la bomba.
–Quisiera presentar la Prueba B. Giró y pidió a un ujier–: ¿Puede traerla, por favor?
El ujier salió de prisa y volvió segundos más tarde con un jarabe para la tos en una bandeja. Se notaba que faltaba cierta cantidad de jarabe del frasco. El público observó

con interés cómo entregaba el ujier la botellita al fiscal, y éste la colocaba delante de los miembros del jurado.

–Señoras y señores, ustedes están buscanco el arma homicida: ésta es la que mató a George Savalas, el remedio para la tos que la señora Savalas le dio a su marido la noche en que éste murió. El frasco contiene antimonio. La víctima ingirió cierta cantidad... y veinte minutos más tarde murió.

Napoleón Chotas se puso de pie y dijo, con sencillez:

–El fiscal no puede saber a ciencia cierta si el difunto bebió de ese frasco en particular.

Peter Demonides cayó en la trampa.

–Con el debido respeto hacia mi colega, la señora Savalas ha reconocido que le dio a su marido este jarabe durante un acceso de tos la noche en que él murió. La policía lo ha mantenido bajo llave hasta que se ha traído a esta sala, hace unos minutos. El forense declaró que George Savalas murió de envenenamiento con antimonio, y este jarabe tiene un alto contenido de antimonio. –Miró desafiante al defensor.

Chotas meneó la cabeza con aire de vencido.

–Entonces supongo que no hay dudas.

–Ni la más mínima –aseguró Demonides, victorioso–. Gracias, doctor Chotas. La fiscalía concluye su presentación.

Napoleón Chotas se levantó y permaneció un largo instante sin moverse. Luego se acercó lentamente hasta la tribuna del jurado rascándose la cabeza como si estuviera pensando qué iba a decir. Cuando por fin habló, lo hizo midiendo las palabras.

–Algunos se preguntarán por qué no he interrogado a ninguno de los testigos. Bueno, a decir verdad creo que el señor Demonides ha hecho un trabajo tan bueno que no me pareció necesario formular yo pregunta alguna.

Este idiota me está favoreciendo, pensó el fiscal lleno de regocijo.

Napoleón Chotas se dio la vuelta para mirar un momento el frasco de jarabe; luego volvió a encararse al jurado.

—Los testigos me han parecido muy sinceros, pero en realidad no han probado nada, ¿no creen? Quiero decir... bueno, si se analiza todo lo que han declarado, se saca una conclusión: que una muchacha joven, muy bonita, se casó con un viejo que probablemente no podía satisfacerla sexualmente. —Señaló con la cabeza a Josef Pappas—. Entonces encontró a un hombre joven que sí la satisfizo. Pero todo eso lo sabíamos por los diarios, ¿no? Su relación amorosa no tiene nada de secreto. El mundo entero lo sabía; salió publicado en todas las revistas del mundo. Ahora bien, señoras y señores, ustedes podrán no estar de acuerdo con su comportamiento, pero aquí no se está juzgando a Anastasia Savalas por adulterio. No comparece ante este tribunal porque tenga instintos sexuales normales, como los que tiene cualquier mujer. No; se la está juzgando por homicidio.

Se volvió para mirar de nuevo el frasco, como fascinado.

Que siga divagando, pensó el fiscal Demonides. Miró la hora en el reloj de la pared. Las doce menos cinco. Los jueces solían levantar la sesión al mediodía. *Este viejo tonto no va a terminar de presentar su alegato.* No era lo suficientemente inteligente ni siquiera para esperar hasta que el tribunal volviera a reunirse. *¿Cómo puede ser que alguna vez le haya tenido miedo?*, se preguntó Peter Demonides.

El defensor seguía hablando.

—¿Por qué no analizamos juntos las pruebas? Unas plantas de la señora Savalas enfermaron, y ella se preocupó. Acudió al señor Mentakis, un experto en plantas, quien le aconsejó utilizar antimonio. Ella entonces siguió su consejo. ¿Eso es homicidio? Ciertamente, no. Después está la declaración del ama de llaves, quien ha dicho que la señora Savalas dio permiso a toda la servidumbre para poder tener una cena íntima con su marido, cena que iba a cocinar ella misma. Bueno, yo creo que la verdad es que el ama de llaves estaba medio enamorada del señor Savalas. No se trabajan veinticinco años para un hombre a menos que se tengan sentimientos profundos por él. Sentía celos de Anastasia Savalas. ¿No se han dado cuenta por el tono de voz que ha empleado? –Carraspeó–. Supongamos que la acusada amaba realmente a su esposo y estaba tratando por todos los medios de que se solucionaran los problemas matrimoniales. ¿De qué forma demuestra amor una mujer a un hombre? Bueno, uno de los sistemas más comunes es cocinar para él. ¿Acaso no es una forma de amor? Yo creo que sí. –Se dio la vuelta para mirar una vez más el frasco–. ¿Y otra forma no sería cuidarlo cuando se está enfermo... en la salud y en la enfermedad?

Faltaba un minuto para las doce.

–Señoras y señores, al comenzar este juicio les he pedido que miraran a los ojos a esta mujer. Esa cara no es la de una asesina. Esos ojos no son los ojos de una homicida.

Demonides vio que los miembros del jurado observaban a la acusada. Jamás había notado una hostilidad tan evidente. Tenía al jurado en el bolsillo.

–La ley es muy clara, señoras y señores. Como les informarán nuestros honorables jueces, para decidirse por el veredicto de culpable no deberán tener ustedes ni la más mínima duda sobre la culpabilidad de la acusada.

Mientras hablaba volvió a toser; sacó un pañuelo del bolsillo y se tapó la boca. Luego se adelantó hacia donde estaba el frasco de jarabe.

–Si uno lo piensa bien, el fiscal no ha demostrado nada, ¿no es cierto? Salvo que ésta es la botella que la señora Savalas entregó a su marido. La verdad es que la fiscalía no ha probado absolutamente nada. –Al concluir la frase, tuvo un acceso de tos. Inconscientemente tomó el frasco de medicina, se lo llevó a los labios y bebió un largo sorbo. Todos los presentes lo miraron hipnotizados, y soltaron una exclamación de horror.

De pronto se produjo un gran bullicio.

El presidente del tribunal habló, alarmado:

–Señor Chotas...

El defensor bebió otro sorbo.

–Su Señoría, la presentación del fiscal es una burla a la justicia. George Savalas no murió a manos de esta mujer. La defensa ha concluido su alegato.

El reloj dio las doce. Un ujier se acercó de prisa al presidente del tribunal y le susurró algo al oído.

El juez golpeó con su mazo.

–¡Orden en la sala! Tendremos un receso. El jurado se retirará a deliberar y tratará de llegar a un veredicto. Este tribunal volverá a reunirse a las dos.

Peter Demonides estaba petrificado. ¡Alguien había cambiado los frascos! Pero no, eso era imposible. La prueba había estado custodiada en todo momento. ¿Podía haberse equivocado hasta ese punto el forense? Se volvió para intercambiar unas palabras con su asistente, y cuando buscó a Chotas con la mirada, éste había desaparecido.

A las dos, cuando volvió a reunirse el tribunal, lentamente los miembros del jurado fueron ocupando de nuevo sus asientos. Napoleón Chotas faltaba.

El hijo de puta ha muerto, pensó el fiscal.

Pero en el mismo instante en que lo pensaba, Chotas entró en la sala, rebosante de salud. Todos se volvieron para mirarlo dirigirse a su asiento.

–Señoras y señores del jurado –dijo el juez–, ¿han llegado a un veredicto?

El presidente del jurado se puso de pie.

–Sí, su Señoría. La acusada es inocente.

Espontáneamente el público prorrumpió en aplausos.

Peter Demonides se puso pálido. *El muy hijo de puta me ha ganado otra vez,* se dijo. Levantó la mirada y vio que Napoleón Chotas lo observaba, sonriente.

VIII

El bufete Tritsis & Tritsis era sin lugar a dudas el más prestigioso de Grecia. Los fundadores se habían jubilado mucho tiempo atrás, y la firma pertenecía en la actualidad a Napoleón Chotas. Había otros seis socios, pero el más importante era Chotas.

Cuando alguna persona acaudalada era acusada de homicidio, inmediatamente pensaba en Napoleón Chotas, un abogado con una excelente reputación. A lo largo de los años que llevaba defendiendo a personas acusadas de delitos capitales, había acumulado un éxito tras otro. El reciente juicio a Anastasia Savalas había ocupado los titulares del mundo entero, pues le tocó defender a una persona a la que todos consideraban culpable de homicidio y obtuvo una victoria espectacular. Había corrido un riesgo enorme al defender a esa mujer, pero lo hizo sabiendo que era la única forma de salvarle la vida.

Sonrió para sus adentros al recordar la cara que pusieron los miembros del jurado al ver que bebía un trago del jarabe envenenado. Había planeado perfectamente su alegato para que lo interrumpieran a las doce en punto: ese detalle era de máxima importancia. *Si los jueces hubiesen modificado su costumbre rutinaria de suspender la sesión a las doce...* Temblaba de sólo pensar lo que podría haber ocurrido.

Sin embargo, surgió un hecho inesperado que casi le cuesta la vida. Una vez levantada la sesión, Chotas corría por el pasillo cuando un grupo de periodistas se le cruzó en el camino.

–Señor Chotas, ¿cómo ha sabido que el jarabe no estaba envenenado?

–¿Puede explicar...?

–¿Cree que alguien cambió el frasco...?

–¿Tenía Anastasia Savalas...?

–Señores, por favor, tengo que atender a una llamada de la naturaleza. Con todo gusto responderé después a sus preguntas. Caminó de prisa hasta el baño de caballeros que había al fondo del pasillo. En la puerta encontró un cartelito que decía: «Fuera de servicio».

–Va a tener que buscar otro –sostuvo un periodista.

–Lamentablemente no puedo esperar. –Empujó la puerta, entró y cerró con llave.

El equipo lo aguardaba en el interior. El médico protestó.

–Ya estaba empezando a preocuparme. El antimonio hace efecto muy rápido. –Se dirigió a su ayudante–. Prepare en seguida la bomba estomacal.

–Sí, doctor.

El facultativo le habló entonces a Chotas.

–Tiéndase en el suelo. Esto va a ser bastante desagradable.

–Considerando la otra opción –expresó el abogado, sonriente–, estoy seguro de que no me va a importar.

Los honorarios que percibió Napoleón Chotas por salvar la vida de Anastasia Savalas ascendieron a un millón de dólares, depositados en una cuenta de un banco suizo. Chotas poseía una mansión palaciega en Kolonarai –hermosa zona residencial de Atenas–, una villa de descanso en la isla de Corfú y un apartamento en la parisina avenida Foch.

Tenía sobrados motivos para estar satisfecho con su vida. Había una sola nube en su horizonte.

Se trataba de Frederick Stavros, la última incorporación al bufete. Los demás colegas se quejaban continuamente de él.

–Es un profesional de segunda, Napoleón. No debería estar en un despacho como éste...

–Stavros casi echa a perder la causa. Ese tipo es un idiota...

–¿Te enteraste de lo que hizo ayer en el juicio? El juez casi lo expulsa...

–Maldita sea, ¿por qué no lo echas? No tiene nada que hacer aquí. No lo necesitamos, y desprestigia el nombre que nos hemos hecho.

Napoleón Chotas tenía plena conciencia de todo eso, y estuvo tentado de contar la verdad. *No puedo echarlo.* Pero lo único que dijo fue:

–Démosle una oportunidad y ya veréis como mejora.

Sus socios no pudieron sacarle ni una palabra más.

Cierta vez dijo un filósofo: «Ten cuidado con lo que deseas, porque quizá lo consigas».

Frederick Stavros, el abogado más joven de Tritsis & Tritsis, había visto realizado su deseo, lo cual lo volvió el hombre más desdichado de la tierra. No podía dormir ni comer, y había perdido peso de forma alarmante.

–Tendrías que ir a ver al médico –le sugería su mujer–. Te noto muy mal.

–No... no me serviría de nada.

Sabía que lo que le pasaba era algo que ningún médico podía curar. Lo estaban matando los remordimientos de conciencia.

Frederick Stavros era un muchacho ambicioso, idealista. Durante años había trabajado en una ruinosa oficina de Monastiraki, un barrio pobre de Atenas, defendiendo a clientes menesterosos, a menudo sin cobrar honorarios.

Cuando conoció a Napoleón Chotas, su vida cambió de la noche a la mañana.

Un año antes Stavros habla defendido a Larry Douglas, juzgado junto con Noelle Page por el homicidio de Catherine, la mujer de Douglas. Chotas había sido contratado por el poderoso Constantin Demiris para defender a su amante. Desde el primer momento Stavros accedió gustoso a que Chotas se hiciera cargo de las dos defensas, pues admiraba profundamente al brillante criminalista.

–Tendrías que ver a Chotas en acción –solía comentarle a su mujer–. Ese hombre es increíble. Ojalá algún día pudiera entrar yo en su bufete.

Cuando el juicio iba a concluir, se produjo un giro inesperado. Chotas, muy sonriente, convocó a Noelle Page, Larry Douglas y Frederick Stavros en su despacho privado.

–Tengo una buena noticia –anunció–. Acabo de mantener una conversación con los jueces, quienes convinieron que, si los acusados se declaran culpables, el señor Douglas será deportado, con la prohibición de regresar jamás a Grecia. A Noelle se la condenará a cinco años de prisión condicional, por lo cual tendrá que cumplir sólo seis meses.

Noelle Page y Larry Douglas aceptaron gustosos declararse culpables. Minutos más tarde, cuando los acusados y sus defensores se presentaron delante del estrado, el presidente del tribunal dijo:

–Los tribunales griegos jamás han emitido una condena a muerte si no se ha probado fehacientemente la autoría de un crimen. Por lo tanto, nos sorprende sobremanera que los acusados hayan decidido declararse culpables en mitad del juicio. Eso no nos deja más opción que decretar la condena a muerte de Noelle Page y Lawrence Douglas, que se llevará a efecto por fusilamiento en los próximos treinta días.

En ese momento Stavros comprendió que Chotas les había tendido una trampa a todos. Nunca había habido un acuerdo con los jueces. Chotas había sido contratado por Demiris no para defender a Noelle Page sino para asegurarse de que la condenaran. De esa forma Demiris se vengó de la mujer que lo había traicionado. Así que, sin saberlo, Stavros había participado en una conspiración para asesinar a sangre fría.

No puedo permitir que esto ocurra, se dijo. *Voy a presentarme ante el presidente del tribunal y a contarle lo que hizo Chotas, así revocarán la sentencia.*

Pero luego Chotas fue a ver a Stavros.

–Si no tienes nada que hacer mañana, ¿por qué no te vienes a almorzar, Frederick? Me gustaría presentarte a mis socios... Un mes más tarde, Frederick Stavros había pasado a integrarse formalmente en el plantel de Tritsis & Tritsis; se le asignó un amplio despacho y un sueldo generoso. Había vendido su alma al diablo, pero también estaba dándose cuenta de que no podía vivir con semejante secreto. *No puedo seguir así.*

No podía deshacerse de los remordimientos. *Soy un asesino*, se recriminaba.

Meditó largamente sobre su dilema hasta que llegó a una conclusión.

Una mañana se dirigió bien temprano al despacho de Chotas.

–León...

–Dios santo, qué aspecto tienes –exclamó Chotas–. ¿Por qué no te tomas unas vacaciones, Frederick? ¿No crees que te vendrían bien?

Stavros sabía que eso no era la solución de su problema.

–León, yo te estoy muy agradecido por todo lo que has hecho por mí, pero... no puedo quedarme aquí.

Chotas lo miró asombrado.

–No sé de qué me hablas. Tengo la impresión de que te va bien.

–No. Me siento desgarrado.

–¿Desgarrado? No sé qué es lo que te inquieta.

Stavros lo miró con ojos de incredulidad.
—Me refiero a... lo que tú y yo les hicimos a Noelle Page y Larry Douglas. ¿Acaso no te sientes culpable?
Chotas entornó los ojos. *Con cuidado.*
—Frederick, a veces se hace justicia de la manera más tortuosa. —Sonrió—. Créeme: no tenemos nada que reprocharnos; ellos eran culpables.
—Pero *nosotros* los condenamos, les hicimos caer en una celada. No puedo vivir con ese cargo de conciencia. Lo siento. Te aviso que me quedaré en el despacho sólo hasta fin de mes.
—No voy a aceptar tu renuncia —se opuso Chotas, firmemente—. ¿Por qué no haces lo que te sugiero, te tomas unas vacaciones y...?
—No. Nunca podría ser feliz aquí, sabiendo lo que sé. Perdóname.
Napoleón Chotas lo estudió con mirada severa.
—¿Te das cuenta de lo que haces? Estás tirando por la borda una carrera brillante... estás arruinando tu vida.
—No; estoy salvando mi vida.
—¿O sea que tu decisión es irrevocable?
—Sí. Lo siento muchísimo, León, pero no tienes por qué preocuparte. Jamás voy a comentar con nadie... lo ocurrido. —Dio media vuelta y se marchó.
Napoleón Chotas permaneció largo rato sentado ante su escritorio, sumido en sus pensamientos. Por último, tomó una decisión. Fue hasta el teléfono y marcó un número.
—¿Podría avisarle al señor Demiris que debo verle esta tarde? Dígale que es urgente.

Aquella misma tarde, a las cuatro, el abogado se hallaba en el despacho de Demiris.
—¿Cuál es el problema, León?
—Quizá ni siquiera sea un problema —replicó Chotas, cau-

teloso—, pero me ha parecido conveniente informarte de que Frederick Stavros ha venido a verme esta mañana porque ha resuelto irse del despacho.

—¿Stavros? ¿El abogado de Larry Douglas? ¿Y eso qué importa?

—Parece ser que tiene remordimientos de conciencia.

Hubo un silencio denso.

—Entiendo.

—Me prometió no comentar... lo ocurrido aquel día en los tribunales.

—¿Le crees?

—Sí. Sinceramente le creo, Costa.

Demiris sonrió.

—Bueno, entonces no tenemos nada de qué preocuparnos, ¿verdad?

Chotas se puso de pie con una sensación de alivio.

—No, supongo que no. Sólo pensé que debías saberlo.

—Has hecho bien en decírmelo. ¿Podemos salir juntos a comer la semana que viene?

—Desde luego.

—Te llamo y fijamos un día.

—Gracias, Costa.

El viernes, a última hora de la tarde, en la inmensa iglesia de Kapnikarea, situada en el centro de Atenas, reinaba un silencio de paz. En un rincón, cerca del altar, Frederick Stavros se arrodilló frente al padre Konstantinou. El sacerdote le colocó un paño sobre la cabeza.

—Padre, he pecado y no puedo expiar mi culpa.

—El gran problema del hombre, hijo mío, es que supone que su naturaleza es sólo humana. ¿Qué pecados has cometido?

—Soy un asesino.

—¿Has quitado vidas?

—Sí, padre. Y no sé qué hacer para obtener perdón.

—Dios sabe lo que hay que hacer. Se lo preguntaremos a Él.

—Me dejé llevar por el mal camino de la vanidad y la codicia. Esto sucedió hace un año. Yo en esa época defendía a un hombre acusado de homicidio. El juicio iba bien, pero Napoleón Chotas...

Cuando se marchó de la iglesia media hora más tarde, se sentía un hombre distinto. Tenía la sensación de haberse quitado un enorme peso de los hombros. El ancestral rito de la confesión lo había purificado. Se lo había contado todo al sacerdote, y por primera vez desde aquel día terrible, volvió a sentirse puro.

Voy a empezar una vida nueva. Me mudaré a otra ciudad para partir de cero. De alguna manera voy a tratar de pagar por el acto tan tremendo que cometí. Gracias, padre, por darme otra oportunidad.

Ya había oscurecido, y el centro de la plaza Ermos estaba casi desierto. Frederick Stavros llegó a la esquina en el momento en que el semáforo se ponía en verde; entonces se lanzó a cruzar. Sin embargo, cuando llegó a la mitad de la bocacalle, una limusina negra que venía con las luces apagadas avanzó cuesta abajo en dirección a él, como un monstruo furioso. Stavros la contempló, paralizado. Ya era tarde para saltar a un lado. Se oyó un estruendo ensordecedor, y el abogado sintió en su cuerpo un atroz golpe que lo despedazaba. Después de un momento de dolor insoportable, se hizo la oscuridad en su cerebro.

Napoleón Chotas tenía por costumbre levantarse temprano. Disfrutaba de esos momentos de soledad antes de que las tensiones del día comenzaran a atraparlo. Siempre desayunaba solo y leía el diario mientras comía. Ese día en particular había varias noticias de interés. El primer ministro Themistocles Sophoulis había formado su gabinete de coalición con cinco partidos. *Tengo que enviarle una nota de felicitación.* Las fuerzas comunistas chinas habían llegado a la margen norte del río Yang-Tsé-Kiang. Harry Truman y Alben Bartley acababan de jurar como Presidente y Vicepresidente de los Estados Unidos. Chotas llegó a la página dos, y se le heló la sangre. La noticia que tanto lo impresionó decía: «Anoche, cuando salía de la iglesia de Kapnikarea, el abogado Frederick Stavros, integrante del prestigioso bufete Tritsis & Tritsis, perdió la vida al ser atropellado por un vehículo que se dio a la fuga. Testigos del hecho aseguran que el vehículo era una limusina negra, sin matrícula. El doctor Stavros tuvo una destacada actuación en el sensacional juicio por homicidio que se siguió contra Noelle Page y Larry Douglas, en el que representó a éste último...».

Chotas dejó de leer y permaneció sentado, rígido, sin acordarse del desayuno. Un accidente. *¿Realmente ha sido un accidente?* Demiris le había dicho que no había nada de qué preocuparse, pero demasiadas personas habían cometido el error de creer en sus palabras.

Tomó entonces el teléfono y llamó a Demiris. La secretaria lo comunicó en seguida.

—¿Ya has leído el diario de hoy?

—No. ¿Por qué?

—Ha muerto Federick Stavros.

—*¿Qué?* —exclamó Demiris, sorprendido—. ¿Qué estás diciendo?

—Que murió anoche, atropellado por un automóvil que huyó.

—Dios mío. Cuánto lo siento, León. ¿Detuvieron ya al conductor?

—No, todavía no.

—A lo mejor yo puedo presionar un poco a la policía.

Ya no se puede ni andar por la calle. A propósito, ¿te viene bien el jueves para que salgamos a cenar?

–Perfecto.

–Quedamos, entonces, este jueves.

Napoleón Chotas era un experto en leer entre líneas. *Demiris estaba sorprendido de verdad. No tuvo nada que ver con la muerte de Stavros*, se dijo.

A la mañana siguiente, Chotas entró en el garaje privado del edificio donde tenía su bufete y aparcó el coche. Cuando se dirigía al ascensor, apareció un hombre joven.

–¿Tiene fuego?

Una luz de alarma se encendió en la mente del abogado. Ese sujeto era un extraño y no tenía nada que hacer en el garaje.

–Sí. –Sin pensarlo, golpeó fuertemente al desconocido en la cara con la cartera.

El individuo lanzó un grito de dolor.

–¡Hijo de puta! –dijo. Metió la mano en el bolsillo y sacó un revólver con silenciador.

–¡Eh! ¿Qué pasa ahí? –gritó alguien. Un guardia uniformado corría hacia ellos.

El desconocido vaciló un instante; luego huyó de prisa hacia la puerta.

El vigilante llegó a donde se hallaba el abogado.

–¿Está bien?

–Sí... –Tenía dificultad para respirar–. Estoy bien...

–¿Qué quería ese individuo?

Chotas respondió lentamente:

–No estoy seguro.

Puede haber sido una coincidencia, se dijo Chotas al tiempo que se sentaba a su escritorio. *Es posible que sólo quisiera robarme, pero no se usa un revólver con silenciador para robar. No; tenía planeado matarme. Y seguramente Constantin Demiris se habría mostrado tan sorprendido al enterarse de la noticia como lo estuvo conmigo cuando le mencioné la muerte de Frederick Stavros.*

Tendría que haberme dado cuenta, pensó Chotas. *Demiris no es hombre que corra riesgos. No puede permitirse el lujo en este momento de dejar ningún cabo suelto. Bueno, ahora se va a llevar una sorpresa.*

La voz de la secretaria le llegó por el interfono.

–Señor, tiene que estar en el tribunal dentro de media hora.

Ese día debía exponer el alegato final en un caso de homicidio múltiple, pero estaba demasiado conmovido para presentarse en el juzgado.

–Llame al juez y explíquele que estoy enfermo. Que uno de los otros abogados tome mi lugar. No me pase más llamadas.

Sacó una grabadora que tenía en un cajón del escritorio y pensó unos momentos. Luego empezó a hablar.

A primera hora de la tarde se dirigió a la oficina del fiscal, señor Peter Demonides, portando un sobre marrón. La recepcionista lo reconoció en el acto.

–Buenas tardes, señor Chotas. ¿Qué desea?

–Quiero ver al señor Demonides.

–Está en una reunión. ¿Sabía él que usted venía?

–No. Avísele, por favor, que estoy aquí, y que es urgente.

–Por supuesto.

Quince minutos más tarde, Chotas entraba en el despacho del fiscal.

–Vaya –saludó Demonides–, Mahoma viene a la montaña. ¿En qué puedo servirte? ¿Vamos a negociar la condena en el juicio de hoy?

–No. Vengo a verte por una cuestión personal, Peter.

–Siéntate, León.

Cuando ambos hubieron tomado asiento, Chotas dijo:

—Quiero dejarte un sobre. Está cerrado y lacrado, y sólo ha de abrirse en caso de que yo muriese por accidente.

Peter Demonides lo observaba con expresión de curiosidad.

—¿Esperas que te ocurra algo?

—Es una posibilidad.

—Entiendo. ¿Un cliente desagradecido?

—No importa quién. Tú eres la única persona en quien puedo confiar. ¿Puedes guardar esto en una caja fuerte, a la que nadie tenga acceso?

—Desde luego. —Se inclinó hacia adelante—. Te noto muy asustado.

—Sí, tengo miedo.

—¿Quieres que te brinde protección? Podría enviarte un policía de custodia.

Chotas tocó el sobre marrón.

—Ésta es la única protección que necesito.

—De acuerdo. Si estás seguro...

—Sí, estoy seguro. —Se puso de pie y le tendió la mano—. *Efharisto*. No sabes cuánto te lo agradezco.

Peter Demonides sonrió.

—*Parakalo*. Me debes una —dijo.

Una hora más tarde, un mensajero se presentó en las oficinas de la Corporación Helénica y se acercó a una de las secretarias.

—Traigo un paquete para el señor Demiris.

—Puede dejármelo a mí.

—Tengo órdenes de entregárselo personalmente.

—Lo siento, pero ahora no puedo interrumpirlo. ¿Quién lo envía?

—Napoleón Chotas.

—¿Está seguro de que no puede dejarlo, sin más?

—Seguro.

–Espere un momento; voy a ver si el señor Demiris lo acepta. –Apretó un botón del interfono–. Perdone, señor, pero han traído un paquete para usted de parte del doctor Chotas.

–Tráigamelo, Irene.

–El mensajero dice que tiene órdenes de entregárselo en propia mano.

Se produjo una pausa.

–Entre usted con él.

Irene y el muchacho entraron en el despacho.

–¿Es usted Constantin Demiris?

–Sí.

–¿Puede firmar aquí, por favor?

Demiris así lo hizo, y el mensajero dejó el paquete sobre el escritorio.

–Gracias.

Constantin Demiris observó retirarse a su secretaria y el mensajero. Estudió el grueso sobre un instante con rostro pensativo; luego lo abrió. Dentro había una grabadora con una cinta. Curioso, apretó un botón y la cinta empezó a girar.

La voz de Napoleón Chotas invadió la habitación.

«Mi estimado Costa: Todo habría sido mucho más sencillo si hubieses creído que Frederick Stavros no tenía intenciones de revelar nuestro secreto. Lamento aún más que no hayas creído que yo tampoco tenía intenciones de comentar ese lamentable episodio. Tengo motivos sobrados para suponer que tú provocaste la muerte del pobre Stavros, y que ahora planeas matarme a mí. Como mi vida es para mí tan preciada como la tuya para ti, respetuosamente me niego a ser tu próxima víctima... He tomado la precaución de poner por escrito los pormenores de la actuación que nos cupo a ambos en el juicio de Noelle Page y Larry Douglas. El escrito lo he guardado en un sobre lacrado y se lo he entregado al fiscal general, con orden de abrirlo sólo en caso de que yo tuviera una muerte accidental. Por eso ahora tendrás sumo interés, mi amigo, en que yo siga con vida y gozando de buena salud.» La cinta concluyó.

Constantin Demiris permaneció allí, con la mirada perdida en el vacío.

Cuando Chotas regresó esa tarde a su oficina, ya no sentía miedo. Demiris era un hombre peligroso, pero no era nada tonto. No se iba a ensañar con alguien si con ese acto corría peligro él. *Él ha hecho su jugada*, pensó, *y yo le he dado jaque mate.* Sonrió para sus adentros. *Supongo que me conviene hacer otros planes para la cena del jueves.*

Durante los días siguientes, estuvo muy ocupado con la defensa de una mujer que había asesinado a las dos amantes de su marido. Se levantaba muy temprano por la mañana y trabajaba hasta bien entrada la noche preparando las preguntas. Tenía la impresión de que, pese a ser un caso difícil, iba a ganarlo.

El miércoles se quedó trabajando en su despacho hasta medianoche; luego volvió en coche a su casa.

El mayordomo lo recibió en la puerta.

—¿Se le ofrece algo, señor? Puedo prepararle unos *mezedes* si tiene hambre, o...

—No, gracias. No quiero nada. Váyase a dormir.

Chotas se encaminó a su dormitorio. Durante otra hora más repasó mentalmente los detalles del juicio, hasta que finalmente, a las dos, se durmió y tuvo pesadillas.

Soñó que estaba en el juzgado preguntando a un testigo cuando, de pronto, éste comenzó a quitarse la ropa.

—¿Por qué hace eso? —le preguntó Chotas.

—Estoy ardiendo.

Chotas paseó la vista por la sala y vio que todos los espectadores estaban haciendo lo mismo. Entonces, se volvió para hablarle al juez.

–Su Señoría, protesto...

El juez también se estaba quitando la toga.

–Hace mucho calor aquí –dijo.

Hace calor aquí. Y hay mucho ruido.

Napoleón Chotas abrió los ojos y vio llamaradas en su dormitorio, y un humo denso.

Se incorporó, y en el acto se despabiló.

Se está incendiando la casa. ¿Cómo no ha sonado la alarma contra incendios?

La puerta del cuarto comenzaba a combarse por acción del calor. Corrió a la ventana, ahogándose con el humo. Trató de abrirla, pero estaba atrancada. El humo se volvía más denso, y cada vez era más difícil respirar. No había forma de escapar.

Cenizas ardientes comenzaron a caer del techo. Una pared se desplomó pesadamente y gruesas llamaradas lo envolvieron todo. Lanzó alaridos. Tenía el pelo y el pijama en llamas. Cegado, se arrojó contra la ventana cerrada, la rompió, y su cuerpo encendido cayó al suelo desde una altura de unos cinco metros.

A primera hora del día siguiente, el fiscal Demonides entró en el despacho de Demiris.

–*Kalimera*, Peter –lo saludó Demiris–. Gracias por venir. ¿Has traído lo que te pedí?

–Sí, señor. –Le entregó el sobre lacrado que le había dado Napoleón Chotas–. Pensé que le gustaría guardarlo aquí.

–Te agradezco el gesto, Peter. ¿Quieres desayunar?

–*Efharisto.* Muy amable, señor.

–Costa. Llámame Costa. Hace tiempo que te tengo echado el ojo, Peter. Creo que tienes un importante futuro.

Me gustaría encontrarte un puesto adecuado dentro de mis empresas. ¿Te interesaría?

Demonides sonrió.

–Sí, Costa. Me interesaría mucho.

–Bien. Vamos a hablar de ello mientras desayunamos.

IX

LONDRES

Catherine hablaba con Constantin por lo menos una vez por semana. Él le enviaba regalos continuamente, y cuando ella protestaba, le aseguraba que era apenas una pequeña muestra de su agradecimiento. «Evelyn me contó lo bien que condujiste la situación con Baxter.» O: «Me ha comentado Evelyn que tu idea nos hará ahorrar mucho dinero en fletes».

De hecho, Catherine se sentía orgullosa de su labor. Había encontrado en la oficina varias cosas que podían mejorarse. Recobró el talento que tenía antes para el trabajo, y sabía que, gracias a ella, la eficiencia de la oficina había aumentado de manera notable.

«Estoy muy orgulloso de ti», le había dicho Demiris.

Y Catherine se emocionó. Era un hombre tan encantador...

Casi ha llegado el momento de dar el paso, resolvió Demiris. Ahora que ya había quitado de en medio a Stavros y a Chotas, la única persona que podía asociarle con lo ocurrido era Catherine. El riesgo era ínfimo, pero, tal como había averiguado Napoleón Chotas, Demiris no era hombre dispuesto a correr riesgo alguno. *Qué pena que tenga que morir. Es tan bonita. Pero primero, la villa de Rafina.*

Llevaría allí a Catherine y le haría el amor igual que Larry Douglas lo había hecho con Noelle. Después...

De tanto en tanto, algo traía a Catherine algún recuerdo del pasado. Leyó en el *Times* la noticia de la muerte de Stavros y Chotas, y los nombres no le habrían dicho nada de no ser por la mención de que ambos habían sido abogados de Larry Douglas y Noelle Page.

Esa noche volvió a tener la pesadilla.

Una mañana, leyó en el periódico una noticia que la conmovió: «William Fraser, asesor del presidente norteamericano Harry Truman, ha llegado a Londres para gestionar un nuevo acuerdo comercial con el primer ministro británico».

Dejó el diario, sumamente impresionada. *William Fraser.* Había sido una parte tan importante de su vida. *¿Qué habría pasado si no lo hubiese abandonado?*

Una sonrisa trémula se pintaba en sus labios mientras contemplaba la noticia del diario. William Fraser era uno de los hombres más adorables que había conocido. El solo recuerdo de él le hacia experimentar una sensación de calidez, de cariño. Y estaba allí, en Londres. *Tengo que verlo,* se dijo. Según mencionaba el periódico, se alojaba en el Claridge.

Marcó el número del hotel con dedos temblorosos. Tenía la sensación de que el pasado estaba a punto de convertirse en presente. De pronto tomó conciencia de que la entusiasmaba profundamente la idea de ver a Fraser. *¿Qué dirá cuando oiga mi voz, cuando me vea de nuevo?*

—Hotel Claridge, buenas noches —saludó la operadora.

Catherine respiró hondo.

—Con el señor Fraser, por favor.

—Perdón, señora. ¿Ha dicho señor o *señora* Fraser?

Tuvo la impresión de haber recibido un golpe. *Qué tonta he sido. ¿Cómo no he pensado en esa posibilidad? Por supuesto que a estas alturas debía de estar casado.*

—Señora...

—No importa... gracias. —Lentamente colgó el auricular.

He llegado demasiado tarde. Esto se ha terminado. Costa tenía razón. Hay que enterrar el pasado.

La soledad puede producir una lenta corrosión del espíritu. Todos necesitan compartir la alegría y el dolor. Catherine estaba viviendo en un mundo lleno de desconocidos, presenciando la felicidad de otros, oyendo el eco de las risas de los enamorados; pero se negaba a sentir pena por sí misma.

No soy la única mujer sola que hay en el mundo. Lo importante es que estoy viva. ¡Estoy viva!

En Londres, siempre había cosas que hacer. En los cines ponían películas norteamericanas que le gustaba ver.

Asistía también a conciertos en el Albert Hall, y a representaciones de ballet en Sadler's Wells. Fue a Stratford-on Avon a ver a Anthony Quayle en Macbeth, y al Old Vic a ver a sir Lawrence Olivier en *Ricardo III*.

Visitaba las tabernas que tenían nombres más simpáticos, como por ejemplo El Viejo Queso de Cheshire y La Cabra con Botas. Pero no era divertido ir sola.

Fue entonces cuando apareció Kirk Reynolds.

En la oficina, un hombre alto y apuesto se le acercó un día y le dijo:

—Soy Kirk Reynolds. ¿Dónde estabas?

—¿Perdón?

—Te estaba esperando.

Así fue como sucedió.

Kirk Reynolds era un abogado norteamericano que trabajaba para Constantin Demiris, siendo su especialidad la fusión de empresas internacionales. Tenía cuarenta y tantos años; era inteligente, serio y atento.

Un día, hablando de él con Evelyn, dijo Catherine:

–¿Sabes qué es lo que más me gusta de Kirk? Que me hace sentir mujer, y hacía mucho que no me sentía así.

–No sé... –dudó Evelyn–, yo en tu lugar tendría cuidado. No te apresures.

–Te prometo que no.

Kirk la llevó a hacer un recorrido «jurídico» por Londres. Fueron a los tribunales de Old Bailey, donde durante siglos se había juzgado a los criminales; recorrieron el vestíbulo principal y vieron a abogados de rostro serio, con togas y pelucas. Visitaron la prisión de Newgate, construida en el siglo XIII. Justo frente a donde se había levantado la cárcel, el camino se hacía más ancho, pero después, inesperadamente, volvía a estrecharse.

–Qué raro –comentó Catherine–. ¿Por qué habrán hecho el camino así?

–Para que cupiera la gente. Ahí es donde realizaban las ejecuciones públicas.

Catherine se estremeció. *Esas palabras tenían un significado muy especial para ella.*

Una noche fueron camino de los muelles de East India Road.

–No hace mucho, en este sector los policías tenían que rondar siempre en parejas –comentó Kirk–, porque era el refugio de todos los delincuentes.

Se trataba de una zona oscura y siniestra, y todavía tenía aspecto de peligrosa.

Cenaron en Prospect of Whitby, una de las tabernas más antiguas de Londres, construida sobre el Támesis. Desde allí observaron las barcazas que pasaban junto a los grandes buques que se dirigían al mar.

En otra ocasión fueron a una pintoresca taberna, en City Road, llamada The Eagle.

—Seguramente de niña cantabas acerca de este lugar —dijo Kirk.

Catherine se quedó mirándolo.

—¿Cantar? Ni siquiera sabía que existiera este sitio.

—Claro que sí. A esta The Eagle se refiere la canción.

—¿Qué canción?

—Antiguamente, City Road era el centro del gremio de sastrería, y cuando llegaba el fin de semana y los sastres andaban escasos de dinero, empeñaban la plancha hasta el día en que cobraban. Después alguien escribió una canción acerca de esa costumbre. —Entonó entonces una conocida canción infantil en la que se hacía mención a la «plancha» y «The Eagle».

Catherine se rió.

—¿Cómo es que conoces esa historia?

—Un abogado tiene que saberlo todo. Sin embargo, hay algo que desconozco... ¿Sabes esquiar?

—Lamentablemente no. ¿Por qué?

De pronto él se puso serio.

—Voy a viajar a St. Moritz. Allí tienen unos instructores de esquí maravillosos. ¿Vendrás conmigo, Catherine?

La invitación la cogió desprevenida. Kirk aguardaba una respuesta.

—No sé... no lo sé, Kirk.

—¿Lo pensarás?

—Sí. —Se estremeció al recordar lo emocionante que había sido hacer el amor con Larry, y se preguntó si alguna vez volvería a sentir lo mismo—. Lo pensaré.

Catherine quiso que Wim conociera a Kirk y decidió presentárselo.

Fueron a recoger a Wim a su apartamento y lo llevaron a

cenar a The Ivy. Durante toda la velada, en ningún momento Wim miró de frente a Kirk Reynolds. Parecía totalmente retraído. Kirk miró a Catherine con desconfianza, y ella le dijo en susurros:

–Háblale.

–¿Te gusta Londres, Wim? –le preguntó entonces Kirk.

–No me desagrada.

–¿Hay alguna ciudad que te guste en particular?

–No.

–¿Te gusta tu trabajo?

–Sí.

Kirk miró a Catherine, sacudió la cabeza y se encogió de hombros.

–*Por favor* –le imploró ella, disimuladamente.

Kirk lanzó un suspiro y volvió a dirigirse a Wim.

–El domingo voy a jugar al golf, Wim. ¿Tú juegas?

–En el golf, los palos de hierro son: el palo de cabeza recta, el palo para tiros de distancia media, el *mashie* o palo número cinco, el *niblick* y el *putter* para golpes suaves. Los que tienen cabeza de madera son para dar elevación...

Kirk Reynolds parpadeó.

–Seguramente juegas muy bien.

–Nunca ha jugado –le explicó Catherine–. Wim... sabe mucho sobre las cosas. Hace maravillas con las matemáticas.

Kirk ya estaba harto. Había pensado pasar una noche solo con Catherine, y ella llevaba a ese pesado.

–¿De verdad? –Se volvió hacia Wim y le preguntó, con cara de inocente–: Por casualidad ¿sabes cuánto es dos a la cincuenta y nueve potencia?

Wim permaneció treinta segundos en silencio, con la mirada clavada en el mantel. Cuando Kirk ya estaba dispuesto a decir algo, respondió:

–576.460.752.303.423.488.

–¡Santo cielo! ¿De verdad es ése el resultado?

–Si, de verdad –respondió Wim.

Catherine se dirigió a Wim.

—¿Puedes sacar la raíz sexta de... —eligió un número al azar— 24.137.585?

El rostro inexpresivo de Wim permaneció inmutable. Veinticinco segundos más tarde, contestó:

—Diecisiete. El resto es dieciséis.

—Imposible de creer —se maravilló Kirk.

—Pues, créelo —dijo Catherine.

—¿Cómo lo has hecho? —le preguntó Kirk a Wim, y éste se encogió de hombros.

—Puede multiplicar dos números de cuatro dígitos cada uno en treinta segundos, y memoriza cincuenta números de teléfono en cinco minutos. Una vez que los aprende, nunca más los olvida.

Kirk miró azorado a aquel prodigio.

—En mi oficina vendría muy bien tener una persona de tus condiciones —manifestó.

—Yo ya tengo trabajo —fue la pronta respuesta de Wim.

Cuando Kirk la dejó en su casa, dijo:

—No te vas a olvidar de lo de St. Moritz, ¿verdad?

—No. No lo olvidaré. *—¿Por qué no puedo simplemente aceptar su invitación?*

Esa noche, a última hora, Demiris la llamó por teléfono. Estuvo tentada de contarle lo de Kirk Reynolds, pero en el último momento resolvió no decir nada.

X

ATENAS

El padre Konstantinou estaba intranquilo. Desde que leyera en el diario la noticia de que Frederick Stavros había muerto atropellado por un coche que luego huyó, se sentía atormentado. El sacerdote había oído millares de confesiones desde su ordenación, pero la dramática confesión de Stavros, seguida de su muerte, le había causado una profunda impresión.

–Eh, ¿qué es lo que te preocupa?

Konstantinou se volvió para mirar al hermoso jovencito que estaba tendido, desnudo, a su lado.

–Nada, querido.

–¿Acaso no eres feliz conmigo?

–Sabes que sí, Giorgios.

–Entonces, ¿cuál es el problema? Por Dios, actúas como si yo no estuviera aquí.

–No uses el nombre de Dios en vano.

–No me gusta que me dejen de lado.

–Perdón, querido, pero es que... uno de mis feligreses murió en un accidente de tráfico.

–A todos nos llega la hora, ¿no?

–Sí, claro; pero ese hombre estaba muy alterado.

–¿Quieres decir que estaba loco?

–No. Tenía un secreto terrible, demasiado pesado para cargarlo sobre sus espaldas.

–¿Qué clase de secreto?

El sacerdote acarició el muslo de su amigo.

–Sabes que no puedo hablar de eso porque lo escuché en el confesionario.

–Pensaba que no había secretos entre nosotros.

–No los hay, pero...

–*Gamoto!* De todas maneras, si ese hombre está muerto ¿qué importa?

–Supongo que nada...

Giorgios Lato estrechó en sus brazos al sacerdote y le susurró al oído:

–Tengo curiosidad.

–Me haces cosquillas en la oreja.

Lato comenzó a acariciar el cuerpo de Konstantinou.

–Ah... qué delicia...

–Cuéntame.

–Bueno. Supongo que a estas alturas ya no puede provocar perjuicio alguno...

Giorgios Lato había ascendido en la vida. Provenía de los barrios bajos de Atenas, y a los doce años empezó a prostituirse con hombres. Al principio recorría las calles y se hacía con unos pocos dólares por servir a borrachos en los callejones y a turistas en sus hoteles. Era moreno, apuesto, y tenía un cuerpo musculoso.

A los dieciséis años, un proxeneta le dijo: «Giorgios, eres un *poulaki*. Estás desperdiciando tu talento. Si trabajas para mí, nadarás en dinero».

Y cumplió con su promesa. A partir de ese momento, Giorgios Lato sirvió sólo a hombres ricos e importantes, y por ello fue generosamente recompensado.

Cuando conoció a Nikos Veritos, el secretario privado del magnate Spyros Lambrou, su vida cambió radicalmente.

–Estoy enamorado de ti –le confesó Nikos Veritos–.

Quiero que dejes de andar por ahí ofreciéndote a cualquiera. Desde ahora eres mío.

–Claro, Niki. Yo también te quiero.

Veritos lo mimaba constantemente con regalos. Le compraba la ropa, pagaba el alquiler de su pequeño apartamento y le daba dinero para sus gastos; pero se preocupaba por lo que Giorgios hacía cuando no estaba con él. Para solucionar ese problema, un día le anunció:

–Te he conseguido un empleo en la empresa de Spyros Lambrou, donde yo trabajo.

–¿Así podrás controlarme de cerca? No permitiré...

–Por supuesto que no es para eso, querido... Sólo que me gusta tenerte cerca.

Giorgios protestó al principio, pero luego cedió. Sorprendido, comprobó que le gustaba trabajar en la compañía. Trabajaba como recadero, lo cual le daba cierta libertad para juntar algo más de dinero en la calle, con clientes agradecidos como el padre Konstantinou.

La mente de Giorgios era un torbellino aquella tarde cuando dejó la cama del sacerdote. El secreto que su amigo le había contado era una noticia asombrosa, por lo que rápidamente se puso a pensar en cómo podía convertirla en dinero. Podía contársela a Nikos Veritos, pero sus planes eran más ambiciosos. *Con esta noticia puedo ir directamente al patrón*, se dijo; *él sí me recompensará como corresponde.*

A la mañana siguiente, Lato entró en la oficina de recepción de Spyros Lambrou.

La secretaria levantó la mirada del escritorio.

–Ah. El correo ha llegado temprano hoy, Giorgios.

Lato hizo un gesto de negación con la cabeza.

–No, señorita. He venido para ver al señor Lambrou.

La mujer sonrió.

–¿De verdad? ¿De qué asunto has de tratar con él? ¿Tienes alguna propuesta comercial que hacerle? –bromeó.

Lato le respondió con seriedad.

–No, nada por el estilo. Acaban de avisarme que mi madre se está muriendo, y yo... tengo que viajar a casa. Sólo quería darle las gracias al señor Lambrou por haberme dado un puesto aquí. Lo molestaría apenas un minuto, pero si está tan ocupado... –Giró sobre sus talones como dispuesto a marcharse.

–Espera. Estoy segura de que te atenderá.

Diez minutos más tarde, Giorgios Lato se hallaba en el despacho de Spyros Lambrou. Nunca había estado allí, y la opulencia lo deslumbró.

–Bueno, muchacho, lamento enterarme de que tu madre está a punto de morir. Quizás una suma de dinero...

–Gracias, señor, pero en realidad no es por eso por lo que he venido.

Lambrou lo miró, ceñudo.

–No entiendo.

–Señor Lambrou, tengo cierta información muy importante, que quizá sea de interés para usted.

Advirtió la expresión de escepticismo en el rostro de Lambrou.

–¿Ah, sí? Mira, estoy muy ocupado, así que...

–Es acerca de Constantin Demiris. –Las palabras le salieron a borbotones–. Un amigo íntimo mío es sacerdote. Un hombre se confesó con él y a los pocos minutos murió en un accidente de tráfico. Lo que ese hombre le contó a mi amigo tiene que ver con Demiris. El señor Demiris cometió un acto abominable, realmente abominable, por lo cual podría terminar preso. Pero si a usted no le interesa...

Spyros Lambrou de repente sintió un profundo interés.

–Siéntate... ¿Cómo te llamas?

–Giorgios Lato.

—Muy bien, Lato. ¿Qué te parece si empiezas por el principio?

El matrimonio de Constantin Demiris y Melina venía desintegrándose desde hacía varios años, pero no había habido entre ellos actos de violencia física hasta muy poco tiempo atrás.

Todo comenzó en medio de una encendida pelea que se originó por la relación amorosa que Demiris mantenía con la mejor amiga de Melina.

—A todas las mujeres las conviertes en putas —gritó ella—. ¡Todo lo que tocas se envilece!

—*Skaseh!* Cierra la boca, imbécil.

—No me puedes obligar —lo desafió—. Voy a contar a los cuatro vientos cómo eres. Mi hermano tenía razón. Eres un monstruo.

Demiris levantó el brazo y le dio una fuerte bofetada, tras lo cual ella salió corriendo de la habitación.

A la semana siguiente tuvieron otra discusión, y Constantin volvió a pegarle. Melina no quiso aguantar más, hizo su equipaje y tomó un avión rumbo a Atticos, la isla propiedad de su hermano. Allí permaneció una semana, sola y triste. Echaba de menos a su marido, y comenzó a justificar su proceder.

Fue culpa mía, pensó. *No debí provocarlo. Perdió los estribos y no se dio cuenta de lo que hacía. Además, si no me quisiera tanto, no se habría tomado el trabajo de golpearme.*

Pero a la larga se dio cuenta de que ésas no eran más que excusas porque no se atrevía a deshacer su matrimonio. El domingo siguiente regresó a su casa y encontró a Demiris en la biblioteca.

—Así que has decidido volver.

—Esta es mi casa, Costa. Tú eres mi marido y yo te quiero. Pero te advierto algo: si vuelves a tocarme, te mato.

Demiris la miró a los ojos y comprendió que hablaba en serio.

En cierta extraña manera, la relación entre ambos mejoró después de ese episodio. Durante mucho tiempo, Demiris se cuidó muy bien de no perder los estribos con su mujer. Seguía teniendo amantes, y Melina era demasiado orgullosa para pedirle que las dejara. *Algún día se cansará de todas esas rameras y comprenderá que únicamente me necesita a mí.*

Un sábado por la noche, Demiris se estaba poniendo el esmoquin para salir cuando Melina entró en la habitación.

—¿Adónde vas?

—Tengo un compromiso.

—¿Te has olvidado de que teníamos que ir a cenar esta noche a casa de Spyros?

—No, no me he olvidado, pero ha surgido algo más importante.

Furiosa, Melina lo taladró con la mirada.

—¡Seguro que te vas con alguna de esas putas!

—Modera tu lenguaje. Te estás convirtiendo en una mujer vulgar, Melina. —Demiris se miró en el espejo.

—¡No te lo voy a permitir! —Lo que le estaba haciendo a ella ya era demasiado horrible como para permitir que, encima, ofendiera a su hermano. Tenía que encontrar la forma de herirlo, pero sólo conocía una—. En realidad, los dos tendríamos que quedarnos en casa esta noche.

—¿Ah, sí? —preguntó él, indiferente—. ¿Y por qué?

—¿No sabes qué día es hoy?

—No.

—Es el aniversario del día en que maté a tu hijo, Costa. Me provoqué un aborto.

Él se quedó paralizado.

—Les pedí a los médicos que me operaran para no poder tener nunca más un hijo tuyo —mintió.

Demiris perdió totalmente el control.

–*Skaseh!* –gritó. Luego le dio un puñetazo en la cara, y otro, y otro más.

Melina lanzó un alarido, dio media vuelta y salió corriendo, seguida por su marido, que la alcanzó junto a la escalera.

–Te voy a matar por esto. –Cuando volvió a pegarle, Melina perdió el equilibrio y rodó escalera abajo.

Quedó tendida en el suelo, dolorida, quejumbrosa.

–Dios santo. Ayúdame. Me he roto algo.

Demiris la miró con ojos despiadados.

–Voy a decirle a una de las empleadas que llame al médico. Yo no quiero llegar tarde a mi compromiso.

La llamada telefónica se produjo poco antes de la hora de cenar.

–¿Con el señor Lambrou? Habla el doctor Metaxis. Lo llamo por encargo de su hermana, que está internada en mi clínica. Ha sufrido un accidente...

Cuando Spyros entró en la habitación, se acercó a la cama y comprobó con espanto que su hermana tenía un brazo roto, diversas contusiones y el rostro tremendamente hinchado.

Una sola palabra musitó Spyros:

–Constantin. –Temblaba de la indignación.

A Melina se le llenaron los ojos de lágrimas.

–No lo ha hecho a propósito –murmuró.

–Te juro por mi vida que voy a destruirlo. –Jamás había experimentado tal furia.

No soportaba la idea de lo que Demiris acababa de hacerle a su hermana. Tenía que haber una forma de detenerlo. Pero ¿cómo? Debía de haber una manera. Necesitaba algún consejo, porque en aquellos momentos no sabía qué hacer. Como tan a menudo había hecho en el pasado, resolvió consultar a madame Piris. A lo mejor ella podía ayudarlo de algún modo.

Cuando iba a verla, pensó en cómo se reirían sus amigos si supieran que iba a consultar a una adivina; pero lo cierto era que, en el pasado, esa mujer le había predicho cosas extraordinarias que llegaron a suceder. *Tiene que ayudarme ahora.*

Se sentaron a una mesa en un rincón oscuro de un bar poco iluminado. Ella le pareció más vieja que la vez anterior.

—Necesito ayuda, madame Piris.

La mujer hizo un gesto de asentimiento.

¿Por dónde empezar?

—Hace alrededor de un año y medio hubo un crimen... Una mujer llamada Catherine Douglas fue...

A la adivina se le transformó el rostro.

—No —pidió con una especie de gemido.

Lambrou la miró intrigado.

—La asesinaron...

La mujer se puso de pie.

—¡No! ¡Las estrellas me dijeron que ella iba a morir!

Lambrou estaba muy confundido.

—Efectivamente murió. La mataron..

—¡Está viva!

Quedó azorado.

—Imposible —dijo.

—Estuvo aquí. Vino a verme hace tres meses. La mantuvieron en un convento.

De pronto, todas las piezas del rompecabezas encajaban en su lugar. Una de las obras de beneficencia que solía hacer Demiris era donar dinero al convento de Janina, la población donde supuestamente habían asesinado a Catherine Douglas. La mantuvieron en el convento. La información que le había suministrado Giorgios Lato coincidía a la perfección. Demiris había matado a dos personas inocentes acusadas de haber asesinado a Catherine, mientras que ella estaba viva, escondida por las monjas.

Entonces supo cómo iba a hacer para destruir a Demiris: Tony Rizzoli.

XI

Los problemas de Tony Rizzoli se multiplicaban. Todo lo que podía salirle mal le estaba saliendo mal. Lo ocurrido ciertamente no era culpa suya pero sabía que la familia lo haría responsable, pues no toleraban las excusas.

Lo que resultaba particularmente frustrante era el hecho de que la primera parte de la operación de la droga se hubiese desarrollado tan perfectamente. Pudo introducir el cargamento en Atenas sin ningún problema, y lo mantuvo provisionalmente escondido en un cobertizo. Sobornó a un auxiliar de vuelo para que lo sacara en un avión con rumbo a Nueva York; pero apenas veinticuatro horas antes de partir, el idiota había sido detenido por conducir ebrio, y la empresa aérea lo despidió.

Tony Rizzoli recurrió entonces a un plan alternativo. Consiguió que una «mula» –en este caso una turista de 70 años, de nombre Sara Murchison, que había viajado a Atenas para visitar a su hija– accediera a llevar una maleta a Nueva York. Ella, por supuesto, no tenía idea de lo que transportaba.

–Son unos recuerdos que le prometí a mi madre –explicó Rizzoli–, y como usted tiene la amabilidad de hacerme el favor, yo quiero pagarle el pasaje.

–No, no es necesario –protestó la mujer–. Lo hago con sumo gusto. Además, no vivo lejos de la casa de su madre. Tengo muchas ganas de conocerla.

—Estoy seguro de que a ella también le gustaría conocerla a usted —se apresuró a decir él—. Lo que pasa es que está bastante enferma, pero en el aeropuerto habrá alguien que le recogerá la maleta.

Esa abuelita simpática, típicamente norteamericana, era perfecta para la labor. En la aduana, lo único que les preocuparía es que pudiera pasar de contrabando sus agujas de tricotar.

Sara Murchison debía partir al día siguiente hacia Nueva York.

—Mañana paso a buscarla y la llevo al aeropuerto.

—Bueno, gracias. Qué muchacho tan atento. Su madre debe de estar muy orgullosa de usted.

—Sí, sí, nos queremos mucho. —Su madre había muerto hacía diez años.

A la mañana siguiente, cuando Rizzoli iba a salir del hotel para dirigirse al cobertizo a recoger la droga, lo llamaron por teléfono.

—¿Con el señor Rizzoli? —Era una voz desconocida.

—Sí.

—Habla el doctor Patsaka, de la sala de urgencias del hospital municipal. Tenemos aquí internada a la señora Sara Murchison. La señora se cayó anoche, se rompió la cadera y estaba ansiosa por avisarle cuánto siente no poder...

Tony Rizzoli colgó con fuerza el auricular.

Merda! Ya iban dos seguidas. ¿Dónde iba a encontrar otra mula?

Sabía que debía andarse con cuidado. Corría el rumor de que un famoso agente norteamericano de la brigada de estupefacientes se hallaba en Atenas, trabajando con las autoridades griegas. Tenían bajo control todas las salidas de Atenas, y de modo rutinario eran registrados todos los barcos y aviones.

Por si eso fuera poco, había otro problema. Uno de sus colaboradores le había informado de que la policía estaba empezando a registrar cobertizos en busca de drogas y demás artículos de contrabando. La presión era cada vez mayor, por lo que había llegado el momento de explicar la situación a la familia.

Tony Rizzoli salió del hotel y anduvo por la calle Patission hacia la central telefónica. Como no sabía si el teléfono del hotel estaba intervenido, no quería correr riesgos.

El enorme edificio tenía una hilera de columnas a la entrada, y una placa que decía: O.T.E.; Rizzoti entró, miró a su alrededor y vio dos docenas de cabinas alineadas contra las paredes, cada una de ellas con un número. Sobre unos estantes, las guías telefónicas de todo el mundo. En el centro de la habitación había un mostrador donde cuatro empleadas anotaban las solicitudes. La gente hacía cola para hablar.

Rizzoli se acercó a una de las mujeres.

—Buenos días.

—¿Qué desea?

—Quiero hacer una llamada al extranjero.

—Hay treinta minutos de demora.

—No importa.

—Dígame, por favor, el país y el número.

Rizzoli vaciló.

—Sí, cómo no. —Le entregó un papelito—. Que sea a cobro revertido.

—¿Su nombre?

—Tom Brown.

—Muy bien, señor Brown. Le aviso cuando entre su llamada.

—Gracias.

Se encaminó a un banco largo y se sentó.

Podría intentar esconder el paquete en un coche y pagarle a alguien para que lo pase al otro lado de la frontera. Pero es peligroso porque registran los coches. A lo mejor, si encuentro otra...

–Señor Tom Brown... señor Tom Brown: –El nombre fue repetido antes de que Rizzoli cayera en la cuenta de que era a él a quien llamaban. Se levantó y fue hasta el mostrador.

–El abonado acepta la llamada. Cabina siete, por favor.

–Gracias. A propósito, ¿podría devolverme el papelito que le di? Necesito consultar el número.

–Por supuesto. –La joven se lo entregó.

Tony Rizzoli entró en la cabina y cerró la puerta.

–Hola.

–¿Tony? ¿Eres tú?

–Sí. ¿Cómo estás, Pete?

–A decir verdad, estamos un poco preocupados. Los muchachos esperaban que el paquete ya estuviera en camino.

–He tenido algunos problemas.

–¿Ya ha salido el envío?

–No. Todavía está aquí.

Se produjo un silencio.

–No quisiéramos que le sucediera nada, Tony.

–Nada le va a pasar, pero tengo que buscar otra forma de mandarla. Este lugar está lleno de policías de estupefacientes.

–Hablamos de una cifra de diez millones de dólares, Tony.

–Sí, ya lo sé. No te preocupes; ya se me ocurrirá algo.

–Así lo espero. Trata de pensar en algo.

La comunicación se cortó.

Un hombre de traje gris observó a Rizzoli encaminarse a la puerta. Entonces se acercó a hablar con la telefonista.

–*Signomi.* ¿Ve al hombre que acaba de marcharse?

La mujer levantó la mirada.

–*Oxi?*

–Quiero saber a qué número ha llamado.

—Perdone, pero no podemos revelar esa información.

El hombre metió la mano en un bolsillo y sacó la cartera, que llevaba prendida una placa dorada.

—Teniente Tinou, de la policía.

La expresión de la muchacha cambió.

—Ah. Me dio un papelito con el número, y después me lo ha vuelto a pedir.

—Pero seguramente usted lo anotó en sus registros.

—Sí, siempre lo hacemos.

—¿Quiere dármelo, por favor?

—Desde luego.

Escribió el número en una hojita y se la entregó. El teniente miró el papel un instante. El código de país era el 39, y la central, la 91. *Italia. Palermo.*

—Gracias. ¿Por casualidad no recuerda qué nombre le dio?

—Sí. Tom Brown.

La llamada telefónica había puesto muy nervioso a Rizzoli. Tenía que ir al baño. *¡Maldito sea Pete Lucca!* Enfrente, en la esquina de la plaza Kolonaki, vio un cartel: «Apohoritirion, W.C.». Hombres y mujeres por igual entraban a usar el servicio. *Y los griegos se consideran civilizados*, pensó. *Qué desagradable.*

Había cuatro hombres sentados alrededor de la mesa de reuniones en la villa, situada en las montañas de Palermo.

—La droga ya debería haber sido enviada, Pete —se quejó uno de los presentes—. ¿Cuál es el problema?

—No lo sé muy bien. Quizás el problema sea Tony Rizzoli.

—Jamás hemos tenido complicaciones con él.

—Ya lo sé, pero a veces las personas se vuelven codiciosas. Creo que nos conviene mandar a alguien a Atenas para controlarlo todo.

—Qué lástima. Siempre me ha gustado Tony.

En el número 10 de la calle Stadium, jefatura de policía del centro de Atenas, se estaba llevando a cabo una reunión. Se hallaban presentes el jefe de policía Livreri Dmitri, el inspector Tinou y un norteamericano, el teniente Walt Kelly, que trabajaba para el Departamento de Aduanas de su país.

—Se nos ha informado —sostuvo Kelly— que va a realizarse un envío importante de drogas. Saldrá de Atenas, y en la operación está involucrado Tony Rizzoli.

El inspector Tinou permaneció callado. A la policía griega no le hacía ninguna gracia la intromisión de países extranjeros en sus asuntos; particularmente de norteamericanos. *Siempre parecen tan seguros de sí mismos.*

El jefe de policía tomó la palabra.

—Ya estamos trabajando en ello, teniente. Tony Rizzoli llamó por teléfono a Palermo hace muy poco y estamos rastreando el número. Cuando lo averigüemos, sabremos cuál es el contacto.

En ese momento sonó el teléfono de su escritorio.

—¿Lo han averiguado? —Escuchó un momento con rostro inexpresivo; luego cortó.

—¿Y bien?

—Han rastreado el número.

—¿Y?

—La llamada se hizo a una cabina pública situada en la plaza más céntrica de la ciudad.

—*Gamoto!*

—El señor Rizzoli es muy *eskipnos.*

—Yo no hablo griego —exclamó impaciente el teniente Walt Kelly.

—Perdón, teniente. Eso significa astuto.

—Quiero que se le vigile más estrechamente —afirmó Kelly.

¡Qué prepotencia la de este hombre! Dmitri se volvió hacia el inspector Tinou.

—Realmente no tenemos pruebas suficientes para hacer algo más, ¿verdad?

—No, señor. Sólo fundadas sospechas.

Dmitri le habló entonces a Walt Kelly.

—Desgraciadamente, no contamos con el personal suficiente para seguir a todas las personas sobre las que recaen sospechas de tráfico de drogas.

—Pero Rizzoli...

—Le aseguro que tenemos nuestras fuentes de información, señor Kelly. Si obtenemos algún otro dato, sabemos dónde podemos ponernos en contacto con usted.

—No esperen demasiado tiempo —se indignó Kelly— porque el cargamento ya habrá partido.

La villa de Rafina estaba lista. El de la inmobiliaria le dijo:

—Sé que la compró amueblada, señor Demiris; pero si me permite, le sugiero un nuevo mobiliario...

—No. Quiero que todo quede exactamente como está.

Exactamente como estaba cuando la infiel Noelle y Larry, su amante, lo traicionaban. Cruzó el salón. *¿Habrían hecho el amor aquí en el suelo? ¿En el escritorio? ¿En la cocina?* Fue al dormitorio. Había una cama para dos contra una pared. La cama de ellos, donde Larry Douglas había acariciado el cuerpo desnudo de Noelle, donde había robado lo que le pertenecía a él. Douglas había pagado por su traición, y volvería a pagar. Demiris contempló la cama. *Voy a acostarme con Catherine aquí primero*, se dijo, *y después en las demás habitaciones. En todas.* La llamó por teléfono desde la villa.

—Hola.

—Estaba pensando en ti.

Tony Rizzoli recibió dos inesperadas visitas de Sicilia. Ambos entraron sin anunciarse en su habitación del hotel, y en el acto Rizzoli olió que se avecinaban problemas. Alfredo Mancuso era robusto, pero Gino Liveri era más corpulento aún.

Mancuso fue derecho al grano.

—Nos envía Pete Lucca.

Rizzoli trató de hablar con naturalidad.

—Qué bien. Bienvenidos a Atenas. ¿En qué puedo serviros, muchachos?

—Déjate de tonterías, Rizzoli —replicó Mancuso—. Pete quiere saber a qué estás jugando.

—¿Jugando? No sé de qué me hablas. Le expliqué que había tenido un problema.

—Casualmente por eso hemos venido: para ayudarte.

—Un momento, muchachos. Tengo el paquete bien escondido, en un sitio seguro. Cuando...

—Pete no lo quiere escondido. Invirtió mucho dinero en eso. —Liveri apoyó un puño contra el pecho de Tony y lo empujó, obligándolo a sentarse en una silla—. Déjame explicártelo, Rizzoli. Si esta mercancía estuviera ya en las calles de Nueva York, como debería estar, Pete podría recaudar su dinero, lavarlo y ponerlo a trabajar en la calle. ¿Me entiendes?

Tal vez pueda reducir a estos dos gorilas, pensó Rizzoli; pero sabía que no se enfrentaría sólo con ellos, sino que estaría luchando contra Pete Lucca.

—Por supuesto; entiendo perfectamente lo que dices —Tony trató de calmarlo—. Pero no es tan fácil como antes. La policía griega está por todas partes, y ha llegado de Washington un agente de la brigada de narcóticos. Tengo un plan...

—También lo tiene Pete —lo interrumpió Liveri—. ¿Sabes cuál es? Nos encargó que te dijéramos que si la semana que viene la mercancía no está en camino, vas a tener que poner tú mismo el dinero.

—¡Eh! Yo no tengo semejante cantidad.

—Pete pensó que probablemente no la tendrías. Por eso nos dijo que buscáramos otras formas de hacerte pagar.

Rizzoli respiró hondo.

—De acuerdo. Decidle que todo está bajo control.

—Bueno. Por si acaso, nos vamos a quedar aquí. Tienes una semana de plazo.

Por una cuestión de principios, Tony Rizzoli nunca bebía antes del mediodía, pero cuando los hombres se marcharon, abrió una botella de whisky y tomó dos grandes tragos. Sintió el ardor que le producía el alcohol, pero de nada le sirvió. *Nada me sirve de ayuda*, pensó. *¿Cómo ha podido el viejo volverse así contra mí? He sido como un hijo para él, y me da apenas una semana para encontrar una salida. Necesito una mula cuanto antes. En el casino*, se dijo. *Allí voy a encontrar una mula.*

Esa misma noche, a las diez, se dirigió a Loutraki, el famoso casino que se halla a setenta y cinco kilómetros de Atenas. Se paseó por el inmenso salón de juego observando a la concurrencia. Siempre había infinidad de gente que perdía, dispuesta a hacer cualquier cosa por dinero. Cuanto más desesperada la persona, tanto más fácil la presa. Encontró el candidato ideal casi de inmediato, en una mesa de ruleta. Se trataba de un hombre pequeño, de cincuenta y tantos años, canoso, que constantemente se llevaba un pañuelo a la frente. A medida que iba perdiendo, más sudaba.

Lo observó con interés. Conocía los síntomas. Era el clásico caso del jugador compulsivo, que perdía más dinero del que tenía.

Cuando le retiraron las fichas que le quedaban, el hombre miró al crupier.

—Quiero... pedir otra pila de fichas con mi firma, por favor.

El empleado se volvió y consultó con la mirada a su jefe.

–Déselas, pero son las últimas.

Tony Rizzoli se preguntó cuánto llevaría ya perdido. Se sentó a su lado, y empezó a jugar. La ruleta era un pasatiempo para incautos, pero él sabía jugar, por lo cual su pila de fichas iba creciendo, mientras que la del hombre que tenía al lado disminuía. El pobre tipo desparramaba fichas por toda la mesa; jugaba a número, a color. *No tiene idea de lo que hace*, pensó Tony.

Cuando se le llevaron las últimas fichas, el hombre se quedó allí sentado, rígido. Luego miró al crupier con semblante esperanzado.

–¿Puedo...?

El empleado le indicó que no con la cabeza.

–Lo siento.

El hombre entonces lanzó un suspiro y se levantó.

Rizzoli se puso de pie al mismo tiempo.

–Qué pena –se solidarizó–. Yo he tenido un poco de suerte. Permítame invitarle a tomar una copa.

El hombre parpadeó, y habló con voz temblorosa.

–Muy amable, señor.

Ya encontré la «mula», se dijo Rizzoli. Era indudable que el sujeto necesitaba dinero. Probablemente aceptaría gustoso llevar un inocente paquete a Nueva York por cien dólares, y tener un viaje gratis a los Estados Unidos.

–Mi nombre es Tony Rizzoli.

–Víctor Korontzis.

Juntos fueron al bar.

–¿Qué quiere tomar?

–Lamentablemente... no me queda dinero.

Rizzoli hizo un ademán como restándole importancia.

–No se preocupe.

–Entonces quiero un vino tinto, gracias.

Rizzoli le habló al camarero.

–Y para mí, un Chivas Regal con hielo.

—¿Está aquí de turista? —se interesó Korontzis.

—Sí. He venido de vacaciones. Es un hermoso país.

Korontzis se encogió de hombros.

—Supongo que sí.

—¿A usted no le gusta?

—Sí; es muy bonito, pero se ha puesto tan caro. Todas las cosas han subido de precio. Si no se es millonario, es difícil dar de comer a la familia, sobre todo cuando uno tiene mujer y cuatro hijos. —Su tono era amargo.

Mejor que mejor.

—¿A qué se dedica, Víctor?

—Soy director del Museo Estatal de Atenas.

—¿Ah, sí? ¿Y en qué consiste su trabajo?

Korontzis respondió con orgullo:

—Estoy a cargo de todas las reliquias que se encuentran en Grecia, en las excavaciones. —Bebió un sorbo de vino—. Bueno, no de todas, por supuesto, porque también hay otros museos, como la Acrópolis y el Museo Arqueológico Nacional, pero el nuestro tiene las piezas más valiosas.

Rizzoti notó que iba interesándose en el tema.

—¿Muy valiosas?

Korontzis se encogió de hombros.

—Casi todas son de un valor incalculable. Naturalmente, hay una ley que prohíbe sacar del país esas reliquias, pero en el museo tenemos una tienda donde se venden reproducciones.

La mente de Rizzoli se había puesto a trabajar a toda prisa.

—No me diga. ¿Y son buenas esas copias?

—Sí, excelentes. Sólo un experto sería capaz de distinguirlas de las verdaderas.

—Permítame invitarlo a otra copa.

—Gracias, muy gentil. Lamentablemente no puedo corresponderle.

Rizzoli sonrió.

—No se preocupe. De hecho, hay algo que usted *sí* puede

hacer por mí. Me gustaría visitar su museo. Parece ser fascinante.

–Sí, sí –aseguró Korontzis, con entusiasmo–. Es uno de los más interesantes del mundo. Con mucho gusto lo llevaré a visitarlo en cualquier momento. ¿Cuándo le gustaría ir?

–¿Puede ser mañana por la mañana?

Tony Rizzoli tenía la sensación de haber encontrado algo mucho más rentable que una mula.

El Museo Estatal de Atenas está situado en las proximidades de la plaza Syntagma, en el corazón de la ciudad. Se trata de un hermoso edificio construido al estilo de un antiguo templo, con cuatro columnas jónicas en la fachada, la bandera griega en un asta, y cuatro siluetas talladas en lo alto.

Sus amplios salones contienen antigüedades de diferentes períodos de la historia griega. En las vitrinas se exhiben copas y coronas de oro, espadas con incrustaciones y diversos recipientes para bebidas. En una de ellas había cuatro máscaras mortuorias, y en otra, fragmentos de estatuas centenarias.

Víctor Korontzis iba guiando personalmente a su invitado. Se detuvo frente a la figura de una diosa, que lucía una corona de adormideras.

–Ésa es la diosa de la adormidera –explicó, sin levantar demasiado la voz– La corona simboliza su función, que es traer el sueño, la revelación y la muerte.

–¿Cuánto valdría?

Korontzis se rió.

–¿Si estuviera a la venta? Muchos millones.

–¿De verdad?

Era evidente el orgullo que sentía el hombrecillo a medida que iba mostrando los incalculables tesoros.

–Ésa es la cabeza de Kouros, del año 1400 a. C.; aquélla, la de Atenea, con un yelmo corintio, aproximadamente del 1450 a. C. Y aquí hay una pieza fabulosa: una máscara de oro de un aqueo, de la sepultura real de la acrópolis de Micenas, del siglo XVI a. C. Se cree que es de Agamenón.

–¡No me diga!

Llevó a Rizzoli hacia otra vitrina, donde había una preciosa ánfora.

–Ésta es una de mis preferidas –confesó, sonriente–. Sé que un padre no debería sentir preferencias por ninguno de sus hijos, pero no puedo evitarlo. Esta ánfora...

–Para mí es un florero.

–Bueno... sí. Este florero fue descubierto en la sala del trono, durante la excavación de Knossos. Fíjese en los fragmentos, donde se advierte la captura de un toro por medio de una red. En la antigüedad, se capturaba a los toros con redes para evitar el prematuro derramamiento de su sangre sagrada, de modo que...

–¿Cuánto vale? –le interrumpió Rizzoli.

–Supongo que unos diez millones de dólares.

Rizzoli puso cara de extrañeza.

–¿Por eso?

–¡Por supuesto! Recuerde que proviene del último período minoico, es decir, de poco antes del 3000 a. C.

Tony observó las numerosas vitrinas llenas de objetos.

–¿Todas estas cosas tienen tanto valor?

–No, no; sólo las que son realmente antiguas. Son irreemplazables, desde luego, y nos sirven de referencia para saber cómo vivían las civilizaciones antiguas. Venga, que le muestro algo por aquí.

Se dirigieron a otra sala, y se detuvieron frente a la vitrina que había en un rincón. Víctor Korontzis señaló un jarrón.

–Éste es uno de nuestros más preciados tesoros, uno de los ejemplos más antiguos del simbolismo de los signos fonéticos. El círculo con la cruz que ve usted es la figura de ka, el alma de los muertos. Este símbolo es una de las formas más antiguas con que el hombre representaba el cosmos. Hay sólo...

¡A quién le importa un carajo!

—¿Cuánto vale?

Korontzis dejó escapar un suspiro.

—Una fortuna.

Cuando Rizzoli se marchó del museo, mentalmente empezó a contar cantidades exorbitantes de dinero. Había tenido la inmensa suerte de dar con esa mina de oro. Buscaba una mula, y sin querer había encontrado la llave de un tesoro. Las ganancias que se obtuvieran con la heroína habría que dividirlas en seis partes. Nadie era tan estúpido como para pensar en traicionar a la familia; pero el asunto de los objetos antiguos era otra cosa. Si sacaba clandestinamente dichas piezas de Grecia, el negocio sería sólo de él; la mafia no esperaría que le diera una parte. Rizzoli tenía sobrados motivos para estar contento. *Ahora, lo único que tengo que hacer es pensar en la forma de que el pez muerda el anzuelo. De la mula me preocuparé después.*

Esa noche, Rizzoli llevó a su nuevo amigo al Mostrov Athena, un club nocturno de diversiones pornográficas, donde después del espectáculo había bellas señoritas a disposición del público.

—Busquemos a dos putas para divertirnos un rato.

—Yo tengo que volver a casa, con mi familia —protestó Korontzis—. Además, no podría pagarlo.

—Pero si te invito yo. Tengo una cuenta de gastos, o sea que a mí no me cuesta nada.

Rizzoli contrató a una de las muchachas para que llevara a su hotel a Korontzis.

—¿Tú no vienes? —preguntó el griego.

—Tengo un pequeño negocio pendiente. Ve tú primero. Todo está arreglado.

A la mañana siguiente, Rizzoli se dio una vuelta por el museo. Había infinidad de turistas que recorrían sus diversas salas extasiándose al contemplar los antiguos tesoros.

Korontzis llevó a Tony a su despacho. Estaba realmente sonrojado.

—No... no sé cómo agradecerte lo de anoche, Tony. Esa mujer... fue una maravilla.

Rizzoli sonrió.

—¿Para qué están los amigos, Víctor?

—Pero yo no puedo pagarte de la misma manera.

—Ni espero que lo hagas —se apresuró a decir Rizzoli—. Me caes muy bien; me gusta tu compañía. A propósito, esta noche hay una partida de póquer en un hotel. Yo voy a jugar. ¿Quieres venir?

—Gracias. Me encantaría, pero... —Se encogió de hombros—. Creo que no debo.

—Vamos. Si lo que te preocupa es el dinero, no te aflijas: yo te lo presto.

Korontzis le dijo que no con la cabeza.

—Demasiado amable has sido ya. Si pierdo, no podría devolvértelo.

Tony Rizzoli sonrió.

—¿Quién ha dicho que vas a perder? Está todo arreglado.

—¿Arreglado? No... no entiendo.

—Otto Dalton, un amigo mío, dirige la partida. Han llegado a la ciudad unos turistas norteamericanos que quieren jugar, y están cargados de dinero. Otto y yo pensamos engañarlos.

Korontzis lo observaba con los ojos desmesuradamente abiertos.

–¿Quieres decir... que vais a hacerles trampa? –Se pasó la lengua por los labios–. Yo nunca... nunca he hecho eso.

Rizzoli hizo un gesto de comprensión.

–Claro. Pero si te molesta, no vengas. A mí me pareció que era una manera fácil de hacerte con dos o tres mil dólares.

–¿Dos o tres mil dólares?

–Sí, por lo menos.

El griego volvió a humedecerse los labios.

–¿Y no es... peligroso?

Rizzoli soltó una carcajada.

–Si lo fuera, yo no lo haría, ¿no te parece? Es facilísimo. Otto reparte las cartas de la parte de arriba del mazo, del medio o de abajo. Hace años que viene haciéndolo y nunca lo han pescado.

Korontzis lo miraba fijamente.

–¿Cuánto... necesitaría para entrar en el juego?

–Unos quinientos dólares. Pero te digo una cosa: todo es tan fácil, que yo te presto los quinientos, y si los pierdes, no tendrás que devolvérmelos.

–Eres muy generoso, Tony. ¿Por qué haces todo esto por mí?

–Te cuento la razón –dijo Rizzoli, con voz llena de indignación–. Cuando veo a un hombre decente y trabajador como tú, que es director de uno de los museos más importantes del mundo, y el Estado no lo aprecia lo suficiente como para pagarle un sueldo digno, hasta el punto de que le cuesta dar de comer a su familia, bueno, te soy sincero, Víctor: me lleno de indignación. ¿Cuánto hace que no te conceden un aumento?

–Aquí... no se dan aumentos.

–Ahí tienes. Mira, la decisión es tuya. O permites que yo te haga un pequeño favor esta noche, de modo que puedas empezar a vivir como la gente, o sigues subsistiendo con lo mínimo durante toda la vida.

–No... no sé, Tony. No debería...

Rizzoli se puso de pie.

–Entiendo. Bueno, quizá dentro de un año o dos regrese a Atenas; a lo mejor entonces podemos volver a vernos. Ha sido un placer conocerte, Víctor. –Se encaminó hacia la puerta.

En ese instante, Korontzis tomó la decisión.

–Espera. Me... me gustaría acompañarte esta noche.

Había mordido el anzuelo.

–Fantástico. Sinceramente, me gusta poder echarte una mano.

Korontzis vaciló.

–Perdona, pero no sé si te he entendido bien. ¿Has dicho que si perdía no tenía que devolverte los quinientos dólares?

–Así es, porque no perderás: la partida está arreglada.

–¿Dónde es el juego?

–En el Hotel Metropole, habitación cuatrocientos veinte, a las diez. A tu mujer dile que tienes que quedarte a trabajar hasta tarde.

XII

Había cuatro hombres en el hotel además de Tony y Víctor Korontzis.

–Te presento a mi amigo, Otto Dalton –dijo Rizzoli–. Víctor Korontzis.

Ambos se dieron la mano.

Rizzoli miró con curiosidad a los demás.

–Creo que no conocemos a los otros señores.

Dalton hizo las presentaciones.

–Perry Breslauer, de Detroit. Marvin Seymour, de Houston. Sal Prizzi, de Nueva York.

Korontzis inclinó la cabeza por miedo a que le fallara la voz.

Otto Dalton tenía más de sesenta años; era delgado, canoso y afable. Perry Breslauer era más joven, y algo ojeroso. Marvin Seymour era un hombre de aspecto apacible. Sal Prizzi era corpulento, un roble de brazos gruesos; tenía ojos pequeños, de mirada maligna y la cicatriz de un tajo en la cara.

Rizzoli había puesto al tanto a Korontzis sobre los antecedentes de los demás. *Estos tipos tienen muchísimo dinero, o sea que pueden permitirse el lujo de perder grandes cantidades. Seymour es dueño de una compañía de seguros; Breslauer tiene concesionarios de coches por todos los Estados Unidos, y Sal Prizzi está al frente de un poderoso sindicato de Nueva York.*

Dalton se dirigió al grupo:

—Bien, señores, ¿comenzamos? Las fichas blancas valen cinco dólares, las azules diez, las rojas veinticinco y las negras cincuenta. Veamos con cuánto se abre.

Korontzis sacó los quinientos dólares que le había prestado Tony. *No*, pensó. *No me los prestó sino que me los regaló.* Miró a Rizzoli y sonrió. *Qué buen amigo es.*

Los demás sacaban gruesos fajos de billetes.

Korontzis experimentó un miedo repentino. ¿Y si algo fallaba y perdía los quinientos dólares? Descartó de lleno la idea. Su amigo Tony salvaría la situación. Pero si ganaba... De pronto lo inundó una sensación de euforia.

El juego comenzó.

Las apuestas fueron bajas al principio; hubo partidas de póquer abierto jugado con cinco cartas o con siete, y póquer cerrado.

Al comienzo, las manos ganadas y perdidas fueron parejas, pero poco a poco la cosa empezó a cambiar.

Víctor y Tony tenían una suerte espectacular. Si les tocaban cartas regulares, los demás las tenían peores. Si los otros tenían buenas cartas, ellos las sacaban mejores.

Korontzis no podía creer lo que veían sus ojos. Al concluir la velada había ganado casi dos mil dólares. Para él fue como un milagro.

—Ustedes sí que tienen suerte —protestó Marvin Seymour.

—Ya lo creo —convino Breslauer—. ¿Nos van a dar la revancha?

—Mañana les contesto.

Cuando se hubieron marchado, exclamó Korontzis:

—Me cuesta creerlo. ¡Dos mil dólares!

Rizzoli se rió.

—Eso es calderilla. Ya te dije que Otto era el más diestro de su profesión. Esos tipos se mueren porque les demos el desquite. ¿Te interesa?

—Por supuesto que sí —respondió Korontzis, con una sonrisa franca.

La noche siguiente, Víctor ganó tres mil dólares.

—¡Es fantástico! ¿No sospechan nada?

—Desde luego que no. Seguramente mañana nos pedirán que subamos las apuestas, porque creen que van a recuperar su dinero. ¿Vienes?

—Claro que sí, Tony. Voy.

Cuando se disponían a jugar, dijo Sal Prizzi:

—Hasta ahora nosotros somos los que vamos perdiendo. ¿Qué les parece si subimos las apuestas?

Tony miró a Víctor y le guiñó un ojo.

—Yo no tengo problema —respondió Rizzoli—. ¿Y vosotros, muchachos?

Todos asintieron.

Dalton formó montoncitos de fichas.

—Las blancas valen cincuenta dólares, las azules cien, las rojas quinientos, las negras mil.

Víctor miró intranquilo a su amigo. No había pensado que las apuestas fueran a ser tan altas, pero Tony le indicó con un gesto que tuviera confianza.

La partida comenzó.

Nada había cambiado. Cada mano que recibía Víctor era maravillosa. Cualesquiera que fuesen las cartas que le tocaban, siempre superaba a los demás. Tony Rizzoli también ganaba, pero no tanto.

—¡Qué cartas de mierda! —protestó Prizzi—. Cambiemos de mazo.

Otto Dalton trajo entonces un mazo nuevo.

Korontzis miró a Tony y sonrió. Sabía que su suerte no iba a cambiar en modo alguno.

A medianoche pidieron que les enviaran unos sandwichs e hicieron un descanso de quince minutos.

Tony llevó a Víctor aparte.

–Le he dicho a Otto que les diera un poco de cuerda –le contó.

–¿Qué quieres decir?

–Que los deje ganar algunas manos, porque si siempre pierden, no van a querer jugar más.

–Ah, claro. Muy inteligente.

–Cuando estén de nuevo entusiasmados, volvemos a subir las apuestas y les ganamos a lo grande.

Víctor Korontzis titubeó.

–Yo ya he ganado mucho dinero, Tony. ¿No te parece que deberíamos terminar ahora, que...?

Tony lo miró a los ojos.

–¿Acaso no te gustaría irte esta noche con cincuenta mil dólares en el bolsillo?

Cuando se reanudó la partida, Breslauer, Prizzi y Seymour comenzaron a ganar. Korontzis seguía recibiendo manos buenas, pero las de los otros eran mejores.

–*Otto Dalton es un genio*, pensó Víctor. Había estado observando cómo daba las cartas, y nunca pudo advertir un movimiento falso.

A medida que continuaba el juego, Korontzis no cesaba de perder, y empezó a preocuparse. Al cabo de unos minutos, cuando... ¿cómo era la expresión?... cuando les hubieran dado un poco de cuerda, Rizzoli, él y Dalton ya estarían listos para *salir a matar*.

Sal Prizzi se regodeaba de placer.

–Bueno, parece ser que se va la suerte, muchachos.

Tony movió la cabeza con expresión de pesar.

–Sí, eso parece, ¿no? –Dirigió a Korontzis una miradita de confabulación.

–No podían tener suerte eternamente –aportó Marvin Seymour.

–¿Qué les parecería –intervino Perry Breslauer– si aumentáramos aún más las apuestas? Así podríamos recuperarnos de verdad.

Tony hizo como que lo pensaba.

–No sé –contestó, pensativo, y se volvió para hablar con Korontzis–. ¿Qué opinas, Víctor?

¿No te gustaría irte esta noche con cincuenta mil dólares en el bolsillo? Voy a poder comprarme una casa, y un coche nuevo. Podré llevar de vacaciones a mi familia... Casi temblaba de la excitación.

–¿Por qué no?

–De acuerdo –dijo Prizzi–. Jugaremos póquer abierto.

Se repartieron las cinco cartas por jugador.

–Empiezo con cinco mil dólares –dijo Breslauer.

Cada uno puso su apuesta.

A Víctor le tocaron dos reinas. Sacó tres cartas, y una de ellas era otra reina.

Rizzoli miró sus cartas y dijo:

–Subo mil.

Marvin Seymour estudió las suyas.

–Veo y subo a dos mil.

Dalton tiró sus cartas.

–Demasiado para mí. Paso.

–Yo apuesto –dijo Prizzi.

El pozo se lo llevó la escalera de Marvin Seymour.

En la mano siguiente, a Víctor le tocaron un ocho, un nueve, un diez y una jota de corazones. ¡Por una carta no era escalera de color!

–Yo apuesto mil dólares –dijo Dalton.

–Yo veo y subo mil.

–Subámosla mil más –propuso Sal Prizzi.

Le tocaba el turno a Korontzis. Estaba seguro de que con una escalera les ganaría a todos, y para tenerla sólo le faltaba una carta.

–Apuesto. –Sacó una carta y la colocó boca abajo, sin atreverse a mirarla.

Breslauer mostró sus cartas.

–Dos cuatros y dos dieces.

Prizzi hizo lo propio.

–Tres sietes.

Todos se volvieron para mirar a Korontzis. Éste respiró hondo y sacó su carta. Era negra.

–Perdí –dijo, y mostró su mano.

El pozo seguía creciendo.

Korontzis notó que su pila de fichas ya casi había desaparecido, por lo que miró preocupado a su amigo.

Rizzoli lo tranquilizó con una sonrisa, con la que quiso transmitirle: *No tienes por qué inquietarte.*

Rizzoli abrió el pozo siguiente.

Se dieron las cartas.

–La apuesta inicial será de mil dólares.

–Yo la subo mil más –afirmó Breslauer.

–Y yo dos –dijo Marvin Seymour.

–¿Saben una cosa? Creo que nos quieren asustar –comentó Sal Prizzi–. Subámosla cinco más.

Víctor no había mirado su mano aún. *¿Cuándo diablos van a dejar de «darles cuerda»?*

–¿Víctor?

Korontzis tomó lentamente sus cartas y fue mirándolas de una en una. Un as, otro as, un tercer as, más un rey y un diez. La sangre comenzó a correr de prisa por sus venas.

–¿Entras?

Sonrió para sus adentros. Sabía que le iban a dar otro rey para completar un full. Se descartó del diez y trató de hablar con naturalidad.

–Pido una carta.

—Yo quiero dos —dijo Dalton. Miró lo que le había tocado, y agregó—: Subo dos mil.

Tony meneó la cabeza.

—Para mí es demasiado. Paso —dijo, y tiró sus cartas.

—Yo juego —sostuvo Prizzi—, y subo cinco mil.

Marvin Seymour tiró también sus cartas.

—Paso —dijo.

El juego era entre Víctor Korontzis y Sal Prizzi.

—¿Va a apostar? —preguntó Prizzi—. Le costará cinco mil más.

Korontzis miró de reojo su montoncito de fichas. Cinco mil era exactamente lo que le quedaba. *Pero cuando gane este pozo...* Volvió a mirar sus cartas. Eran invencibles. Empujó la pila de fichas al centro de la mesa y sacó una carta. Un cinco. Pero todavía tenía tres ases. Los mostró.

—Tres ases —dijo.

Prizzi abatió las suyas.

—Cuatro doses.

Korontzis miró anonadado cómo Prizzi se hacía con el pozo. Tenía la sensación de haberle fallado a su amigo Tony. *Si hubiera podido mantenerme hasta que empezáramos a ganar...*

Era el turno de Prizzi.

—Ahora póquer abierto de siete cartas —anunció—. Pongamos mil dólares en el pozo.

Víctor miró a Tony con expresión de impotencia.

—Yo no tengo...

—No te preocupes —lo tranquilizó el amigo, y luego se dirigió a los demás—. Miren, muchachos, Víctor hoy no ha traído más efectivo, pero les aseguro que puede responder. Denle crédito, y al terminar la noche arreglamos cuentas.

—Un momento —reaccionó Prizzi—. ¿Qué es esto? ¿Una sociedad de préstamos? No conocemos a Víctor Korontzis. ¿Cómo sabemos que va a pagar?

—Tienen mi palabra —le aseguró Rizzoli—. Y Otto me respalda a mí.

Otto Dalton tomó la palabra.

–Si Tony dice que el señor Korontzis es de fiar, para mí también lo es.

Prizzi se encogió de hombros.

–Bueno, supongo que será así –dijo.

–Por mí no hay problema –afirmó Breslauer.

Dalton se dirigió a Korontzis.

–¿Cuánto quiere?

–Dale diez mil –contestó Pizzoli.

Korontzis lo miró sorprendido. Diez mil dólares era más de lo que ganaba en dos años, pero Tony debía saber lo que estaba haciendo. Tragó saliva.

–Con eso... estará bien –aseguró, y le acercaron una pila de fichas.

Esa noche, las cartas eran enemigas de Víctor. A medida que aumentaban las apuestas, sus fichas iban disminuyendo. Tony también perdía.

A las dos de la mañana hicieron un descanso. Korontzis llevó a su amigo a un rincón.

–¿Qué pasa? –le preguntó en susurros, aterrado–. ¿Sabes cuánto llevo perdido ya?

–No te preocupes, Víctor. Yo estoy igual. Ya le he dado la señal a Otto. Ahora la partida va a cambiar, para que lo ganemos todo.

Regresaron a sus asientos.

–Dale a mi amigo veinticinco mil más –pidió Rizzoli.

Seymour frunció el ceño.

–¿Seguro que él quiere jugar?

Rizzoli se volvió y le habló a su amigo:

–La decisión es tuya.

Korontzis vaciló. *Ya le he dado la señal a Otto. Ahora la partida va a cambiar.*

–Quiero.

–De acuerdo.

Le pusieron delante veinticinco mil dólares en fichas. Víctor las miró y de pronto se sintió muy afortunado.

Dalton estaba dando las cartas.

–Bien, señores. Es póquer abierto de cinco cartas. La apuesta inicial será de mil dólares.

Los jugadores colocaron las correspondientes fichas en el centro de la mesa.

Dalton repartió cinco cartas a cada uno. Korontzis no miró las suyas. *Voy a esperar,* pensó. *Eso me dará suerte.*

–Hagan sus apuestas.

Seymour, que estaba a la derecha de Dalton, estudió un momento sus cartas.

–Yo no voy –dijo, y tiró sus cartas.

El siguiente era Sal Prizzi.

–Yo juego y subo mil. –Puso las fichas en el centro de la mesa.

Tony estudió sus cartas y se encogió de hombros.

–Paso –dijo.

Perry Breslauer observaba sus cartas con una sonrisa.

–Subo cinco mil más.

A Víctor Korontzis le costaría seis mil dólares mantenerse en el juego. Lentamente levantó sus cartas y las miró. No podía creer lo que veía: escalera de un cinco, un seis, un siete, un ocho y un nueve de corazones. ¡Una mano perfecta! Entonces Tony tenía razón. *¡Gracias a Dios!* Trató de disimular la emoción. Esa era la mano que estaba esperando para hacerse rico.

Dalton tiró sus cartas.

–Yo paso –dijo.

–Quedo yo –sostuvo Prizzi–. Creo que está marcándose un farol, amigo. Yo juego, y subo otros cinco mil.

Korontzis sintió que lo recorría una profunda excitación. Le habían dado la mejor mano de cartas de su vida. Se alzaría con el pozo más grande de la partida.

Breslauer estudiaba sus cartas.

—Bueno, juego y subo cinco mil más, muchachos.

De nuevo la decisión recaía en Víctor. Respiró hondo.

—Acepto, y subo otros cinco mil. —Casi temblaba de la ansiedad.

Perry Breslauer mostró su juego, con una expresión de triunfo en el rostro.

—Tres reyes —dijo.

¡Gané!, pensó Korontzis.

—Son malas —declaró Víctor, sonriente—. Escalera. —Mostró su juego y estiró la mano para retirar el pozo.

—¡Espere! —Lentamente Prizzi fue mostrando su juego—. Le gano con una escalera real. Del diez al as de picas.

Víctor Korontzis se puso pálido. De repente se sintió mareado, y comenzó a tener palpitaciones.

—Dios santo —exclamó Rizzoli—. ¿Dos escaleras? —Se volvió hacia Korontzis—. Lo siento, Víctor. No... sé qué decir.

Dalton anunció:

—Por esta noche hemos terminado, señores. —Consultó un papelito y le habló a Korontzis—. Debe sesenta y cinco mil dólares.

Víctor miró a su amigo, azorado. Rizzoli se encogió de hombros. Korontzis sacó un pañuelo y se lo pasó por la frente.

—¿Cómo quiere pagarlo? —preguntó Dalton—. ¿En efectivo o en cheque?

—Yo no acepto cheques —manifestó Prizzi—. Quiero el dinero en efectivo.

—Yo... no tengo esa...

El rostro de Prizzi se ensombreció.

—¿Qué? —gritó.

—Un momento —se apresuró a intervenir Rizzoli—. Víctor quiere decir que no lleva el dinero encima. Ya les he dicho que era de fiar.

—Sin embargo, no veo los billetes, Rizzoli.

–Ya los verá –lo tranquilizó Tony–. Lo tendrá todo dentro de unos días.

Prizzi reaccionó enfurecido.

–¡Y una mierda! No soy una sociedad de beneficencia. Lo quiero mañana.

–No se preocupe. Él va a cumplir.

Korontzis se sentía inmerso en una pesadilla terrible, de la cual no podía salir. Se quedó allí sentado, incapaz de moverse, casi sin darse cuenta de que los demás se estaban yendo hasta que quedaron sólo él y Tony.

–Me es... totalmente imposible juntar semejante suma de dinero. ¡Nunca podría!

Tony le apoyó una mano en el hombro.

–No sé qué decirte, Víctor. No sé qué es lo que ha salido mal. Yo habré perdido más o menos la misma cantidad.

–Sí, pero tú puedes darte el lujo, Tony, y yo... no. Voy a tener que explicarles que no puedo pagar.

–Yo en tu lugar me lo pensaría, Víctor. Prizzi dirige el sindicato de trabajadores portuarios, y se comenta que esos muchachos no se andan en chiquitas.

–No me queda otro remedio. Si no tengo el dinero, no lo tengo. ¿Qué puede hacerme?

–Ahora te lo explico. Puede ordenarle a uno de sus muchachos que te dispare varios tiros a las rodillas, y te juro que nunca más volverás a caminar. Y después, cuando hayas sufrido todo el dolor que puedes soportar, decidirá si te permite seguir viviendo así, o si te mata.

Víctor lo contemplaba con el rostro demudado.

–Hablas en broma...

–Ojalá. La culpa ha sido mía. No debía haberte permitido que jugaras con ese Prizzi, un individuo que está dispuesto a matar.

–Dios mío. Y ahora, ¿qué hago?

–¿Tienes alguna manera de reunir el dinero?

Korontzis prorrumpió en carcajadas histéricas.

–Tony... si apenas me llega para mantener a mi familia con lo que gano.

–Bueno, entonces lo único que se me ocurre es que te vayas de la ciudad, quizá también del país. Vete a algún lugar donde Prizzi no te pueda encontrar.

–No puedo. Tengo mujer y cuatro hijos. –Miró a Rizzoli con ojos acusadores–. Dijiste que iba a estar todo arreglado, que no podíamos perder, que...

–Ya lo sé, y lo siento muchísimo. Hasta ahora, siempre había dado resultado. Lo único que se me ocurre es que Prizzi pueda haber hecho trampa.

El rostro de Víctor se llenó de esperanza.

–Entonces, si me ha estafado, no tengo por qué pagarle.

–El problema sigue existiendo, porque si lo acusas de tramposo, te va a matar, y si no le pagas, también.

–Santo cielo –gimió Korontzis–. Soy hombre muerto.

–Todo esto me hace sentirme muy mal. ¿Seguro que no tienes forma de juntar el dinero?

–Ni en cien vidas, ni en mil. Todo lo que tengo está hipotecado. ¿De dónde sacaría...?

En ese instante Tony tuvo una repentina inspiración.

–¡Un momento, Víctor! ¿No dijiste que esos objetos del museo eran muy valiosos?

–Sí, pero ¿eso qué tiene que ver?

–Déjame terminar. Me comentaste que las reproducciones eran tan buenas como los originales.

–Por supuesto que no. Un experto se daría...

–Aguarda. ¿Y si desapareciera uno de esos objetos y en su lugar pusieras una copia? Mira, cuando yo fui al museo, había muchísimos turistas recorriéndolo. ¿Pueden darse cuenta ellos de la diferencia?

–No, pero... Ya entiendo. No, jamás podría hacer una cosa así.

Rizzoli trató de calmarlo.

–Te comprendo. Pero pensaba que el museo podría prescindir de un pequeño artículo, ya que tiene tantos...

Korontzis indicó que no con un movimiento de la cabeza.

–Hace veinte años que soy director de ese museo. Nunca se me ocurriría hacer semejante cosa.

–Perdóname. No debí habértelo sugerido siquiera. El único motivo por el cual te lo he insinuado es porque eso podría salvarte la vida. –Se puso de pie y se desperezó–. Bueno, se está haciendo tarde, y tu mujer seguramente se preguntará dónde estás.

Víctor lo miraba fijamente.

–¿Podría salvarme la vida? ¿Cómo?

–Es sencillo. Si me das una de esas reliquias, yo podría sacarla del país, venderla y pagarle a Prizzi lo que le debes. Tal vez conseguiría convencerlo para que espere el tiempo necesario. Y tú te salvarías. No necesito decirte que correría un riesgo enorme por ti, porque si me pescan, tendría graves problemas. Pero te lo ofrezco porque creo que estoy en deuda contigo. Por culpa mía te has metido en este lío.

–Eres un buen amigo. Pero no tienes nada de que reprocharte. Nadie me obligó a jugar. Tu intención era hacerme un favor.

–Ya lo sé. Pero ojalá hubiera terminado de otro modo. Bueno, ahora vamos a dormir. Mañana nos vemos. Buenas noches, Víctor.

–Hasta mañana.

A primera hora del día siguiente lo llamaron al museo.

–¿Korontzis?

–Sí.

–Habla Sal Prizzi.

–Ah, buenos días, Prizzi.

–Lo llamo por ese asuntito de los sesenta y cinco mil dólares. ¿A qué hora puedo pasar a cobrarlos?

Korontzis comenzó a sudar profusamente.

–No... no tengo el dinero en este momento...

Se produjo un silencio de malos presagios en el otro extremo de la línea.

–¿A qué está jugando conmigo?

–No estoy jugando a nada, señor Prizzi.

–Entonces quiero cobrar mi pasta. ¿Entendido?

–Sí, señor.

–¿A qué hora cierra el museo?

–A las seis...

–A esa hora estaré ahí. Téngamelo listo o le parto la cara. Y después le voy a dar una soberana paliza.

La comunicación se cortó.

Korontzis se sintió aterrado. Quería esconderse, pero ¿dónde? Lo invadía una sensación de desesperación total, un torbellino de recriminaciones. *Si no hubiera ido esa noche al casino... si hubiera cumplido la promesa de no jugar más que le hice a mi mujer...* Movió la cabeza como para aclararse las ideas. *Tengo que hacer algo ahora mismo.*

En ese momento entró Tony Rizzoli en su despacho.

–Buenos días, Víctor.

Eran las seis y media. El personal ya se había retirado y el museo había cerrado hacía treinta minutos. Víctor y Tony vigilaban la puerta de entrada.

Korontzis se ponía cada vez más nervioso.

–¿Y si no acepta? ¿Y si exige su dinero esta noche?

–Yo me ocupo de él. Déjame hablar a mí.

–¿Y si no viene? ¿Y si... manda a alguien para que me mate? ¿Lo crees capaz de hacer una cosa así?

–No, siempre y cuando tenga la posibilidad de cobrar su dinero –lo tranquilizó Rizzoli.

A las siete, finalmente, apareció Prizzi.

Korontzis corrió a recibirlo.

—Buenas noches —dijo.

Prizzi miró a Rizzoli.

—¿Qué mierda hace usted aquí? —Se volvió hacia Korontzis—. Esto es entre nosotros dos.

—Calma, calma —sugirió Rizzoli—. He venido para echar una mano.

—Yo no necesito su ayuda. ¿Dónde está mi dinero?

—No... no lo tengo. Pero...

Prizzi lo cogió del cuello.

—Escúcheme, capullo, o me devuelve el dinero esta noche o lo mato y lo echo a que se lo coman mis perros. ¿Entiende?

—Eh, tranquilícese —intervino Rizzoli—. Va a cobrar su dinero.

Prizzi le habló entonces a él.

—Ya le he dicho que no se meta, que no es asunto suyo.

—Yo lo tomo como asunto mío. Víctor es mi amigo y no cuenta con el efectivo en este momento, pero tiene una forma de conseguirlo.

—¿Tiene o no tiene el dinero?

—Sí y no —respondió Rizzoli.

—¿Qué manera de contestar es ésa?

Tony hizo un ademán con el cual abarcó toda la sala.

—El dinero está aquí.

Prizzi miró a su alrededor.

—¿Dónde?

—En estas vitrinas, llenas de reliquias que valen una fortuna. Hablo de millones.

—¿Ah, sí? ¿Y de qué me sirven si están encerradas con llave en un museo? Yo quiero dinero contante y sonante.

—Y lo va a tener —lo aplacó Rizzoli—. El doble de lo que le debe mi amigo. Pero eso sí: deberá tener un poco de paciencia. Víctor no es un estafador, pero necesita un poco más de tiempo. Vea cuál es su plan. Víctor sacará uno de estos objetos... y lo va a hacer vender. En cuanto obtenga el dinero, le pagará.

Sal Prizzi meneó la cabeza.

—No me gusta. No sé nada sobre este asunto de los objetos de arte.

—No es necesario que sepa nada. Víctor es uno de los mayores expertos del mundo. —Tony se acercó a una vitrina y señaló una cabeza de mármol—. ¿Cuánto dirías que vale esa pieza, Víctor?

Korontzis tragó saliva.

—Esa es la diosa Higía, del siglo XIV a. C. Cualquier coleccionista pagaría con gusto dos o tres millones de dólares por ella.

Rizzoli se volvió hacia Prizzi.

—Ahí tiene. ¿Ve lo que le digo?

Prizzi frunció el ceño.

—No sé. ¿Cuánto tiempo tendría que esperar?

—Recibirá el doble de su dinero en el término de un mes.

Prizzi lo pensó un instante; luego asintió.

—De acuerdo, pero si tengo que esperar un mes, quiero más. Digamos, doscientos mil más.

Tony consultó con la mirada a Víctor, y éste asintió enérgicamente.

—Trato hecho —dijo Rizzoli.

Prizzi se acercó entonces al director del museo.

—Le doy treinta días. Si vencido ese plazo no ha reunido el dinero, lo hago picadillo. ¿Queda claro?

—Sí, señor.

—Recuerde: treinta días. —Luego posó una larga mirada en Tony—. Usted no me cae bien —sentenció. Dio media vuelta y se fue.

Korontzis se desplomó en un sillón, enjugándose la frente.

—Dios mío. Pensé que iba a matarme. ¿Te parece que podremos pagarle dentro de treinta días?

—Por supuesto —fue la respuesta de Tony—. Lo único que tienes que hacer es coger una de esas cosas de la vitrina y poner una reproducción en su lugar.

—¿Cómo harás para sacarla del país? Si te pescan, vas preso.

—Ya lo sé, pero es un riesgo que debo correr, porque tengo una deuda contigo, Víctor.

Una hora más tarde, Rizzoli, Prizzi, Dalton, Breslauer y Seymour estaban bebiendo en la suite de Dalton.

—Todo ha salido a la perfección —se ufanó Rizzoli—. El pobre hijoputa se meaba de terror.

Prizzi sonrió.

—Lo he asustado bien, ¿eh?

—Me has asustado *a mí* —dijo Rizzoli—. Deberías haber sido actor.

—¿Cómo ha quedado la cosa? —quiso saber Seymour.

Fue Tony quien respondió:

—Él me da uno de esos objetos antiguos, y yo tengo que encontrar la forma de sacarlo del país y venderlo. Después os daré a cada uno vuestra parte.

—Fantástico —se entusiasmó Breslauer—. Me encanta.

—*Esto es como tener una mina de oro*, pensó Tony. *Una vez que Korontzis acepte este trato, ya queda enganchado. Nunca podrá volverse atrás. Le voy a hacer limpiar el museo entero.*

—¿Cómo vas a hacer para sacar la pieza del país? —preguntó Seymour.

—Ya encontraré el modo. Seguro que lo encontraré.

Tenía que hacerlo, y pronto. Alfredo Mancuso y Gino Laveri le estaban esperando.

XIII

En la jefatura de policía de la calle Stadium, se había convocado una reunión de urgencia. En el salón se hallaban el jefe de policía Dmitri, el inspector Tinou, el inspector Nicolino, Walt Kelly, el agente del Tesoro norteamericano, y media docena de inspectores. El ambiente era muy distinto del que había habido en la reunión anterior.

—Ahora tenemos motivos para creer —decía en aquel momento el inspector Nicolino— que sus datos eran correctos, señor Kelly. Nuestras fuentes nos informan que Tony Rizzoli está buscando la forma de sacar de Atenas un enorme cargamento de heroína. Ya hemos comenzado a registrar los posibles escondrijos donde podría tenerla.

—¿Ha puesto a alguien a seguirlo?

—Hemos aumentado la dotación de hombres esta mañana —afirmó Dmitri.

Walt Kelly lanzó un suspiro.

—Espero que no sea demasiado tarde.

El inspector Nicolino asignó dos grupos de policías para vigilar a Tony Rizzoli, pero subestimó a su presa. Esa misma tarde, Rizzoli se dio cuenta de que lo seguían. Cuando salió de su hotel, advirtió que tenía compañía, y cuando regresó, alguien estaba rondando por allí. Eran profesionales, lo cual le gustó porque era una muestra de respeto hacia él.

No sólo tenía que hallar la forma de sacar de Atenas la heroína sino también una valiosa pieza de museo. *Alfredo Mancuso y Gino Laveri andan detrás de mí, y la policía me persigue por todas partes. Tengo que establecer contacto en seguida.* El único nombre que le vino a la mente fue el de Ivo Bruggi, un naviero de poca monta radicado en Roma. En algún momento había hecho negocios con él. Quizá no le sirviera de nada, pero al menos era algo.

Rizzoli estaba seguro de que tenía intervenido el teléfono de su habitación. *Tengo que ingeniármelas de alguna manera para poder recibir llamadas en el hotel.* Estuvo un buen rato pensando en el asunto, hasta que por fin se levantó, se dirigió a la habitación de enfrente y golpeó a la puerta. En seguida le atendió un hombre mayor, de rostro hostil.

—¿Sí?

Rizzoli hizo exhibición de todo su encanto.

—Perdone que lo moleste. Yo ocupo la habitación de enfrente. ¿Puedo hablar un minuto con usted?

El hombre lo observó con suspicacia.

—Demuéstreme que puede abrir la puerta de aquella habitación.

Tony sonrió.

—Cómo no. —Cruzó el pasillo, sacó la llave y abrió.

El hombre se convenció.

—Venga, pase.

Tony cerró la puerta de su habitación y se pasó a la otra.

—¿Qué quiere?

—En realidad, se trata de un problema personal. Lamento muchísimo molestarlo, pero... verá: estoy tramitando mi divorcio, y mi mujer ha contratado a alguien para seguirme. —Movió la cabeza con gesto de desagrado—. Hasta me ha hecho intervenir el teléfono.

—¡Las mujeres! Malditas sean. Yo me divorcié de mi esposa el año pasado. Debí haberlo hecho diez años antes.

—¿Ah, sí? Le quería preguntar si me permite darle el número de su habitación a un par de amigos para que me llamen aquí al hotel. Le prometo que no habrá demasiadas llamadas.

El hombre movió la cabeza.

—No quiero que me... —comenzó a decir, pero Rizzoli sacó un billete de cien dólares del bolsillo.

—Sírvase, por su amabilidad.

El hombre se pasó la lengua por los labios.

—Bueno, supongo que no habrá problema. Me alegro de poder hacerle un favor a un compañero de desgracia.

—Le agradezco muchísimo la gentileza. Cuando me llame alguien, dé unos golpes en mi puerta, sin más. Estaré dentro casi todo el tiempo.

—De acuerdo.

A primera hora del día siguiente, Rizzoli se encaminó a una cabina pública para hablar con Ivo Bruggi. Marcó el código de Italia —el 39—, y el 6, que correspondía a Roma.

—Con el señor Bruggi, por favor.

—No está en casa.

—¿Cuándo vuelve?

—No lo sé.

—Dígale, por favor, que se comunique con el señor Rizzoli. —Dejó el número de la centralita del hotel, y el de la habitación vecina. Regresó a su cuarto. Le habían comentado que la palabra griega para designar a un hotel era *xenodoxion*, que significaba recinto para extraños. *Se parece más a una mierda de cárcel*, pensó Rizzoli. El mobiliario era horrible: un viejo sofá marrón, dos decrépitas mesitas con lámparas, un escritorio, una silla, y una cama diseñada por Torquemada.

Durante los dos días siguientes, no se movió de su cuarto,

aguardando a que llamaran a su puerta y enviando a un botones a que le comprara la comida fuera. Nadie lo llamó. *¿Dónde diablos está Ivo Bruggi?*

El equipo de vigilancia se hallaba pasando su informe al inspector Nicolino y a Walter Kelly.

—Rizzoli está metido en el hotel. Hace cuarenta y ocho horas que no sale.

—¿Seguro que está allí?

—Sí, señor. Las empleadas de la limpieza lo ven por la mañana, y de noche, cuando van a preparar el cuarto.

—¿Ha habido llamadas telefónicas?

—Ni una. ¿Qué quiere que hagamos?

—Sigan vigilándolo. Tarde o temprano tendrá que dar un paso. Y mantengan interceptada la línea telefónica.

Al día siguiente sonó el teléfono en la habitación de Rizzoli. *¡Mierda!* Bruggi no debía llamarlo allí. Le había dejado dicho que le llamara a la habitación del vecino. Tendría que andar con cuidado. Atendió.

—¿Sí?

—¿Es Tony Rizzoli?

No era la voz de Ivo Bruggi.

—¿Quién habla?

—Usted vino a verme el otro día y me propuso una transacción comercial, que yo rechacé. Creo que podríamos discutirlo de nuevo.

Tony experimentó una emoción profunda. *¡Spyros Lambrou! Así que el hijo de puta ha entrado en razón.* No podía creer la suerte que tenía. *Todos mis problemas están resueltos. Puedo enviar la heroína y el objeto de arte al mismo tiempo.*

—Ah, sí, sí. Será un placer hablar de ello. ¿Cuándo quiere que nos reunamos?

–¿Puede ser esta tarde?

Así que está ansioso por llegar a un trato. Estos ricos son todos la misma mierda. Les parece que nunca tienen suficiente.

–Sí, cómo no. ¿Dónde?

–¿Por qué no viene a mi oficina?

–Perfecto –respondió Tony y cortó, feliz.

En el vestíbulo, un frustrado policía pasaba su informe a jefatura.

–Rizzoli acaba de recibir una llamada. Va a encontrarse con alguien en la oficina de esa persona, pero no se ha mencionado el nombre y tampoco podemos localizar la llamada.

–De acuerdo. Sígalo cuando salga del hotel e infórmeme a dónde se dirige.

–Sí, señor.

Diez minutos más tarde, Rizzoli se escabulló por una ventana del sótano que daba a un callejón, detrás del hotel. Cambió dos veces de taxi para asegurarse de que no lo siguieran y enfiló hacia la oficina de Spyros Lambrou.

Desde el día en que visitó a su hermana Melina, internada en un sanatorio, Lambrou juró vengarla, pero hasta ahora no había encontrado un castigo lo bastante cruel para Demiris. Luego, la visita de Giorgios Lato y la sorprendente revelación que le había hecho madame Piris le habían puesto en la mano un arma con la cual podía dar muerte a su cuñado.

La secretaria le anunció:

–Está aquí el señor Rizzoli, que quiere verlo. Como no había pedido una entrevista, le he dicho que usted no...

–Hágalo pasar.

–Sí, señor.

Lambrou lo miró entrar sonriente, confiado.

–Gracias por venir, señor Rizzoli.

Tony sonrió.

–El gusto es mío. ¿Así que ha decidido hacer negocios conmigo?

–No.

La sonrisa de Rizzoli se borró.

–Perdón, ¿qué ha dicho?

–He dicho que no, que no tengo intención de hacer negocios con usted.

Tony Rizzoli lo miró sin comprender.

–Entonces, ¿para qué diablos me llama? Me aseguró que quería hacerme una propuesta...

–Así es. ¿Le gustaría utilizar la flota de barcos de Constantin Demiris?

Rizzoli se dejó caer en un sillón.

–¿Constantin Demiris? No entiendo. Él nunca...

–Sí, por supuesto que sí. Le aseguro que estará encantado de darle lo que usted quiera.

–¿Por qué? ¿Qué beneficio obtendría él?

–Nada.

–No le veo sentido. ¿Por qué haría Demiris un trato semejante?

–Me alegro de que me lo pregunte. –Apretó un botón del interfono–. Traiga café, por favor–. Miró a Rizzoli–. ¿Cómo le gusta a usted?

–Esto... solo, sin azúcar.

–Solo, sin azúcar, para el señor Rizzoli.

Cuando la secretaria se retiró después de servirles el café, dijo Lambrou:

–Voy a contarle una pequeña historia, señor Rizzoli.

Tony lo observaba con expresión cautelosa.

–Adelante.

–Constantin Demiris está casado con mi hermana. Hace unos años tuvo una amante; se llamaba Noelle Page.

–La actriz, ¿no?

–Sí. Ella lo engañó con un tal Larry Douglas. Noelle y

Douglas fueron juzgados por haber dado muerte a la esposa de Douglas, que no quería otorgar el divorcio a su marido. Demiris contrató los servicios de un abogado, Napoleón Chotas, para defender a Noelle.

—Recuerdo haber leído algo sobre ese juicio.

—Hubo cosas que no salieron en los diarios, como por ejemplo, que mi querido cuñado no tenía intención de salvar la vida a Noelle, sino que, por el contrario, deseaba vengarse; y que contrató a Chotas para asegurarse de que Noelle fuese condenada. Casi al final del juicio, Chotas dijo a los otros abogados defensores que había llegado a un acuerdo con los jueces, si los acusados se declaraban culpables. Era mentira. Larry y Noelle se declararon culpables, y fueron ajusticiados.

—A lo mejor Chotas pensó realmente que...

—Permítame terminar, por favor. Nunca se encontró el cadáver de Catherine Douglas, y no es de extrañar, porque aún está con vida. Constantin Demiris la tuvo escondida.

Rizzoli lo miraba con extrañeza.

—Un momento. ¿Demiris *sabía* que estaba viva y permitió que su amante y el novio de ésta murieran por haberla matado?

—Exacto. Yo no sé con certeza qué dice la ley, pero estoy seguro de que, si se dan a conocer los hechos, mi cuñado podría ir a prisión por muchos años. O al menos quedaría en la ruina.

Tony Rizzoli permaneció allí, sentado, reflexionando sobre lo que acababa de escuchar. Había algo que lo intrigaba.

—¿Por qué me cuenta todo esto, señor Lambrou?

Spyros Lambrou esbozó una sonrisa plácida.

—Porque le debo un favor a mi cuñado. Quiero que vaya a verle. Tengo la sensación de que con todo gusto le permitirá usar sus barcos.

XIV

Dentro de sí se agitaban tormentas que no podía dominar. Llevaba en su interior algo helado, y ningún recuerdo cálido que lo fundiera. Esas tormentas habían comenzado el año anterior, cuando perpetró su acto de venganza contra Noelle. Supuso que con eso daría por terminado el asunto, que el pasado quedaría enterrado. Jamás se le ocurrió que pudiera tener repercusiones hasta que, inesperadamente, Catherine Alexander volvió a entrar en su vida. Para eso fue necesario apartar del camino a Frederick Stavros y a Napoleón Chotas. Ambos participaron en un juego letal para derrotarlo, y él les ganó. Pero lo que a Demiris le llamaba la atención era cuánto había disfrutado con el riesgo, con la emoción del peligro. El mundo de los negocios era fascinante, pero no tenía comparación con el juego de la vida y la muerte. *Soy un asesino*, se dijo. *No; no un asesino, sino un verdugo.* Y en vez de sentirse consternado, le resultó estimulante.

Demiris recibía un informe semanal sobre las actividades que desarrollaba Catherine. Hasta ese momento todo iba saliendo a la perfección. El contacto social que tenía se limitaba exclusivamente a sus compañeros de trabajo. Demiris sabía por Evelyn que Catherine de vez en cuando salía con Kirk Reynolds, pero como Reynolds trabajaba para él, no había problema.

La pobre chica debe de estar desesperada, pensó. Reynolds era un tipo aburrido, que no sabía hablar más que de derecho.

Pero tanto mejor. Cuanto más desesperada estuviera ella por tener compañía, más fácil se le haría todo a él. *Tengo que estarle agradecido a Reynolds.*

Catherine estaba saliendo con Kirk Reynolds, y cada vez lo apreciaba más. No era apuesto, pero sí atractivo. *Ya aprendí con Larry la lección sobre los hombres apuestos*, pensó, apenada. Kirk Reynolds era un hombre bueno, de fiar. *Con él puedo contar*, se dijo. *No siento por él un amor apasionado, pero quizá nunca vuelva a sentir así por culpa de Larry. Ya he madurado lo suficiente para poder aceptar a un hombre que me respete como compañera, alguien con quien compartir una vida agradable y sana, sin tener que preocuparme por el peligro de que me arrojen desde lo alto de una montaña o me maten dentro de una caverna oscura.*

Asistieron al teatro a ver *The Lady's Not for Burning*, de Christopher Fry, y otra noche, *September Tide*, con Gertrude Lawrence. Fueron a locales nocturnos, donde las diferentes orquestas siempre interpretaban el tema de *El tercer hombre* y *La vida color de rosa.*

—La semana que viene voy a St. Moritz —le anunció—. ¿Ya has pensado en lo que te dije?

Catherine había meditado largamente. Estaba segura de que Kirk la quería. *Yo también le quiero*, pensó, *pero querer es muy distinto de estar enamorada. ¿O acaso es que soy una tonta romántica? ¿Qué es lo que busco? ¿Otro Larry? ¿Alguien que me tome en sus brazos, se enamore de otra mujer y trate de asesinarme? Kirk Reynolds va a ser un excelente marido. Entonces, ¿por qué dudo?*

Una noche cenaron en Mirabelle's, y cuando estaban en el postre, dijo Kirk:

—Catherine, estoy enamorado de ti, quiero casarme contigo.

Ella experimentó una sensación de pánico.

–Kirk... –No estaba segura de lo que iba a decir. *Mis próximas palabras van a cambiar mi vida. Sería tan sencillo pronunciar un «sí». ¿Qué es lo que me detiene? ¿Es el miedo al pasado? ¿Voy a vivir toda mi existencia atemorizada? No puedo dejar que me pase eso.*

–Cathy...

–Kirk... ¿por qué no vamos juntos a St. Moritz?

El rostro de Kirk cobró vida.

–¿Eso significa...?

–Vamos a ver. A lo mejor, cuando me veas esquiar, ya no querrás casarte conmigo.

Él se rió.

–Por nada del mundo cambiaría de idea. Gracias a ti soy muy feliz. Vamos a ir el 5 de noviembre, día de Guy Fawkes.

–¿Qué es eso del día de Guy Fawkes?

–Es una historia fascinante. El rey Jacobo I de Inglaterra había puesto en práctica una estricta política contraria al catolicismo, por lo cual un grupo de destacados católicos organizó una conspiración para derrocar al gobierno. Hicieron viajar desde España a un soldado de nombre Guy Fawkes para llevar adelante la conjura. Fawkes hizo esconder una tonelada de pólvora distribuida en treinta y seis barriles en el sótano de la Cámara de los Lores. Sin embargo, la mañana en que iban a volar el edificio, uno de los conspiradores informó al gobierno, y todos fueron aprehendidos. Guy Fawkes fue sometido a torturas, pero no habló. Todos fueron ejecutados. Actualmente se celebra en Inglaterra el descubrimiento del atentado con fuegos artificiales, y los niños hacen efigies que representan a Guy.

Catherine meneó la cabeza.

–Una fiesta bastante macabra.

Kirk le sonrió al decir:

–Te prometo que la nuestra no lo será.

La noche antes de partir, Catherine se lavó el pelo, hizo y deshizo el equipaje dos veces, y se mareó de la emoción que sentía. En toda su vida sólo había tenido relaciones carnales con dos hombres: William Fraser y su marido. *¿Todavía se usará la palabra carnal?*, se preguntó. *Dios mío, ojalá me acuerde de cómo se hace. Dicen que es lo mismo que montar en bicicleta: una vez que se aprende a hacerlo, ya no se olvida. A lo mejor lo decepciono en la cama. A lo mejor me decepciono a mí misma en la cama. Quizá debería dejar de preocuparme e irme a dormir.*

—¿El señor Demiris?

—Sí.

—Catherine Alexander partió esta mañana a St. Moritz.

Se produjo un silencio.

—¿A St. Moritz?

—Sí, señor.

—¿Viaja sola?

—No. Con Kirk Reynolds.

En esta oportunidad el silencio fue más prolongado.

—Gracias, Evelyn.

¡Kirk Reynolds! Imposible. ¿Qué le veía? *He esperado demasiado. Debí haber intervenido antes. Voy a tener que hacer algo. No puedo permitir que ella...* La secretaria lo llamó por el interfono.

—Señor, un tal Anthony Rizzoli quiere verlo. No está citado...

—Entonces, ¿para qué me molesta? —le espetó y cortó.

Al instante el aparato volvió a sonar.

—Perdone que lo interrumpa, pero el señor Rizzoli trae un mensaje del señor Lambrou y dice que es muy importante.

¿Un mensaje? Qué raro. ¿Por qué su cuñado no podía transmitir él mismo lo que quería?

—Hágalo pasar.

—Sí, señor.

Tony Rizzoli entró en el despacho de Constantin Demiris. Paseó la vista por la habitación y pudo apreciar que era más lujoso que el de Spyros Lambrou.

–Le agradezco que me atienda, señor Demiris.

–Tiene dos minutos.

–Me manda Spyros porque piensa que usted y yo deberíamos hablar.

–¿Ah, sí? ¿Y de qué?

–¿Puedo tomar asiento?

–No creo que lo necesite para el tiempo que se va a quedar.

Rizzoli se acomodó en un sillón, frente a Demiris.

–Tengo una fábrica, señor Demiris, y envío mercadería a diversas partes del mundo.

–Entiendo. Entonces quiere alquilar uno de mis buques.

–Exacto.

–No sé por qué Spyros lo manda a verme. ¿Por qué no le alquila uno de los suyos? Casualmente en estos momentos tiene dos fondeados.

Rizzoli se encogió de hombros.

–Será porque no le gusta lo que envío.

–No entiendo. ¿Qué es lo que despacha?

–Drogas –respondió Rizzoli, sereno–. Heroína.

Demiris se quedó mirándolo, incrédulo.

–¿Y espera que yo...? Salga ahora mismo de aquí si no quiere que llame a la policía.

Rizzoli señaló el teléfono moviendo la cabeza.

–Llame, llame –dijo. Cuando vio que Demiris acercaba su mano al teléfono, añadió–: Yo también quiero hablar y contarles todo lo que sé sobre el juicio de Noelle Page y Larry Douglas.

Demiris quedó petrificado.

–¿De qué habla?

–Hablo de dos personas que fueron ejecutadas por haber dado muerte a una mujer que todavía está viva.

Constantin Demiris se había puesto pálido.

—¿Cree que a la policía puede interesarle esa historia? Si no les interesa a ellos, seguramente sí a la prensa. Ya me imagino los titulares. ¿Puedo llamarle Costa? Spyros me contó que sus amigos le llaman Costa, y supongo que nosotros vamos a ser muy amigos. ¿Sabe por qué? Porque los amigos no andan delatándose unos a otros. Vamos a mantener en secreto esa fechoría que hizo usted, ¿verdad?

Demiris estaba sentado muy rígido. Cuando habló, lo hizo con voz ronca.

—¿Qué es lo que quiere?

—Ya se lo he dicho. Alquilar uno de sus barcos... y como somos tan amigos, supongo que no querrá cobrarme el flete, ¿verdad? Digamos que es un favor a cambio de otro.

Demiris respiró hondo.

—No puedo permitírselo. Si se llegara a saber que saco drogas del país escondidas en uno de mis barcos, podría llegar a perder la flota entera.

—Pero nadie lo va a saber. En mi esfera de negocios, nadie anda publicando sus actividades. Lo haríamos todo muy en secreto.

La expresión de Demiris se había vuelto más dura.

—Comete usted un gran error. A mí no puede chantajearme. ¿Sabe quién soy?

—Sí. Mi nuevo socio. Usted y yo vamos a tener relaciones comerciales durante mucho tiempo, Costa, porque si me dice que no, voy directo a la policía y a los diarios y lo canto todo. Y ahí se acabó su buena fama, su imperio; todo a la mierda.

Hubo un silencio largo, doloroso.

—¿Cómo... cómo se ha enterado mi cuñado?

Rizzoli sonrió.

—Eso no importa. Lo que sí importa es que a usted lo tengo agarrado de las pelotas, y si aprieto un poco, lo convierto en un eunuco y va a cantar con voz de soprano toda la vida. Dentro de una cárcel, por supuesto. –Miró la hora–. Caramba, se han terminado mis dos minutos. –Se puso de pie–. Le doy sesenta segundos para decidir si me voy de aquí siendo su socio... o si me voy de aquí y nada más.

De repente, Constantin Demiris parecía diez años más viejo. Su rostro había perdido todo color. No se hacía la menor ilusión respecto de lo que sucedería si salía a luz la verdadera historia del juicio. La prensa se lo comería vivo. Lo presentarían como un asesino, un monstruo. Quizás hasta llegaran a abrir una investigación sobre la muerte de Stavros y de Chotas.

–Se han cumplido los sesenta segundos.

Demiris asintió lentamente.

–De acuerdo –aceptó en un susurro–. De acuerdo.

Tony Rizzoli le sonrió.

–Veo que es inteligente –dijo.

Demiris se levantó sin prisa.

–Por esta vez lo dejo salirse con la suya. No quiero enterarme de cómo ni cuándo lo hace. Uno de sus hombres podrá ir en mi barco. Más de eso no va a conseguir de mí.

–Trato hecho –convino Rizzoli, pero para sus adentros pensó: *A lo mejor no eres tan inteligente. Si transportas un cargamento de heroína, ya quedas enganchado, Costa. Nunca te permitiré desvincularte.* En voz alta repitió–: Trato hecho, por supuesto.

Durante el camino de regreso al hotel, Tony se sentía exultante. *A la brigada de estupefacientes nunca se le ocurrirá tocar la flota de Constantin Demiris. De ahora en adelante voy a poder cargar todos los barcos suyos que partan de aquí. El dinero me va a llover. Genial: drogas y objetos de arte.*

Se encaminó a la cabina telefónica de la avenida Stadiou e hizo dos llamadas, la primera de ellas a Palermo, para hablar con Pete Lucca.

–Puedes sacar de aquí a tus dos gorilas, Pete, y mandarlos

de vuelta al zoológico, de donde nunca debieron salir. La mercancía está a punto de partir en barco.

–¿Estás seguro de que el paquete no corre peligro?

Rizzoli soltó una risa.

–Está más seguro que en el Banco de Inglaterra. Ya te lo contaré todo cuando nos veamos. Además, tengo otra buena noticia. Desde ahora en adelante podremos hacer un envío por semana.

–Fantástico, Tony. Sabía que podíamos contar contigo. *Qué ibas tú a pensar eso, hijo de puta.*

La segunda llamada fue para Spyros Lambrou.

–Todo ha salido bien. Su cuñado y yo vamos a afrontar juntos ciertos negocios.

–Felicidades. Me alegro de oírlo, señor Rizzoli.

Cuando Lambrou cortó, sonrió para sus adentros. *La brigada de estupefacientes también se podrá muy contenta.*

Demiris permaneció en su oficina hasta después de medianoche, sentado ante su escritorio, reflexionando sobre el nuevo problema que lo aquejaba. Se había vengado de Noelle Page, pero ahora ella se levantaba de la tumba para acosarlo. Sacó de un cajón una foto de la muchacha. *Hola, puta. ¡Dios mío, qué bonita eras! ¿Así que supones que vas a destruirme? Pues ya lo veremos. Ya lo veremos.*

XV

St. Moritz era un sitio de ensueño. Había innumerables pistas de esquí, sendas para caminar, pistas para trineo, competiciones de polo, y decenas de actividades más. Situado en la ladera sur de los Alpes, a dos mil metros de altura, bordeando un resplandeciente lago, el pequeño pueblo dejó a Catherine impresionada por su belleza.

Catherine y Kirk fueron a alojarse al legendario Palace Hotel. El vestíbulo estaba lleno de turistas de numerosos países.

—Tengo una reserva a nombre del matrimonio Reynolds —le indicó Kirk al recepcionista. Catherine miró a otro lado. *Tendría que haberme puesto una alianza.* Le pareció que todos la miraban porque sabían lo que estaba haciendo.

—Sí, señor Reynolds. Suite doscientos quince. —Entregó la llave a un botones y agregó—: Por aquí, por favor.

Los acompañaron hasta una suite espléndida, de mobiliario sencillo, pero con vistas espectaculares de las montañas desde sus dos ventanas.

Cuando el botones se hubo marchado, Kirk abrazó a Catherine.

—No sabes lo feliz que me haces, querida.

—Espero poder complacerte. Hace... tanto tiempo, Kirk...

—No te preocupes. Yo no te voy a apremiar.

Es tan bueno, se dijo ella. *Pero ¿qué pensaría si le hablara de mi pasado?* Jamás le había mencionado a Larry, ni las circunstancias del juicio por homicidio, ni ninguna de las cosas tan terribles que le habían sucedido. Quería sentirse unida a él, confiar en él, pero algo la hacía contenerse.

—Voy a deshacer el equipaje —anunció.

Lentamente fue sacando las cosas de las maletas, hasta que de pronto tomó conciencia de que estaba tardando adrede por miedo a lo que pudiera ocurrir a continuación.

Desde la otra habitación, Kirk la llamó:

—Catherine...

Dios mío; ahora me va a pedir que me desvista para irnos a la cama. Tragó saliva y respondió con voz apenas audible:

—¿Sí?

—¿Por qué no salimos a dar un paseo?

Casi se desmaya del alivio.

—Fantástico —aceptó, entusiasmada—. *¿Qué me pasa? Estoy en uno de los lugares más recónditos del mundo, con un hombre atractivo que esta enamorado de mí, y me dejo dominar por el pánico.*

Reynolds la miraba con expresión de extrañeza.

—¿Te encuentras bien?

—Sí, sí —respondió ella, en tono animado.

—Pareces preocupada.

—No. Estaba pensando... en el esquí. Dicen que es peligroso esquiar.

Kirk le sonrió.

—No te preocupes. Mañana vas a empezar en una pendiente poco pronunciada. Ahora vamos.

Se pusieron un suéter y cazadoras forradas, y salieron a disfrutar del aire frío, vigorizante.

Catherine respiró hondo.

—Esto es asombroso, Kirk. Me encanta.

—Y todavía no has visto nada. En verano es doblemente hermoso.

¿Todavía querrá estar conmigo cuando llegue el verano?, se preguntó. *¿O acaso seré una gran desilusión para él? ¿Por qué me preocupo tanto?*

El pueblo de St. Moritz era precioso; una maravilla medieval, lleno de pintorescas tiendas, restaurantes y chalés situados en medio de los majestuosos Alpes.

Recorrieron las tiendas, y Catherine compró regalos para Evelyn y Wim. Entraron también en un pequeño café y pidieron una *fondue*.

Por la tarde, Kirk alquiló un trineo tirado por un caballo, en el que pasearon por senderos nevados que se internaban en la montaña. La nieve crujía bajo los patines metálicos.

—¿Lo estás pasando bien, Catherine?

—Sí, sí. —Lo miró y pensó: *Voy a hacerte tan feliz... Esta noche; sí, esta noche te haré inmensamente feliz.*

Por la noche cenaron en el Stubli, un restaurante con el ambiente de un antiguo mesón campestre.

—Esta estancia data de 1480 —le contó Kirk.

—Entonces será mejor que no pidamos pan.

—¿Qué?

—Era un chiste. Perdón.

Larry entendía mis chistes. ¿Por qué pienso en él? Porque no quiero pensar en lo que va a pasar más tarde. Me siento como María Antonieta rumbo al cadalso. No voy a pedir postre.

La comida fue excelente, pero Catherine estaba demasiado nerviosa para poder disfrutarla. Cuando terminaron, Kirk propuso:

—¿Vamos arriba? Mañana bien temprano tienes tu clase de esquí.

—Sí, sí, claro.

Cuando iban subiendo la escalera, Catherine comprobó que el corazón le latía con fuerza. *Me va a decir: vamos a acostarnos en seguida. ¿Y por qué no habría de hacerlo? Para eso hemos venido aquí ¿no? Yo no puedo fingir que he venido para aprender a esquiar.*

Al llegar a la suite, Reynolds abrió la puerta y encendió las luces. Entraron en el dormitorio y Catherine clavó la mirada en la cama de matrimonio. Era tan grande que parecía ocupar el cuarto entero.

Kirk la estaba observando.

–Catherine... ¿te preocupa algo?

–¿Qué? –Soltó una risita falsa–. No, claro que no. Sólo que...

–¿Qué?

Lo sorprendió con una sonrisa resplandeciente.

–No, nada. Estoy bien.

–Bueno. Entonces, desvistámonos para acostarnos.

Justo lo que suponía que iba a proponer. Pero, ¿por qué ha tenido que decirlo? Podríamos haberlo hecho sin decir nada. Explicarlo con palabras me parece... tan burdo.

–¿Qué has dicho?

Catherine no se había dado cuenta de que hablaba en voz alta.

–Nada. –Se acercó a la cama. Era la más inmensa que había visto jamás. Una cama construida para los amantes, sólo para ellos. No era una cama para dormir sino para...

–¿No te vas a desvestir, querida?

¿Cuánto hace que no me acuesto con un hombre? Más de un año. Y era mi marido.

–Cathy...

–Sí. *–Voy a quitarme la ropa, a meterme en la cama y desilusionarte. No te amo, Kirk. No puedo acostarme contigo–. Kirk...*

Él se volvió para mirarla, a medio desvestir.

–¿Sí?

–Kirk... perdóname. Vas a odiarme, pero te juro... que no puedo. Lo siento muchísimo. Seguramente pensarás que...

Vio la expresión de desencanto en el rostro del hombre. Kirk hizo el esfuerzo de sonreír.

–Cathy, yo te advertí que iba a tener paciencia. Si todavía no estás lista... te entiendo. De todos modos podemos disfrutar de estos días aquí.

Ella lo besó en la mejilla.

—Gracias, gracias, Kirk. Me siento tan ridícula. No sé qué es lo que me pasa.

—No te pasa nada —aseguró él—. Yo te comprendo.

Lo abrazó.

—Gracias. Eres un ángel.

—Mientras tanto —continuó él con un suspiro—, voy a dormir en el sofá del salón.

—No, no. Como la culpable de todo este lío soy yo, no quiero que estés incómodo. Dormiré yo en el sofá.

—No; de ninguna manera.

Catherine se quedó tendida en la cama, despierta, pensando en Kirk. *¿Alguna vez podré volver a tener relaciones sexuales con otro hombre? ¿O acaso Larry quemó esas sensaciones dentro de mí? A lo mejor consiguió matarme, después de todo.* Por fin, se quedó dormida.

Kirk se despertó en medio de la noche por los alaridos. Se incorporó en el sofá, y como los gritos continuaban, corrió al dormitorio.

Catherine se revolvía en la cama, con los ojos firmemente cerrados.

—¡No! —gritaba—. ¡Dejadme! ¡No me matéis!

Reynolds se arrodilló a su lado, la abrazó y la estrechó contra su pecho.

—¡Sss...! Está bien... No pasa nada...

El cuerpo de Catherine se sacudía con los sollozos, por lo que la sostuvo abrazada hasta que se calmó.

—Ellos... trataron de matarme.

—No ha sido más que un sueño —la tranquilizó—. Has tenido una pesadilla.

Catherine entonces abrió los ojos y se incorporó, temblorosa.

–No, no ha sido un sueño. Fue verdad. Intentaron matarme.

Kirk la miraba intrigado.

–¿Quiénes?

–Mi... marido y su amante.

Kirk sacudió la cabeza.

–Catherine, has tenido una pesadilla...

–Te digo la verdad. Trataron de matarme, y los ejecutaron por ese motivo.

Una expresión de incredulidad se dibujó en el rostro de Reynolds.

–Catherine...

–No te lo he contado antes porque... me hace daño hablar de ello.

De pronto él comprendió que lo decía en serio.

–¿Qué pasó?

–Yo no quería concederle el divorcio a Larry; él... estaba enamorado de otra mujer, y juntos planearon eliminarme.

Kirk la escuchaba con atención.

–¿Cuándo ocurrió eso?

–Hace un año.

–¿Qué suerte corrieron ellos?

–Fueron condenados a muerte y ajusticiados.

Él alzó una mano.

–Un momento. ¿Dices que fueron ajusticiados por *intentar* matarte?

–Sí.

–Yo no soy un experto en leyes griegas, pero apuesto cualquier cosa a que no existe la pena de muerte para el intento de homicidio. Tiene que haber algún error. Conozco a un abogado de Atenas, que casualmente trabaja para el Estado. Mañana lo llamaré para ver si podemos aclarar esto. Se llama Peter Demonides.

Catherine seguía dormida cuando Kirk se despertó. Rápidamente se vistió y fue hasta el dormitorio. Allí permaneció un instante mirándola. *Cuánto la quiero. Tengo que averiguar lo que realmente sucedió y apartar todas esas sombras de su pasado.*

Kirk bajó al vestíbulo del hotel para llamar a Atenas.

–Operadora, quiero hablar de persona a persona con Peter Demonides.

Media hora más tarde recibía la llamada.

–¿Con el señor Demonides? Habla Kirk Reynolds. No sé si me recuerda...

–Claro que sí. Usted trabaja para Constantin Demiris.

–Sí.

–¿Qué se le ofrece, señor Reynolds?

–Perdone que lo moleste, pero cierta información que he recibido últimamente me tiene un poco desconcertado. Se refiere a un particular de las leyes griegas.

–Conozco algo sobre el tema –manifestó Demonides, de buen grado–. Será un placer ayudarlo.

–¿Hay en el derecho de su país algo que permita ejecutar a una persona por un intento de homicidio?

Se produjo un largo silencio en el otro extremo de la línea.

–¿Puedo saber por qué me lo pregunta?

–Estoy con una mujer llamada Catherine Alexander, y ella piensa que su marido y la amante de él fueron ejecutados porque intentaron asesinarla. A mí no me parece muy lógico, ¿me entiende?

–Sí, le comprendo. ¿Dónde se aloja, señor Reynolds?

–Estoy en el Palace Hotel, de St. Moritz.

–Mire, voy a hacer alguna averiguación y después le llamo.

–Se lo agradecería muchísimo. A decir verdad, yo supongo que esta mujer imagina cosas. Por eso me gustaría aclararle la situación, para brindarle algún alivio.

–Entiendo. Le llamaré; pierda cuidado.

El aire era frío y tonificante. La belleza del paisaje hizo que Catherine olvidara el terror que había vivido la noche anterior.

Desayunaron en el pueblo, y cuando terminaron, Reynolds propuso:

—Vamos hasta la pista de esquí.

La llevó a la pista de los principiantes, y contrató un instructor.

Catherine se colocó los esquíes y se quedó de pie, quieta. Luego se miró los pies.

—Esto es ridículo. Si Dios hubiese querido que tuviéramos este aspecto, nuestros padres habrían sido árboles.

—¿Qué?

—Nada, Kirk.

El instructor sonrió.

—No se preocupe. Ya verá cómo en seguida esquía como una profesional. Empezaremos en la zona de los principiantes, la Corviglia Sass Ronsol.

—Te vas a sorprender de lo rápido que puedes aprender —le aseguró Reynolds. Miró una pista que había a lo lejos, y le habló al instructor—: Hoy voy a probar la Fuorcla Grischa.

—Por el nombre debe de estar sabrosísimo. El mío lo quiero a la parrilla —comentó Catherine, pero nadie le festejó el chiste con la menor sonrisa.

—Es una pista de esquí, querida.

—Ah. —A Catherine le dio vergüenza explicarle que era una broma. *No debo decir estas cosas cuando estoy con él,* pensó.

—La Grischa tiene un declive muy pronunciado, señor —intervino el instructor—. ¿Por qué no empieza en la Coviglia Standard Marguns?

—Buena idea. Iré allí. Catherine, nos encontraremos en el hotel para el almuerzo.

—De acuerdo.

Reynolds saludó con la mano y se marchó.

—Que te diviertas —le gritó ella—. ¡Ah! No te olvides de escribirme.

—Bueno —dijo el instructor—. A trabajar.

Para su gran sorpresa, la clase le resultó divertida. Al principio estaba nerviosa. Se sentía insegura y subió la cuesta con un torpe andar.

—Ahora inclínese hacia delante y mantenga los esquíes bien rectos.

—Dígaselo a ellos, que se mueven por su propia cuenta.

—Lo está haciendo muy bien. Bueno, a bajar la pendiente. Flexione las rodillas. Mantenga el equilibrio. ¡Ahí va!

Se cayó.

—Vamos de nuevo, que lo está haciendo bien.

Se cayó una y otra vez, hasta que de pronto encontró el sentido del equilibrio y tuvo la sensación de tener alas. Se deslizó cuesta abajo como si estuviera volando. Le gustó mucho el sonido de la nieve bajo los esquíes, y el viento que golpeaba contra su cara.

—¡Me encanta! Con razón la gente se enamora locamente de este deporte. ¿Cuándo podré lanzarme por la pendiente más alta?

El instructor se rió.

—Es mejor quedarnos aquí todo el día de hoy, y mañana tal vez ya pueda ir a las Olimpiadas.

Fue una mañana gloriosa.

Se encontraba en el bar del hotel cuando Kirk regresó de esquiar. Traía las mejillas sonrosadas y se le notaba muy animado. Llegó hasta la mesa y se sentó.

—¿Y bien? —preguntó—. ¿Cómo te ha ido?

—Fantástico. No me he roto nada importante. Sólo me he caído seis veces. ¿Y sabes una cosa? —añadió, orgullosa—. Al final ya lo hacía muy bien. Creo que el instructor me va a apuntar para las Olimpiadas.

—Qué bien —respondió Reynolds, con una sonrisa. Iba a mencionar la llamada a Peter Demonides, pero no lo hizo para no mortificarla.

Después de almorzar salieron a hacer una larga caminata por la nieve, y recorrieron también varias tiendas. Catherine estaba empezando a sentirse cansada.

—Quiero volver al hotel y dormir un ratito —dijo.

—Buena idea. Si uno no está acostumbrado a este aire, en seguida se cansa.

—¿Qué vas a hacer tú, Kirk?

Él miró en dirección a una pista lejana.

—Tal vez esquíe en la Grischa. Nunca lo he hecho, y es todo un desafío.

—Lo es... porque está ahí.

—¿Qué?

—Nada. Por el aspecto parece peligrosa...

Reynolds asintió.

—Por eso es todo un desafío.

Catherine lo cogió de la mano.

—En cuanto a lo de anoche, perdóname. Voy a tratar de... portarme mejor.

—No te preocupes. Vuelve al hotel y descansa un poco.

—Sí, sí. —Lo observó alejarse y pensó: *Es un hombre maravilloso. ¿Qué le verá a una tonta como yo?*

Catherine durmió una larga siesta, esta vez sin pesadillas, y se despertó casi a las seis. Kirk debía de estar a punto de regresar.

Se dio un baño y se vistió pensando en la noche que le esperaba. *Voy a dejarlo muy contento.*

Fue a mirar por la ventana. Ya estaba cayendo la noche. *Kirk debe de estar pasándolo muy bien,* pensó, al tiempo que contemplaba la pendiente a lo lejos. *¿Aquélla será la Grischa? Quién sabe si alguna vez me atreveré a lanzarme yo por ahí.*

A las siete, Kirk aún no había regresado. El atardecer se había trocado en un negro total. *No puede estar esquiando en la oscuridad. A lo mejor está abajo, en el bar, tomando una copa.*

Se dirigía ya a la puerta cuando sonó el teléfono.

Entonces sonrió. *No me he equivocado. Seguramente me llama para pedirme que baje.*

—¿La señora Reynolds? —dijo una voz desconocida.

Estuvo a punto de contestar que no, pero de pronto recordó cómo se habían registrado en el hotel.

—Sí...

—Lamento tener que comunicarle una mala noticia. Su marido ha sufrido un accidente esquiando.

—¡Oh, no! ¿Es... grave?

—Me temo que sí.

—Bajo en seguida. ¿Dónde...?

—Lamento informarle que él... ha muerto, señora. Se hallaba esquiando en el Lagalp y se desnucó.

XVI

Tony Rizzoli la observó salir desnuda del baño y pensó: *¿Por qué será que las griegas tienen esos culos tan grandes?*

Ella se metió en la cama, lo rodeó con los brazos y dijo, en un susurro:

–Me alegro tanto de que me hayas elegido a mí, *poulaki*. Quise tenerte desde el primer momento en que te vi.

Tony se esforzó por no soltar una carcajada. Era evidente que esa mujer había visto muchas películas cursis.

–Sí. Yo siento lo mismo, nena.

La había encontrado en The New Yorker, un club barato de la calle Kallari, donde ella trabajaba de cantante. Era lo que los griegos llaman despectivamente un *gaugisi skilo,* un perro que ladra. Ninguna de las muchachas que trabajaban en el local tenía el mínimo talento –al menos en las cuerdas vocales–, pero a todas podía uno llevarlas a casa pagando cierto precio. Esa en particular, Helena, era relativamente bonita, de ojos oscuros, rostro sensual y un cuerpo voluptuoso. Tenía veinticuatro años, algo vieja para el gusto de Rizzoli, pero como él no conocía a otras mujeres en Atenas, no podía ser demasiado exigente.

–¿Te gusto? –preguntó ella, con afectada timidez.

–Sí. Estoy *pazzo* por ti.

Comenzó a acariciarle los senos, y cuando sintió que se le endurecían los pezones, se los pellizcó.

–¡Ay!

—Baja la cabeza, nena.

Ella se negó.

—Esas cosas no las hago —dijo.

Rizzoli se quedó mirándola.

—¡No me digas! —La sujetó del pelo y le dio un tirón.

Helena gritó:

—*Parakalo!*

Rizzoli le dio una fuerte bofetada.

—Si vuelves a hacer el mínimo ruido, te rompo el cuello. —Le empujó la cabeza hacia abajo, hasta su entrepierna—. Ahí la tienes, nena. Quiero que la dejes contenta.

—Suéltame —lloriqueó ella—. Me estás haciendo daño.

Rizzoli tiró más fuerte de su pelo.

—¿Acaso no estabas loca por mí? —La soltó y ella lo miró con ojos de indignación.

—¿Por qué no te vas a...? —La expresión que se dibujó en el rostro de él la enmudeció. Ese hombre tenía algo de terrible. ¿Cómo era que no lo había notado antes? —No tenemos por qué pelear —agregó, tratando de aplacarlo—. Juntos podríamos...

Rizzoli le clavó los dedos en el cuello.

—No te pago para que hables —dijo. Luego le dio un puñetazo en la cara—. Cierra la boca y ponte a trabajar.

—Por supuesto, cariño —murmuró Helena, gimoteando—. Por supuesto.

Rizzoli era insaciable, y cuando quedó satisfecho, Helena se sentía agotada. Se quedó acostada a su lado hasta que estuvo segura de que él se había dormido; después se bajó de la cama sin hacer ruido y se vistió. Estaba dolorida. Rizzoli aún no le había pagado, y en otras circunstancias ella le habría sacado el dinero de la billetera, calculando además una generosa propina. Pero en este caso el instinto la llevó a marcharse sin coger el dinero.

Una hora más tarde Rizzoli se despertó al oír que llamaban a la puerta. Se incorporó y miró la hora. Eran las cuatro de la mañana. Paseó la mirada por la habitación: la chica se había largado.

—¿Quién es? —gritó.

—Su vecino. —La voz era de fastidio—. Lo llaman al teléfono.

Rizzoli se pasó la mano por la frente.

—Voy en seguida. —Se puso una bata y fue hasta la silla donde había dejado los pantalones. Se fijó en la billetera y vio que no le faltaba nada de dinero. *Así que la puta no era tonta.* Sacó un billete de cien dólares, se encaminó a la puerta y la abrió.

El vecino estaba parado en el pasillo, vestido también con bata y zapatillas.

—¿Sabe la hora que es? —preguntó, furioso—. Usted me dijo que...

Rizzoti le entregó el billete.

—Lo siento muchísimo —se disculpó—. No voy a tardar mucho.

El hombre tragó saliva, ya menos acalorado.

—No se preocupe. Debe de ser algo muy importante si hay necesidad de despertar a la gente a las cuatro de la madrugada.

Tony entró en la habitación del vecino y levantó el auricular del teléfono.

—Rizzoli.

Una voz dijo:

—Tiene usted un problema, señor Rizzoli.

—¿Quién habla?

—Spyros Lambrou me pidió que lo llamara.

—Ah. —Experimentó una repentina sensación de miedo—. ¿Cual es el problema?

—Se refiere a Constantin Demiris.

—Sí, ¿qué pasa con él?

—Uno de sus buques cisterna, el *Thele,* está en Marsella, fondeado en la dársena de la Grande Joliette.

—¿Y?

—Nos hemos enterado de que el señor Demiris ha ordenado desviar el buque a Atenas. Atracará allí el domingo por la mañana y zarpará ese mismo día por la noche. Cuando el buque parta, Demiris piensa ir a bordo.

—*¿Qué?*

—Se fuga.

—Pero él y yo tenemos un...

—El señor Lambrou me pidió que le comunicara que Demiris planea ocultarse en los Estados Unidos hasta que pueda encontrar la forma de deshacerse de usted.

¡Ese falso, hijo de puta!

—Entiendo. Déle las gracias al señor Lambrou de mi parte. Dígale que se lo agradezco.

—El placer es de él.

Rizzoli cortó.

—¿Todo bien, señor Rizzoli?

—¿Cómo? Ah, sí. Perfecto. —Así lo sentía él.

Cuanto más pensaba Rizzoli en la llamada telefónica, más contento se ponía. Había forzado a Demiris a huir atemorizado, por lo cual sería mucho más fácil lidiar con él. *El domingo.* Tenía dos días para concretar sus planes.

Sabía que debía andarse con cuidado porque lo seguían a todas partes. *Malditos policías,* pensó. *Cuando llegue el momento, pienso deshacerme de ellos.*

A primera hora de la mañana se encaminó a una cabina telefónica de la calle Kifissias y marcó el número del Museo Estatal de Atenas. Reflejado en un cristal alcanzó a ver a un hombre que fingía estar mirando un escaparate, y en la acera de enfrente, otro que conversaba con un florista. Ambos formaban parte del equipo de vigilancia que le seguía los pasos.

—Oficina del director.

—¿Víctor? Habla Tony.

—¿Pasa algo malo? —Un repentino tono de temor apareció en la voz de Korontzis.

—No, no —lo tranquilizó Rizzoli—. Todo anda muy bien. Víctor, ¿sabes ese hermoso florero con dibujos rojos?

—Él ánfora Ka.

—Sí. Esta noche paso a buscarla.

Hubo una pausa larga.

—¿Esta noche? No... no sé, Tony. —Le temblaba la voz—. Si algo no saliera bien...

—Bueno, no importa. Yo quería hacerte un favor, solamente. Dile a Sal Prizzi que no tienes el dinero, y déjalo que haga lo que se le...

—No, Tony, espera... —Otra pausa—. De acuerdo.

—¿Seguro que no hay inconvenientes? Si no quieres hacerlo, no tienes más que decírmelo y yo me vuelvo a los Estados Unidos, donde no tengo problemas de esta índole. No tengo por qué soportar este trato...

—No, no. Te agradezco todo lo que estás haciendo por mí, Tony. Sinceramente. Podemos hacerlo esta noche.

—Bueno. Cuando cierre el museo, lo que tienes que hacer es sacar el jarrón original y reemplazarlo por una copia.

—Los vigilantes revisan todos los paquetes que se sacan del edificio.

—¿Y qué? ¿Acaso ellos son expertos en arte?

—No, claro que no, pero...

—Está bien, Víctor. Escúchame: no tienes más que agenciarte una factura de venta de una de las reproducciones y meterla en una bolsa de papel, junto con el original.

—Sí, entiendo... ¿Dónde nos encontramos?

—No nos veremos. Sal del museo a las seis. Habrá un taxi en la puerta de entrada. Lleva el paquete. Dile al chófer que te lleve al Hotel Grande Bretagne y que te espere. Deja el paquete en el coche. Entra en el bar del hotel a tomar una copa. Después, te vas a casa.

—Pero el paquete...

—No te preocupes, que alguien se ocupará de él.

Víctor Korontzis sudaba.

—Nunca he hecho nada semejante. Jamás en la vida he robado nada...

—Lo sé —lo tranquilizó Rizzoli—. Yo tampoco. Recuerda que soy yo el que corre todos los riesgos, Víctor, y no obtengo nada a cambio.

Korontzis habló con voz entrecortada.

—Eres un buen amigo, Tony. El mejor amigo que he tenido jamás. A propósito, ¿tienes idea de cuándo voy a recibir el dinero?

—Muy pronto —le aseguró Tony—. Cuando terminemos con esto, ya no tendrás más motivos de preocupación. —*Y yo tampoco,* pensó Rizzoli, feliz. *Nunca más.*

Aquella tarde había dos cruceros en el puerto del Pireo, y por consiguiente el museo se llenó de turistas. Por lo general, a Víctor Korontzis le gustaba observarlos, tratar de adivinar cómo eran sus vidas. Había gente de los Estados Unidos, de Inglaterra y de una decena de países más. Esta vez, sin embargo, Korontzis estaba demasiado atemorizado para pensar en ellos.

Miró en dirección a las dos vitrinas donde se exhibían las réplicas de los objetos de arte. En ese momento estaban rodeadas de personas, y las dos vendedoras trataban de satisfacer la intensa demanda.

A lo mejor se venden todas, pensó esperanzado. *Entonces no tendré que cumplir el plan de Rizzoli.* Sin embargo, sabía que no era realista, puesto que había centenares de réplicas guardadas en los sótanos del edificio.

El jarrón que Tony le había pedido que robara era uno de

los grandes tesoros del museo, un ánfora del siglo XV a. C. con figuras mitológicas pintadas en rojo sobre un fondo negro. La última vez que él la había tocado había sido quince años antes, cuando con actitud reverente la colocó dentro de la vitrina que habría de permanecer cerrada eternamente. *Y ahora yo la robo,* pensó, lleno de desdicha. *Que Dios me ampare.*

Pasó la tarde aturdido, temeroso del momento en que se convertiría en ladrón. Regresó a su despacho, cerró la puerta y se sentó ante su escritorio, transido de desesperación. *No puedo hacerlo,* se dijo, *tiene que haber otra solución. Pero ¿cuál?* No se le ocurría otra forma de reunir semejante suma de dinero. Todavía le parecía oír la voz de Prizzi. *Me entregará el dinero esta noche, porque de lo contrario con su cuerpo voy a alimentar a los peces. ¿Me entiende?* Aquel hombre era un asesino. No, no le quedaba otra salida.

Minutos antes de las seis, se marchó de su oficina. Las mujeres que vendían las reproducciones ya estaban cerrando el local.

–*Signomi* –dijo Korontzis–. Un amigo mío cumple años y se me ocurrió regalarle algo de aquí. –Se acercó a la vitrina y fingió examinarla. Había cántaros, bustos, cálices, libros y mapas. Lo observó todo como si estuviera tratando de decidir qué compraba. Por último, señaló la copia del ánfora roja–. Creo que le gustará ésa.

–Seguro que sí –convino la mujer. La retiró de su estante y se la entregó.

–¿Me da un recibo, por favor?

–Por supuesto, señor. ¿Quiere que se la envuelva para regalo?

–No, no. Póngala simplemente en una bolsa.

La mujer así lo hizo, y también puso dentro la factura.

–Gracias.

–Espero que le guste a su amigo.

—No lo dudo. —Tomó la bolsa con manos temblorosas y regresó a su oficina.

Cerró la puerta con llave; luego sacó la réplica y la colocó sobre el escritorio. *Todavía estoy a tiempo,* pensó. *Aún no he cometido ningún delito.* La indecisión lo torturaba. Una serie de pensamientos aterradores cruzaron por su mente. *Podría huir a otro país y abandonar a mi mujer y a mis hijos. O bien suicidarme. También puedo acudir a la policía y contar que me están amenazando. Pero cuando se sepan los hechos, estaré perdido.* No, no había otra salida. Si no pagaba el dinero adeudado, Prizzi lo mataría. *Agradezco a Dios tener a Tony de amigo. Sin él, sería hombre muerto.*

Miró la hora. Había llegado el momento de moverse. Cuando se levantó, le flaqueaban las piernas. Respiró hondo varias veces para tranquilizarse. Tenía las manos húmedas de sudor y se las secó en la camisa. Volvió a guardar la réplica en la bolsa de papel y se encaminó a la puerta. Había un vigilante apostado en la entrada, que se iba a las seis, después de cerrarse el museo, y otro que hacía la guardia, pero éste último tenía media docena de salas para controlar. Seguramente en ese momento estaría en el otro extremo del museo.

Al salir del despacho se topó con el vigilante.

—Perdone, señor Korontzis. No sabía que aún estaba aquí.

—Sí. Estaba... preparándome para marcharme.

—¿Sabe una cosa? —dijo el guarda, en tono de admiración—. Lo envidio.

Si supiera...

—¿De verdad? ¿Por qué?

—Usted sabe tanto sobre todas estas cosas preciosas. Yo me paseo por aquí, las miro, pienso que son pedazos de historia... ¿no? No sé mucho sobre estos objetos... a lo mejor algún día usted puede explicarme...

El tonto no cesaba de hablar.

—Sí, por supuesto. Algún día, con mucho gusto. —En el extremo opuesto de la sala estaba la vitrina donde se hallaba la valiosa ánfora. Tenía que deshacerse del guardia–. Tenemos problemas con el circuito de alarma del sótano. ¿Puede revisarlo?

–Sí, claro. Tengo entendido que algunos de estos objetos datan de...

–¿Por qué no lo mira ahora? No quisiera irme sin saber que todo está bien.

–Desde luego, señor Korontzis. En seguida vuelvo.

Korontzis permaneció allí, observándolo cruzar el pasillo para dirigirse al sótano. Apenas hubo desaparecido de su vista, se encaminó de prisa a la vitrina que contenía el ánfora roja. Sacó una llave y pensó: *Realmente lo voy a hacer. Voy a robarla.* La llave le resbaló de las manos e hizo ruido al caer al piso. *¿Esto es una señal? ¿Está Dios diciéndome algo?* Sudaba como un endemoniado. Se agachó, recogió la llave y miró el ánfora. Era tan bella. La habían fabricado con tanto amor y cuidado sus antepasados, miles de años antes. El guarda tenía razón: era un pedazo de historia, algo que nunca podría reemplazarse.

Cerró los ojos un instante y se estremeció. Miró a su alrededor para cerciorarse de que nadie estuviera observándolo; luego giró la llave y, con cuidado, sacó la reliquia. Cogió la reproducción que llevaba en la bolsa y la colocó en el estante, donde había estado la verdadera.

Se quedó observándola un instante. Se trataba de una copia muy buena, pero, para él, a todas luces falsa. *Pero sólo para mí,* pensó, *y para unos pocos expertos más.* Ninguna otra persona podría darse cuenta nunca de la diferencia. Y no había razón para que alguien se pusiera a examinarla con detenimiento. Entonces cerró la vitrina con llave y guardó el ánfora genuina en la bolsa de papel, donde ya estaba la factura.

Sacó un pañuelo y se enjugó el sudor de la frente. Ya estaba hecho. Miró la hora: las 6.10. Tenía que apresurarse. Enfiló hacia la puerta y vio al vigilante que volvía en dirección a él.

—No he encontrado ningún problema en el sistema de alarma, señor Korontzis, y...

—Me alegro. Siempre hay que tener mucho cuidado.

El hombre sonrió.

—En eso le doy la razón. ¿Ya se va?

—Sí. Hasta mañana.

—Hasta mañana.

El segundo vigilante se hallaba en la puerta de entrada, preparándose para marcharse. Al ver que Korontzis llevaba una bolsa, sonrió y dijo:

—Voy a tener que revisarla. Son sus propias órdenes.

—Por supuesto —se apresuró a decir Korontzis, y le entregó la bolsa. El vigilante sacó el ánfora y vio la factura—. Es un regalo para un amigo mío, un ingeniero —explicó Korontzis. *¿Qué necesidad tenía de decir eso? Debo obrar con naturalidad.*

—Muy bonita. —El vigilante volvió a poner el ánfora en la bolsa, y durante un instante terrible el director pensó que iba a romperse. Entonces apretó la bolsa contra su pecho y saludó.

—*Kalispera.*

El guarda le abrió la puerta.

—*Kalispera.*

Korontzis salió al frío aire del atardecer y respiró hondo para contrarrestar una fuerte sensación de náuseas. Llevaba en las manos un objeto que valía millones de dólares, pero no pensaba en eso. Lo que lo atormentaba era que estaba traicionando a su país, robando un pedazo de historia de su amada Grecia para venderlo a un extranjero desconocido.

Bajó la escalinata. Tal como le había anticipado Rizzoli, había un taxi esperando frente al museo. Se dirigió hacia allí y subió.

—Al Hotel Grande Bretagne —dijo.

Se arrellanó en el asiento. Estaba agotado, destruido, como si acabara de tomar parte en una tremenda batalla. Pero ¿había ganado o perdido?

Cuando el taxi aparcó frente al hotel, le pidió al chófer:

—Espere aquí, por favor. —Echó un último vistazo al valioso paquete que quedaba en el asiento; luego se bajó de prisa y entró en el hotel. Ya en el vestíbulo se dio la vuelta y vio que en aquel momento un hombre subía al taxi. Un instante después, el vehículo arrancaba a toda velocidad.

Ya estaba hecho. *Nunca volveré a hacer una cosa así,* pensó. *Jamás. La pesadilla ya ha terminado.*

El domingo, a las tres de la tarde, Tony Rizzoli salió del hotel y caminó en dirección a la plaza Omonia. Vestía una llamativa chaqueta a cuadros rojos, pantalones verdes y una boina roja también. Dos detectives le seguían los pasos. Uno de ellos comentó:

—Esa ropa debe de habérsela comprado en un circo.

En la calle Metaxa, Rizzoli detuvo un taxi. El detective habló por su radio.

—El sujeto sube a un taxi que se dirige hacia el oeste.

Una voz le respondió:

—Lo vemos. Estamos siguiéndolo. Regrese al hotel.

—De acuerdo.

Un coche gris, sin identificación, comenzó a seguir al taxi desde una discreta distancia. El taxi enfiló hacia el sur. En el coche gris, el detective que iba sentado al lado del conductor cogió el micrófono de mano.

—Con central, por favor. Habla la unidad cuatro. El sujeto viaja en taxi por la calle Philhellinon... Aguarde. Acaban de girar a la izquierda por la calle Peta. Parece que va rumbo a la Plaka. Allí a lo mejor lo perdemos. ¿Pueden poner a alguien que lo siga a pie?

—Un momento, unidad cuatro. —Segundos más tarde, volvió a funcionar la radio—. Unidad cuatro, podemos brindarles ayuda. Si el sujeto se baja en la Plaka, quedará bajo vigilancia.

–*Kala*. Les advierto que viste chaqueta a cuadros rojos, pantalones verdes y boina roja. Muy difícil perderlo. Aguarde un minuto. El taxi se detiene. El individuo se baja en la Plaka.

–Pasaremos la información. Ya queda cubierto, y ustedes pueden desentenderse. Cambio y fuera.

En la Plaka, dos detectives lo observaron bajar del taxi.

–¿Dónde se habrá comprado semejante atuendo? –se preguntó uno de ellos en voz alta.

Comenzaron a seguirlo por el laberinto de calles del sector viejo de la ciudad, entre la muchedumbre. Durante una hora el hombre paseó por las calles, las tabernas, los bares, las tiendas de regalos y las pequeñas galerías de arte. Caminó por la calle Anaphiotika y recorrió el mercado de viejo, con su increíble surtido de espadas, dagas, mosquetes, ollas, velas, lámparas de aceite y gafas.

–¿Qué diablos hace?

–Da la impresión de que ha salido sólo a dar un paseíto. Un momento... ahí va...

Lo siguieron cuando dobló por Aghiou Geronda y se encaminó al restaurante Xinos. Ambos detectives permanecieron fuera, a una distancia escasa, desde donde lo observaron pedir la comida. Los dos estaban empezando a aburrirse.

–Espero que el tipo haga algo pronto, porque tengo ganas de irme a casa a dormir un rato.

–Manténte despierto, porque si lo perdemos, Nicolino te rompe el culo.

–¿Cómo se nos puede escapar, si se destaca como un farol encendido?

El otro detective lo miró fijamente.

–¿Qué? ¿Qué has dicho?

–He dicho que...

—No importa. —Había una sensación de apremio en su voz—. ¿Le has mirado la cara?

—No.

—Yo tampoco. *Tiflo!* Vamos.

Entraron de prisa en el restaurante y se dirigieron a la mesa del sujeto.

Allí se encontraron con la cara de un total desconocido.

El inspector Nicolino se puso furioso.

—Asigné tres equipos para que le siguieran los pasos a Rizzoli. ¿Cómo pudo escapárseles?

—Nos hizo un cambio, señor. El primer grupo lo vio subir a un taxi y...

—¿Lo perdieron de vista?

—No, señor. Nosotros lo vimos bajar del coche, o al menos nos pareció que era él. Vestía ropas muy llamativas. Se ve que Rizzoli tenía otro pasajero escondido en el taxi, y se cambiaron la ropa, con lo cual seguimos a un tipo que no era.

—Y Rizzoli se marchó en el taxi.

—Sí, señor.

—¿Anotaron el número de la matrícula?

—Bueno, no, señor. No nos pareció importante.

—¿Y quién es el hombre que encontraron?

—Un botones del hotel donde se aloja Rizzoli. Éste le dijo que le estaba gastando una broma a alguien, y le pagó cien dólares. Es todo lo que sabe el chico.

El inspector respiró hondo.

—Y supongo que nadie sabe dónde se halla Rizzoli en este momento.

—No, señor; lamentablemente, no.

Grecia cuenta con siete puertos principales: Salónica, Patrás, Volos, Igoumenitsa, Kavala, Iraklion y El Pireo.

El Pireo se encuentra diez kilómetros al sudoeste del centro de Atenas, y no sólo es el más importante del país sino también uno de los mayores de Europa. El complejo portuario consta de cuatro muelles de atraque, tres de ellos para embarcaciones de recreo y vapores de ultramar. El cuarto, el Herakles, se reserva para cargueros con escotillas que abren directamente sobre el muelle.

El *Thele* estaba fondeado en el Herakles. Se trataba de un inmenso buque cisterna que, con su callada presencia en el oscuro puerto, semejaba un monstruo, listo para atacar.

Acompañado por cuatro hombres, Tony Rizzoli llegó hasta el muelle. Levantó los ojos, contempló la inmensa mole y pensó: *De modo que está aquí. Ahora vamos a ver si el amigo Demiris se halla a bordo.*

Se volvió para hablar a sus compañeros.

–Quiero que dos de vosotros esperéis aquí. Los otros dos venid conmigo. Que nadie baje del barco.

–Bien.

Rizzoli y dos de los hombres subieron por la plancha. Cuando llegaron arriba, un marinero se les acercó.

–¿Qué desean?

–Venimos a ver al señor Demiris.

–El señor Demiris está en su camarote. ¿Los espera?

Entonces la información que me pasaron era correcta.

–Sí, nos espera. ¿A qué hora zarpa el buque?

–A medianoche. Vengan, los acompaño.

–Gracias.

Cruzaron la cubierta detrás del marinero, y llegaron a una escalera que conducía a un nivel inferior. Bajaron por allí, recorrieron un pasillo angosto y en el trayecto pasaron ante las puertas de media docena de camarotes.

Al llegar al último, el marinero se disponía a llamar, pero Rizzoli lo empujó a un lado.

–Nos vamos a anunciar solos –dijo. Abrió la puerta de un fuerte golpe y entró.

La cabina era más amplia de lo que suponía. Había en ella una cama y un diván, un escritorio y dos butacas. Ante el escritorio estaba sentado Constantin Demiris.

Cuando levantó la mirada y vio a Rizzoli, se puso rápidamente de pie, y en el acto palideció.

–¿Qué... qué hacen aquí? –Su voz era un susurro.

–Mis amigos y yo decidimos venir a despedirlo, Costa.

–¿Cómo se han enterado... ? En fin... yo no los esperaba.

–No me cabe la menor duda –afirmó Rizzoli, y se volvió para decirle al marinero–. Gracias, amigo.

El marinero se marchó.

Rizzoli entonces se dirigió a Demiris.

–¿Pensaba hacer un viajecito sin despedirse de su socio?

–No, claro que no. Sólo he venido a... revisar unas cosas del barco. Zarpamos mañana por la mañana. –Le temblaban los dedos.

Rizzoli se le acercó más, y le habló con un suave tono de voz.

–Costa, creo que ha cometido un gran error. No le conviene tratar de escapar, porque no tiene dónde esconderse. Usted y yo hicimos un trato, ¿recuerda? ¿Sabe qué les pasa a los tipos que no cumplen su palabra? Tienen una muerte fea, muy fea.

Demiris tragó saliva.

–Quiero hablar con usted... a solas.

Rizzoli se dirigió a sus compañeros.

–Esperad fuera –les ordenó.

Cuando se hubieron retirado, Rizzoli se sentó en un sillón.

–Me ha decepcionado mucho, Costa.

–No puedo cumplir mi promesa. Le daré dinero... más del que ha soñado en su vida.

–¿A cambio de qué?

–De que se baje de este barco y no vuelva a molestarme más. –Había desesperación en su voz–. No puede hacerme esto. El gobierno incautará mi flota y quedaré en la ruina. Por favor... Le daré lo que quiera.

Tony Rizzoli sonrió.

—Ya tengo todo lo que quiero. ¿Cuántos buques petroleros posee? ¿Veinte? ¿Treinta? Vamos a tenerlos ocupados a todos, usted y yo. Lo único que tiene que hacer es añadir algún que otro puerto de escala en su trayecto.

—No... no se hace idea del perjuicio que me ocasiona.

—Tal vez debería haberlo pensado antes de planear su conspiración, ¿no? —Se puso de pie—. Tendrá que hablar con el capitán. Avísele que deberá hacer una escala más, cerca de las costas de Florida.

Demiris vaciló.

—De acuerdo. Cuando usted vuelva por la mañana...

Rizzoli soltó una risotada.

—Yo no me voy de aquí. Ya se acabaron los jueguecitos. ¿Pensaba huir a medianoche...? Bueno, me escaparé con usted. Vamos a subir al barco un cargamento de heroína, Costa, y para que el trato sea más placentero, traeremos también uno de los objetos de arte del Museo Estatal. Y usted lo introducirá en los Estados Unidos por mí como castigo por haber tratado de engañarme.

Había cierta expresión de aturdimiento en los ojos de Demiris.

—¿No... hay alguna otra cosa que yo pudiera hacer para...?

Rizzoli le dio unas palmaditas en el hombro.

—Anímese. Le prometo que disfrutará siendo mi socio. —Se encaminó a la puerta y la abrió—. Bueno, a cargar la mercadería —les indicó a sus compañeros.

—¿Dónde quiere que la pongamos?

Hay cientos de lugares para ocultar algo en cualquier buque, pero Rizzoli no sintió la necesidad de usar la astucia. La flota de Constantin Demiris no despertaba ni la menor sospecha.

—Ponedla en una bolsa de patatas —respondió—. Marcad la

bolsa y colocadla cerca de la cocina. Traedle el jarrón al señor Demiris, que lo va a cuidar personalmente. –Se volvió a Demiris, con ojos llenos de desprecio–. ¿Tiene algún problema?

Demiris intentó hablar, pero no le salieron las palabras.

–Bueno, muchachos, andando –dijo Rizzoli. Luego se sentó en el sillón–. Bonito camarote. Voy a permitirle que lo conserve, Costa. Mis amigos y yo nos buscaremos otro lugar.

–Gracias –repuso Demiris, desdichado–. Gracias.

A medianoche, el inmenso petrolero salió a mar abierto guiado por dos remolcadores. La heroína estaba escondida a bordo de la nave, y el ánfora se hallaba en el camarote de Demiris.

Rizzoli llamó a un lado a uno de sus hombres.

–Vete ahora mismo a la sala de transmisiones y estropea la radio. No quiero que este fulano pueda mandar algún mensaje.

–Entendido.

Sabía que Constantin Demiris era un hombre derrotado, pero de todas maneras no quería correr riesgos.

Hasta el momento de zarpar, Rizzoli temió que algo pudiera salir mal, porque lo que estaba sucediendo superaba sus sueños más alocados. Demiris, uno de los hombres más ricos y poderosos del mundo, era socio suyo. *¿Socio? Más bien soy el dueño de ese hijo de puta. Toda su flota me pertenece. Puedo despachar tanta mercancía como me traigan los muchachos. Que los otros se rompan el culo tratando de averiguar cómo consigo introducirla en los Estados Unidos. Todo ha salido redondo. Además, están los tesoros del museo, otra mina de oro. Y eso es sólo mío. Los muchachos no pueden codiciar algo que no saben que existe.*

Se durmió y soñó con una flota de barcos de oro y palacios llenos de núbiles doncellas a su servicio.

Cuando despertó por la mañana, después de asearse fue con sus amigos a desayunar al comedor. Allí encontraron ya a media docena de miembros de la tripulación. Un camarero se les acercó.

—Buenos días.

—¿Dónde está el señor Demiris? —preguntó Tony—. ¿Acaso no desayuna?

—Va a quedarse en su camarote, señor, pero nos dio instrucciones de que les sirvamos lo que deseen.

—Muy amable de su parte. Bueno, yo quiero un zumo de naranja y huevos con bacon. ¿Y vosotros, chicos?

—Lo mismo.

Después de haber pedido, dijo Rizzoli:

—Muchachos, quiero que os portéis con mucha calma. Sed amables, simpáticos, y no andéis mostrando las armas. Recordad que somos invitados del señor Demiris.

Como el dueño del barco no apareció a almorzar, ni tampoco a cenar, Rizzoli subió a hablar con él. Lo encontró en su camarote, mirando por un ojo de buey, y lo notó pálido, consumido.

—Tiene que comer para no perder las fuerzas, socio. No me gustaría que enfermara. Tenemos mucho que hacer. Ya le he dicho al camarero que le suba algo de comida.

Demiris respiró hondo.

—No puedo... Váyase, por favor.

—Sí, por supuesto —aceptó Tony con una sonrisa—. Y después de comer, duerma un poco, que tiene un aspecto terrible.

Por la mañana, fue a ver al capitán.

–Soy Tony Rizzoli –se presentó–, invitado del señor Demiris.

–Ah, sí. El patrón me advirtió que vendría a verme y que a lo mejor había algún cambio de ruta.

–Sí. Yo le avisaré. ¿Cuándo estaremos cerca de las costas de Florida?

–Dentro de aproximadamente tres semanas, señor.

–Bien. Hasta luego, entonces.

Salió y se puso a caminar por el barco, *su* barco. Toda la flota le pertenecía. El mundo era suyo también. Le invadió una euforia como nunca antes había experimentado.

La travesía era tranquila, y de tanto en tanto Rizzoli se daba una vuelta por el camarote de Demiris.

–Debería traer a bordo a algunas prostitutas –comentó–. Pero supongo que ustedes, los griegos, no necesitan de ellas, ¿verdad?

Demiris se negó a morder el anzuelo.

Los días pasaban con lentitud, pero cada hora acercaba a Tony más a sus ilusiones. Lo consumía la impaciencia. Transcurrió una semana, luego otra, y pronto comenzaron a aproximarse al continente americano.

El sábado por la noche estaba apoyado en la baranda, contemplando el mar, cuando de pronto vio un relámpago.

El segundo oficial se le acercó.

–Vamos a tener mal tiempo, señor Rizzoli. Espero que sea un buen marino.

Se encogió de hombros.

–A mí nada me molesta.

El mar se embraveció y el barco comenzó a cabecear cuando cortaba las olas.

Sintió mareos. *Después de todo no soy tan buen marino,* pensó. *Pero ¿qué problema hay?* Total, era dueño del mundo. Regresó pronto a su camarote y se acostó.

Soñó, pero esta vez no con naves de oro ni hermosas doncellas desnudas. Fueron sueños tétricos. Había una guerra, y pudo hasta sentir el rugido de los cañones. De pronto, una explosión lo despertó.

Se sentó, totalmente alerta. El camarote se movía. Evidentemente estaban en medio de una tormenta. Alcanzó a oír pasos por el corredor. ¿Qué diablos sucedía?

Se levantó de prisa y salió al pasillo. De repente el suelo se inclinó a un lado, y por poco pierde el equilibrio.

–¿Qué pasa? –preguntó a uno de los hombres que cruzaba corriendo.

–Ha habido una explosión y se ha producido un incendio. Nos estamos hundiendo. Le aconsejo que suba a cubierta.

¿Hundiéndose? No podía creerlo. Todo había salido tan a la perfección... *Pero no importa,* se dijo. *Puedo darme el lujo de perder este cargamento. Tengo que salvar a Demiris. Él es la clave de todo. Pediremos ayuda.* Entonces recordó que había ordenado destruir la radio.

Luchando por mantenerse en pie, llegó hasta la escalera y subió a cubierta. Allí comprobó, sorprendido, que la tormenta había amainado. El mar estaba en calma y había salido una hermosa luna llena. En ese momento se produjeron dos estallidos más, y el buque comenzó a inclinarse. La proa se hundía rápidamente. Los marineros trataron de bajar los botes salvavidas, pero ya era tarde. El agua que rodeaba el barco era una sola mancha de petróleo en llamas. ¿Dónde estaba Constantin Demiris?

Fue entonces cuando oyó el ruido, una suerte de zumbido que sobresalía por encima de las explosiones. Alzó la mirada y vio un helicóptero que se hallaba a unos tres metros por encima de la nave.

Estamos salvados, pensó, feliz, y le hizo señas desesperadas.

Cuando apareció un rostro tras la ventanilla, tardó un instante en reconocer a Demiris, que sonreía y levantaba en una mano la valiosa ánfora.

Se quedó mirándolo, tratando de entender lo que pasaba. ¿Cómo había hecho Demiris para encontrar un helicóptero en medio de la...?

Fue entonces cuando comprendió, y sintió un retortijón en el vientre. Constantin Demiris no había tenido nunca intención de hacer negocios con él. El hijo de puta había planeado toda la operación desde el comienzo. La llamada para avisarle que Demiris estaba pensando huir... no había provenido de Spyros Lambrou ¡sino del propio Demiris! Le había tendido una trampa para hacerlo ir al barco, y él cayó en ella.

El buque comenzó a hundirse más rápidamente; la fría agua del mar ya le bañaba los pies, luego las rodillas. El hijo de puta iba a dejarlos morir allí, perdidos en la inmensidad, donde no quedarían huellas de lo sucedido.

Levantó la mirada hacia el helicóptero y gritó, enardecido:

—¡Regrese! ¡Le daré lo que quiera! —El viento se llevó sus palabras.

Lo último que alcanzó a ver antes de que el barco terminara de zozobrar y se le llenaran los ojos de agua salada fue el helicóptero, que ascendía, raudo, hacia la luna.

XVII

St. Moritz. Suiza.

Catherine se hallaba en un estado de profunda conmoción. Sentada en el sofá de su habitación del hotel, escuchó al teniente Hans Bergman, jefe de la patrulla de esquí, informarle de que Kirk Reynolds había muerto. Como no prestaba atención a las palabras, la voz del policía le llegaba a ráfagas. Estaba aturdida por el horror. *Toda la gente que me rodea, muere,* pensó, angustiada. *Larry murió, y ahora Kirk.* También estaban los otros: Noelle, Napoleón Chotas, Frederick Stavros. Una pesadilla interminable.

En medio de la niebla de la desesperación, alcanzó a oír la voz de Bergman.

—Señora... señora Reynolds...

Levantó la cabeza.

—No soy la señora Reynolds —dijo, con un hilo de voz—. Soy Catherine Alexander. Kirk y yo éramos... amigos.

—Ah.

Catherine respiró hondo.

—¿Cómo... cómo ocurrió? Kirk esquiaba tan bien.

—Sí, ya sé. Había venido muchas veces a esquiar aquí. —Meneó la cabeza—. A decir verdad, me intriga muchísimo lo que pasó. Encontramos su cuerpo en la Lagalp, una pista que estaba clausurada porque la semana pasada se produjo un alud. El cartel debió volar por el viento. Lo siento muchísimo.

Lo siento. Qué palabras tan débiles, tan estúpidas.

—¿Cómo desea que se organice el sepelio, señorita?

De modo que la muerte no era el fin. No; *había que organizar cosas.* Ataúdes, sepultura, flores, parientes a quienes avisar. Sintió deseos de gritar.

—¿Señorita Alexander?

Catherine levantó la mirada.

—Yo me ocuparé de notificarlo a la familia de Kirk.

—Gracias.

El viaje de regreso a Londres fue un duelo. Había ido con Kirk a las montañas llena de esperanzas, pensando que ese viaje podía ser un nuevo principio, la puerta que la condujera a una vida nueva.

Kirk había sido tan generoso y complaciente. *Debí haber hecho el amor con él,* pensó. *Pero, a la larga, ¿acaso habría importado? ¿Qué importaba nada? Alguien debe haberme echado una maldición, porque aniquilo a todo el que se me acerca.*

Llegó a Londres tan deprimida que no quiso volver al trabajo. Permaneció en su apartamento, y no quiso ver ni hablar a nadie. Anna, el ama de llaves, le preparó la comida y se la llevó a la habitación, pero las bandejas volvieron intactas.

—Tiene que comer algo, señorita.

Pero el solo hecho de pensar en la comida la descomponía.

Al día siguiente se sentía peor. Tenía la sensación de llevar un hierro candente dentro del pecho, por lo que le resultaba difícil respirar.

No puedo seguir así, se dijo. *Tengo que hacer algo.*

Habló de ello con Evelyn Kaye.

—Me culpo por todo lo que pasó.

—Eso es una tontería, Catherine.

—Ya lo sé, pero no puedo evitarlo. Me siento responsable. Me haría falta hablar con alguien... a lo mejor un psiquiatra...

—Conozco uno muy bueno. Casualmente atiende a Wim de vez en cuando. Se llama Alan Hamilton. Yo tenía una amiga con tendencias suicidas; el doctor Hamilton la trató y ahora está muy bien. ¿Quieres ir a verlo?

¿Y si me dice que estoy loca? ¿Y si realmente lo estoy?

—Bueno —aceptó, no de muy buen grado.

—Voy a tratar de conseguirte hora con él.

—Gracias, Evelyn. Muchas gracias.

Catherine se dirigió a la oficina de Wim. *Él seguramente querrá enterarse de lo de Kirk*, pensó.

—Wim, ¿te acuerdas de Kirk Reynolds? Murió hace unos días en un accidente de esquí.

—¿Sí? Westminster cero-cuatro-siete-uno.

—¿Qué? —De pronto comprendió que lo que Wim recitaba era el número de teléfono de Kirk. ¿Eso eran las personas para él? ¿Apenas unos números? ¿Acaso no le inspiraban sentimiento alguno? ¿Sinceramente era incapaz de sentir odio o compasión?

A lo mejor está mucho mejor que yo, se dijo. *Al menos no experimenta el tremendo dolor que sentimos todos los demás.*

Evelyn consiguió hora con el doctor Hamilton para el viernes siguiente. También pensó en avisar a Constantin Demiris de lo que había hecho, pero le pareció algo de poca importancia para molestarlo por ello.

El consultorio de Hamilton quedaba en la calle Wimpole. Catherine fue a su primera sesión con mucho miedo, y enfadada. Miedo a lo que él pudiera decir sobre ella, y enfadada consigo misma por tener que depender de un extraño para resolver problemas que, en su opinión, debía solucionar sola.

La recepcionista le informó:

—El doctor Hamilton está listo para atenderla.

Pero, ¿estoy yo lista para dejarme atender? De repente sintió pánico. *¿Qué estoy haciendo aquí? No pienso ponerme en manos de un curandero que probablemente se cree Dios.*

—Señorita... he cambiado de opinión. En realidad, no necesito consultar al doctor. Naturalmente, le pagaré la visita.

—¿Sí? Un momento, por favor.

—Pero...

La secretaria había entrado en el despacho del doctor. Segundos más tarde, se abrió la puerta y salió Alan Hamilton, un hombre de poco más de cuarenta años, alto, rubio, de ojos azules y modales sencillos.

Miró a Catherine y sonrió.

—Me compensa el día, señorita.

Catherine puso cara de no entender.

—¿Qué?

—No sabía lo buen médico que soy hasta que ha llegado usted. Con sólo entrar en la recepción ya se siente mejor. Esto debe de ser todo un récord.

Catherine asumió una postura defensiva.

—Perdóneme, pero creo que no necesito ayuda.

—Me alegro de oírlo. Ojalá todos mis pacientes pensaran lo mismo. Pero ya que está aquí, señorita, ¿por qué no pasa un instante? Venga, la invito a un café.

—Gracias. No... —Catherine dudó—. Bueno, un momento, nada más.

Entró al despacho detrás de él; una habitación sencilla, decorada con muy buen gusto, que más parecía un salón que un consultorio médico. Había bellos grabados en las paredes, y sobre la mesa de centro, una foto de una mujer hermosa con un niño. *Bueno, veo que tiene un consultorio bonito y una familia atractiva ¿Eso qué prueba?*

—Siéntese, por favor. El café va a estar listo en un minuto.

—No quisiera hacerle perder el tiempo, doctor...

—No se preocupe por eso. —Se sentó en una butaca y la estudió con la mirada—. Ha pasado momentos muy difíciles —dijo, condolido.

—¿Qué sabe usted sobre eso? —reaccionó Catherine, con más enojo en la voz del que habría querido expresar.

—Hablé con Evelyn. Ella me contó lo sucedido en St. Moritz. Lo siento.

Otra vez esa maldita expresión.

—¿Lo siente? Si es un médico tan maravilloso, ¿por qué no devuelve la vida a Kirk? —Todo el dolor que llevaba contenido en su interior irrumpió con la fuerza de un torrente y, horrorizada, Catherine no pudo contener unos sollozos histéricos—. ¡Déjeme en paz! —gritó—. ¡No me moleste!

Alan Hamilton nada dijo, sino que se limitó a mirarla en silencio.

Cuando por fin logró dominar el llanto, ella dijo:

—Le pido disculpas, pero ahora tengo que irme. —Se levantó y se dirigió hacia la puerta.

—Señorita, yo no sé si voy a poder ayudarla, pero me gustaría intentarlo. Lo único que le prometo es que nada de lo que yo haga la hará sufrir.

Catherine se detuvo en la puerta, indecisa. Se volvió para mirarlo, con los ojos llenos de lágrimas.

—No sé qué me pasa —confesó en un susurro—. Me siento tan perdida.

Hamilton se levantó y fue hacia ella.

—Entonces, ¿por qué no tratamos de averiguarlo? Eso lo haremos juntos. Tome asiento y espéreme un momento, que voy a ver qué ocurre con el café.

Tardó cinco minutos en volver. Catherine se preguntó cómo había hecho él para convencerla de que se quedara. Ese hombre producía un efecto tranquilizador, transmitía confianza con su manera de ser.

A lo mejor puede ayudarme.

Hamilton regresó con dos tazas de café.

—Tengo leche y azúcar, si lo desea.

—No, gracias.

El doctor se sentó frente a ella.

—Me han dicho que su amigo murió en un accidente de esquí.

Era un tema tan doloroso de tratar.

—Sí. Se lanzó por una pendiente que estaba clausurada. El viento hizo volar el indicador.

—¿Es su primer contacto con la muerte de alguien cercano?

¿Cómo debía responder a eso? *No, no. Mi marido y su amante fueron ejecutados por tratar de asesinarme. Todos los que se me acercan mueren.* Con una respuesta como ésa, sí que lo conmovería. Él estaba sentado ahí, esperando una contestación, *hijo de puta, satisfecho de sí mismo.* Bueno, no iba a darle el gusto. No tenía por qué meterse en la vida de ella. *Lo odio.*

Hamilton vio la furia pintada en su rostro, por lo que deliberadamente cambió de tema.

—¿Cómo anda Wim? —dijo.

La pregunta la cogió desprevenida.

—¿Wim? Bien, bien. Evelyn me contó que es paciente suyo.

—Sí.

—¿Puede explicarme por qué él... es como es?

—Wim empezó a tratarse conmigo porque perdía todos sus trabajos. Es un ser muy extraño, un verdadero misántropo. No voy a analizar las causas, pero básicamente odia a las personas. Es incapaz de establecer una relación con los demás.

Catherine recordó las palabras de Evelyn: *No siente emociones. Jamás se enamorará de nadie.*

—Pero es un genio de las matemáticas —prosiguió Hamilton—. Y ahora tiene un empleo en el cual puede aplicar todos esos conocimientos.

Catherine asintió.

—Nunca he conocido a nadie que se le parezca.

Alan Hamilton se inclinó hacia delante.

—Señorita Alexander —dijo—, usted está pasando momentos de mucho dolor, pero yo creo que podría aliviar en algo su sufrimiento. Quisiera probar.

—No sé... Todo me parece tan inútil.

—Si siente así, no hay lugar alguno adonde pueda acudir; pero ¿está segura de que no lo hay? —Le dirigió una sonrisa contagiosa—. ¿Por qué no fijamos otra entrevista? Si al concluir esa sesión sigue odiándome, no nos reuniremos más.

—Yo no lo odio —se disculpó Catherine—. Bueno, tal vez un poco.

Hamilton caminó hasta su escritorio y consultó su agenda. Tenía los días totalmente ocupados.

—¿Le parece bien el lunes que viene, a la una? —Era su hora de almuerzo, pero estaba dispuesto a perderla. Catherine Alexander llevaba una carga insoportable y él quería hacer lo que estuviera a su alcance por aligerarla.

La muchacha lo miró un largo instante.

—De acuerdo —aceptó.

—Bien. Nos veremos el lunes. —Le entregó una tarjeta—. Pero, mientras tanto, si me necesita por cualquier cosa, aquí tiene el teléfono del consultorio y el de mi casa. Soy de poco dormir, de modo que no se preocupe si tiene que despertarme.

—Gracias. El lunes nos vemos.

El doctor Hamilton la observó partir. *Es tan vulnerable, y tan bonita. Tengo que andar con cuidado.* Contempló la foto que había sobre su escritorio. *Me pregunto qué pensaría Ángela.*

La llamada se produjo a medianoche.

Constantin Demiris escuchó, y luego habló con voz de asombro.

—¿Dice que el *Thele* se ha hundido? No puedo creerlo.

—Es cierto, señor. Los guardacostas encontraron apenas unos pocos restos del naufragio.

—¿Hubo algún superviviente?

—No, señor. Lamentablemente no. Murieron todos los tripulantes.

—Qué terrible. ¿Alguien sabe cómo ocurrió?

—Creo que nunca podremos saberlo, señor. Todas las pruebas están en el fondo del mar.

—El mar —murmuró Demiris—, el cruel mar.

—¿Damos la notificación a la compañía de seguros?

—Cuesta preocuparse por estas cosas cuando tantos hombres valientes han perdido la vida. Pero sí, haga sin dilación la reclamación a la compañía aseguradora. —El ánfora la conservaría en su colección privada.

Había llegado el momento de castigar a su cuñado.

XVIII

Spyros Lambrou no cabía en sí de la impaciencia mientras aguardaba la noticia de la detención de Demiris. Tenía la radio constantemente encendida y leía con detenimiento todas las ediciones de los diarios. *A estas alturas ya debería de haberme enterado*, se dijo. *La policía ya tendría que haberlo arrestado.*

Apenas Tony Rizzoli le informó de que Demiris había accedido a transportar la droga, Lambrou notificó al Departamento de Aduanas de los Estados Unidos –en forma anónima, desde luego– que el *Thele* estaba a punto de zarpar con un cargamento de heroína.

En ese momento sonó el interfono.

–En la línea dos está el señor Demiris, que quiere hablar con usted.

–¿Llama alguien de parte de él?

–No; es él mismo.

Una sensación de frío lo recorrió de arriba abajo. Nervioso, atendió.

–¿Costa?

–Spyros. –La voz de Demiris era jovial–. ¿Cómo andan las cosas?

–Bien, bien. ¿Dónde estás?

–En Atenas.

–Ah. –Tragó saliva, inquieto–. Hacía tiempo que no hablábamos.

—Yo he estado muy ocupado. ¿No quieres que almorcemos juntos hoy?

Lambrou tenía un compromiso importante para la hora del almuerzo. Sin embargo, respondió:

—Sí, será un placer.

—Bien. Nos encontraremos entonces en el club, a las dos.

Cuando Lambrou cortó, le temblaban las manos. ¿Qué pudo haber salido mal? Bueno, muy pronto lo averiguaría.

Demiris lo tuvo esperando media hora, y cuando por fin llegó, se disculpó con cierta brusquedad.

—Lamento llegar tarde.

—No tiene importancia.

Spyros lo estudió detenidamente, buscando en él algún signo de la experiencia que debía de haber vivido recientemente. *Nada.*

—Tengo mucha hambre —comentó Demiris, en tono animado—. ¿Y tú? A ver qué hay hoy en el menú. Ah, *stridia.* ¿Quieres empezar con unas ostras, Spyros?

—No, no. —Había perdido el apetito. Al ver que su cuñado desplegaba tanta generosidad, tuvo una terrible premonición.

Después de haber pedido, dijo Demiris:

—Tengo que agradecerte algo, Spyros.

—¿El qué? —preguntó, cauteloso.

—Haberme enviado un buen cliente, el señor Rizzoli.

Se humedeció los labios.

—¿Te... reuniste con él?

—Sí, sí. Me aseguró que en el futuro íbamos a hacer muchos negocios en colaboración. —Suspiró—. Aunque, lamentablemente, no creo que le quede mucho futuro.

Spyros se puso en tensión.

—No te entiendo.

Demiris le respondió con voz áspera.

–Quiero decir que Tony Rizzoli ha muerto.

–¿Cómo...? ¿Qué ha pasado?

–Tuvo un accidente. –Miró a los ojos a su cuñado–. Como les ocurre a todos los que pretenden engañarme.

–No... te comprendo.

–¿De verdad? Trataste de destruirme y fracasaste. Te garantizo que para ti habría sido mejor que te salieran bien las cosas.

–No sé... de qué me hablas.

–¿No, Spyros? –Sonrió–. Muy pronto lo sabrás. Pero primero voy a destruir a tu hermana.

Llegaron las ostras.

–Ah –exclamó Demiris–, tienen un aspecto delicioso. Que disfrutes de tu almuerzo, Spyros.

Posteriormente, Demiris rememoró el episodio con un sentimiento de profunda satisfacción. Spyros era un hombre totalmente desmoralizado. Sabía cuánto amaba él a su hermana, y planeaba castigarlos a ambos.

Pero primero tenía que resolver algo: el problema de Catherine Alexander. Después de morir Kirk, lo había llamado, al borde de la histeria.

–Es... espantoso.

–Lo siento tanto, Catherine. Sé lo mucho que apreciabas a Kirk. Es una pérdida terrible para mí también.

Voy a tener que cambiar de planes, pensó Demiris. *Ahora no hay tiempo para Rafina.* Catherine era el último eslabón que podía conectarlo con lo sucedido a Noelle Page y a Larry Douglas. Había sido un error dejarla vivir tanto tiempo. Mientras siguiera con vida, alguien podría demostrar lo que él había hecho. Pero si moría, quedaría totalmente a salvo.

Descolgó el teléfono de su escritorio y marcó un número. Cuando una voz le respondió, dijo:

–Estaré en Kowloon el lunes. Le veré allí. –Cortó sin aguardar la respuesta.

Los dos hombres se reunieron en un edificio vacío que Demiris poseía dentro de la ciudad amurallada.

–Debe parecer un accidente. ¿Podrá hacerlo? –preguntó Demiris.

El otro individuo lo tomó como un insulto y sintió que crecía la furia en su interior. Esa clase de preguntas uno se las hacía a algún vago que encontraba por la calle, y tentado estuvo de responder irónicamente: *Sí, creo que puedo hacerlo. ¿Prefiere un accidente en el interior de alguna casa? Puedo hacer que ella ruede por una escalera y se rompa el cuello.* La bailarina de Marsella. *También podría emborracharse y terminar ahogada en la bañera.* La rica heredera de Gstaad. *Podría ser que ingiriera una sobredosis de heroína.* De esa forma había eliminado a tres. O bien quedarse dormida en la cama con un cigarrillo encendido. El detective sueco, en L'Hotel, de París. *¿O prefiere usted que ocurra al aire libre? Por ejemplo, un accidente de tráfico o de avión, o también una desaparición en el mar.*

Pero nada de eso dijo, pues, a decir verdad, el hombre que tenía sentado ante sí le daba miedo. Había oído demasiadas historias aterradoras sobre él, y tenía motivos para creerlas.

Por eso, lo único que dijo fue:

–Sí, señor, puedo hacerlo. Nadie lo sabrá jamás. –Y en el momento en que pronunciaba tales palabras, pensó: *Él sabe que lo sabré yo.* Entonces, esperó. Desde aquel piso alcanzaban a oírse los ruidos de la calle y el discorde sonido políglota de las diversas lenguas que hablaban los habitantes de la ciudad amurallada.

Demiris lo estudiaba con una mirada impasible, y por fin habló.

–Muy bien. El método elíjalo usted.

–Sí, señor. ¿La persona se halla aquí, en Kowloon?

—En Londres. Se llama Catherine Alexander y trabaja en las oficinas que tengo en esa ciudad.

—Me vendría bien que consiguiera presentarme de alguna manera.

Demiris lo pensó un instante.

—La próxima semana envío a Londres una delegación de ejecutivos. Me encargaré de incluirlo a usted en el grupo. —Se inclinó hacia delante y agregó, con voz queda—: Una cosa más.

—¿Sí, señor?

—Quiero que nadie pueda identificar el cuerpo.

XIX

Demiris llamó por teléfono.

—Buenos días, Catherine. ¿Cómo te sientes hoy?

—Bien, gracias, Costa.

—¿Estás mejor?

—Sí.

—Me alegro de oírlo. Voy a enviar a Londres una delegación de ejecutivos que van a supervisar las operaciones que realizamos ahí. Te agradecería que los atendieses bien.

—Con mucho gusto. ¿Cuándo llegan?

—Mañana por la mañana.

—Haré todo lo que esté a mi alcance.

—Sé que puedo contar contigo. Gracias, Catherine.

—De nada.

Adiós, Catherine.

La comunicación se cortó.

¡De modo que eso ya estaba hecho! Demiris se acomodó en su asiento, y pensó. Al desaparecer Catherine Alexander, ya no quedarían más cabos sueltos. Ahora podría dedicar toda su atención a su mujer y a su cuñado.

—Tenemos invitados esta noche; unos ejecutivos de la oficina. Quiero que seas la anfitriona.

Como hacía tanto tiempo que no actuaba de anfitriona para su marido, Melina se sintió alborozada. *A lo mejor las cosas empiezan a cambiar.*

Sin embargo, la cena no cambió nada. Llegaron tres personas, comieron y se marcharon.

Le presentaron a los hombres mecánicamente y permaneció callada durante toda la cena, mientras su marido se dedicaba a seducirlos. Casi se había olvidado de lo carismático que podía ser Costa. Relató anécdotas divertidas, los llenó de cumplidos, y a ellos les encantó. Estaban en presencia de un gran hombre, y demostraban que se daban cuenta de ello. Melina no tuvo ni la menor oportunidad de hablar. Cada vez que iba a decir algo Costa la interrumpía, hasta que por fin optó por quedarse muda.

¿Para qué ha querido que estuviera yo aquí?, se preguntó.

Al concluir la velada, cuando los invitados ya se retiraban, les dijo Demiris:

–Mañana a primera hora parten para Londres. Estoy seguro de que harán allí todo lo que sea preciso hacer.

Se marcharon de inmediato.

La delegación llegó a Londres al día siguiente. Estaba formada por tres hombres de diferentes nacionalidades.

Jerry Haley, el norteamericano, era alto, musculoso, de ojos grises y sonrisa simpática. A Catherine le fascinaron sus manos, las más grandes que había visto jamás. Además, parecían tener vida propia, pues estaban en constante movimiento, como deseosas de tener siempre algo que hacer.

Yves Renard, francés, contrastaba enormemente, ya que era bajo y gordo. Catherine tenía la sensación de que su mirada fría e inquisidora la traspasaba. Parecía una persona reservada, introvertida. La palabra que venía a la mente de Catherine era *cauteloso*. Pero ¿cauteloso por qué?

El tercero era Dino Mattusi, italiano, un hombre que caía muy bien y derrochaba simpatía por los cuatro costados.

–El señor Demiris la aprecia mucho –comentó Mattusi.

–Eso para mí es un elogio.

–Dijo que usted se iba a ocupar de nosotros aquí en Londres. Mire, le he traído un regalito. –Le entregó un paquete con la etiqueta de la casa Hermes. Dentro había un hermoso pañuelo de seda.

–Gracias; muy amable de su parte. –Miró a los demás–. Vengan conmigo y les mostraré sus oficinas.

A sus espaldas oyeron un fuerte ruido de algo que se rompía, que los hizo volverse. El muchacho que transportaba las maletas contemplaba consternado un paquete que se le había caído. Parecía de unos quince años, y era menudo para su edad. Tenía el pelo castaño rizado, ojos verdes y un aspecto muy frágil.

–¡Por Dios! –le espetó Renard–. ¡Ten cuidado con esas cosas!

–Perdón –se disculpó el chico–; perdón. ¿Dónde pongo las maletas?

–En cualquier parte –se impacientó el francés–. Todavía no las necesitamos.

Catherine miró intrigada al joven, y Evelyn le explicó:

–Este chico era recadero en nuestras oficinas de Atenas, y ha venido porque necesitábamos otro recadero aquí.

–¿Cómo te llamas? –le preguntó Catherine.

–Atanas Stavich, señorita. –Estaba a punto de echarse a llorar.

–Bien. Ahí al fondo hay un cuarto donde puedes dejar las maletas, Atanas. Yo me ocuparé de que alguien las lleve.

–Gracias, señorita.

Catherine se volvió para dirigirse a los visitantes.

–El señor Demiris me anticipó que venían para supervisar el funcionamiento de esta empresa. Yo voy a ayudarles en todo lo que pueda. Cualquier cosa que necesiten, trataré de conseguírsela. Ahora, si me acompañan, les presentaré a Wim y el resto del personal. –Avanzaron por el pasillo y Catherine iba deteniéndose para hacer las presentaciones, hasta que llegaron a la oficina de Wim.

–Wim, ésta es la delegación que ha enviado el señor Demiris: los señores Yves Renard, Dino Mattusi y Jerry Haley, que acaban de llegar de Grecia.

–Grecia tiene una población de sólo 7.630.000 habitantes. –Los hombres intercambiaron miradas de extrañeza.

Catherine sonrió para sus adentros. Wim estaba causando a esa gente la misma impresión que le causó a ella cuando lo conoció.

–Les he hecho preparar sus oficinas –anunció Catherine–. ¿Quieren acompañarme?

Cuando salieron al pasillo, Jerry Haley preguntó:

–¿Quién diablos es esa persona? Me habían dicho que era alguien importante aquí.

–Lo es –le aseguró Catherine–. Wim controla las finanzas de los diversos departamentos.

–Yo no le dejaría controlar ni a mi gato –ironizó Haley.

–Cuando lo conozcan mejor...

–A mí no me interesa conocerlo mejor –murmuró el francés.

–Ya les he reservado los hoteles –les informó Catherine–. Tengo entendido que prefieren alojarse en hoteles distintos.

–Así es –repuso Mattusi.

Ella estuvo a punto de comentar algo al respecto, pero prefirió no hacerlo. No tenía por qué importarle que hubieran elegido hospedarse en hoteles diferentes.

Mientras la observaba, pensó: *Es mucho más bonita de lo que suponía, lo cual hará mi tarea mucho más interesante. Además, se le nota en los ojos que ha sufrido intensamente. Yo le voy a enseñar lo sublime que puede llegar a ser el sufrimiento. Lo disfrutaremos juntos. Y cuando haya acabado con ella, la enviaré al lugar donde no se siente más dolor. Cómo me va a gustar esto. Para mí será un inmenso placer.*

Catherine los llevó a sus respectivas oficinas, y cuando se hubieron acomodado, regresó a su propio despacho. Desde el pasillo oyó que el francés le gritaba al recadero.

–¡Ésta no es mi cartera, estúpido! La mía es marrón. ¡Marrón! ¿Entiendes?

–Sí, señor. Perdone, señor –dijo el chico, aterrado.

Voy a tener que intervenir en esto, se dijo Catherine.

–Si precisas ayuda con el grupo, avísame –se ofreció Evelyn Kaye.

–Gracias, Evelyn. Lo tendré en cuenta.

Minutos más tarde, Atanas Stavich pasó frente a la oficina de Catherine, y ella aprovechó para llamarlo.

–¿Puedes entrar un segundo, por favor?

El muchacho la miró asustado.

–Sí, señorita. –Entró como con miedo a ser castigado.

–Cierra la puerta, por favor.

–Sí, señorita.

–Siéntate, Atanas. Atanas es tu nombre, ¿verdad?

–Sí, señorita.

Trataba de tranquilizarlo pero no lo lograba.

–No tienes nada que temer.

–No, señorita.

Catherine se preguntó qué terribles cosas le habrían ocurrido para que hubiera quedado con tanto miedo. Por eso, se propuso averiguar algo más sobre su pasado.

–Atanas, si alguien de aquí te causa algún problema, quiero que vengas y me lo digas. ¿Entiendes?

El chico tragó saliva.

–Sí, señorita.

Sin embargo, ella se preguntó si tendría el coraje suficiente para acudir en busca de ayuda. En algún momento, alguien le había destrozado la moral.

–Hablaremos en otra oportunidad, Atanas.

El *currículum vitae* de los miembros de la delegación decía que todos habían trabajado en diversos ámbitos del extenso imperio de Constantin Demiris, de modo que tenían experiencia dentro de la organización. El que más intrigaba a Catherine era el afable italiano. Dino Mattusi la bombardeaba con preguntas cuyas respuestas debía haber sabido, y no parecía demasiado interesado en conocer el funcionamiento de la sucursal de Londres. De hecho, más que por la empresa se interesaba por la vida privada de Catherine.

–¿Está casada? –le preguntó.

–No.

–Pero lo ha estado.

–Sí.

–¿Se divorció?

Ella quiso poner fin a la conversación.

–Soy viuda.

Mattusi le sonrió.

–Apuesto a que tiene algún amigo... usted me entiende.

–Le entiendo –respondió ella con desagrado. *Y es cosa mía*–. ¿Y usted, está casado?

–Sí, sí. Tengo mujer y cuatro hermosos *bambini* que me echan mucho de menos cuando viajo.

–¿Viaja usted mucho, señor Mattusi?

Él puso cara de ofendido.

–Llámeme Dino, por favor. El señor Mattusi es mi padre. Sí, viajo bastante. –Le sonrió y bajó la voz–. Pero a veces los viajes nos brindan placeres adicionales. ¿Me comprende?

Catherine le devolvió la sonrisa.
–No.

Ese mismo día, a las doce y cuarto, Catherine se dirigió a la sesión con el doctor Hamilton. Para su gran sorpresa se dio cuenta de que estaba ansiosa por acudir a la cita. Recordó lo alterada que había estado cuando fue a verlo la vez anterior. En esta ocasión, en cambio, entró en el consultorio dominada por una sensación expectante. La secretaria había salido a almorzar, y la puerta del consultorio se hallaba abierta. Alan Hamilton estaba esperándola.

–Pase –le dijo. Cuando ella hubo entrado, le señaló un sillón–. ¿Y bien? ¿Ha tenido una buena semana?

¿Había sido buena? En realidad, no. No había podido borrar el recuerdo de Kirk Reynolds de su mente.

–He estado bastante bien. Trato de... estar siempre ocupada.

–Eso ayuda mucho. ¿Cuánto hace que trabaja con Demiris?

–Cuatro meses.

–¿Le gusta el trabajo?

–Me sirve para no... pensar en otras cosas. Tengo una enorme deuda con el señor Demiris. No le puedo decir lo mucho que ha hecho por mí. –Esbozó una leve y triste sonrisa–. Pero supongo que voy a terminar diciéndoselo, ¿no?

Hamilton negó con un movimiento de cabeza.

–Me dirá sólo lo que quiera.

Se produjo un silencio, que finalmente ella rompió.

–Mi marido trabajaba con el señor Demiris; era su piloto. Yo... tuve un accidente náutico y perdí la memoria. Cuando la recobré, el señor Demiris me ofreció este empleo.

Estoy dejando de mencionar el sufrimiento y el terror. ¿Acaso me da vergüenza contarle que mi marido trató de matarme? ¿Será porque no quiero que me considere menos valiosa?

–A nadie le resulta fácil hablar de su pasado.

Catherine lo miró en silencio.

–Dice que había perdido la memoria.

–Sí.

–Y que tuvo un accidente náutico.

–Sí. –Catherine sentía los labios tensos, como si estuviera decidida a relatar lo menos posible. Por un lado deseaba contárselo todo y así poder recibir su ayuda, y por el otro, no quería decirle nada sino que la dejara en paz.

Hamilton la escrutaba con la mirada.

–¿Está divorciada?

Sí... Me divorció un pelotón de fusilamiento.

–Mi marido... murió.

–Señorita Alexander... –Titubeó–. ¿Le molesta que la llame Catherine?

–No.

–Llámeme Alan. Catherine, ¿a qué le tiene miedo?

–¿Por qué supone que tengo miedo?

–¿Acaso no lo tiene?

–No. –Esta vez el silencio fue más prolongado.

Tenía miedo de expresarlo con palabras, de sacar la realidad a la superficie.

–La gente que me rodea... termina muriéndose.

Si él se sorprendió por sus palabras, al menos no lo demostró.

–¿Por lo cual cree que es usted la causante de las muertes?

–Sí. No. No sé. Tengo sentimientos confusos.

–A menudo nos echamos la culpa por cosas que le pasan a otra gente. Cuando una pareja se divorcia, los hijos suponen que son ellos los culpables. Si un hombre maldice a otra persona y ésta muere, cree que la muerte fue por causa de él. Estas ideas son muy habituales. Usted...

–Es algo más.

–¿Sí? –La estudiaba con la mirada, dispuesto a escuchar.

Entonces, las palabras le brotaron libremente.

—Mi marido y... su amante fueron ejecutados. Los dos abogados que los defendieron murieron también. Y ahora... —Se le quebró la voz—. Kirk.

—¿Y usted cree ser la culpable de todas esas muertes? Es una carga muy pesada de soportar, ¿verdad?

—Es como si yo fuera una especie de amuleto pero de la mala suerte. Me da miedo entablar una relación con otro hombre. No sé. No podría soportar que le...

—Catherine, ¿sabe usted de qué vida es responsable? De la suya, nada más. Es imposible que determine la vida o la muerte de otras personas. Usted es inocente; no tuvo nada que ver con esas muertes, y eso tiene que entenderlo.

Usted es inocente; no tuvo nada que ver con esas muertes. Catherine se quedó allí sentada, pensando en aquellas palabras que deseaba creer con todas sus fuerzas. Esas personas habían muerto a causa de sus propios actos, no por culpa de ella. Y en cuanto a Kirk, había sido un lamentable accidente. ¿No?

Alan Hamilton la observaba en silencio. Catherine entonces levantó los ojos y pensó: *Es un hombre honrado.* De pronto le vino otro pensamiento: *Qué pena no haberlo conocido antes.* Con sentimiento de culpa posó sus ojos en la foto de la esposa de Alan y su hijo que estaba sobre la mesita.

—Gracias. Voy a... tratar de creerle. Tengo que acostumbrarme a la idea.

Hamilton sonrió.

—Nos iremos acostumbrando los dos juntos. ¿Va a volver?

—¿Qué?

—La sesión de hoy era de prueba, ¿recuerda? Usted iba a decidir si continuaba con la terapia.

Catherine no vaciló.

—Sí, volveré, Alan.

Cuando se hubo marchado, Hamilton se quedó pensando en ella.

Durante los largos años que llevaba como terapeuta había

tenido muchas pacientes bonitas, y algunas hasta habían manifestado cierto interés sexual por él, pero como buen psiquiatra que era, no podía permitirse caer en la tentación. Casualmente uno de los primeros tabúes de su profesión era establecer una relación personal con un paciente. Sería una traición.

Alan Hamilton provenía de una familia de médicos. El padre era un cirujano que se había casado con su enfermera, y el abuelo había sido un famoso cardiólogo. Desde niño Alan quiso ser cirujano como su padre. Estudió en la facultad de medicina del King's College, y cuando se graduó, se especializó en cirugía.

Tenía un talento natural, algo innato que no podía enseñarse. Pero después, el 1 de septiembre de 1939, el ejército del Tercer Reich cruzó la frontera de Polonia, y dos días más tarde Gran Bretaña y Francia declararon la guerra. Había empezado la Segunda Guerra Mundial.

Hamilton se alistó como cirujano.

El 22 de junio de 1940, cuando las fuerzas del Eje ya habían conquistado Polonia, Checoslovaquia, Finlandia, Noruega y los Países Bajos, sucumbió Francia, y el impacto de la guerra recayó sobre las islas Británicas.

Al principio, un centenar de aviones dejaron caer bombas en las ciudades inglesas. Pronto fueron doscientos los aviones, y luego mil. La carnicería fue atroz. Había muertos y heridos por doquier, ciudades en llamas. Pero Hitler se había equivocado terriblemente al juzgar a los británicos. Los ataques sólo sirvieron para afianzar su espíritu: estaban listos para morir en defensa de su libertad.

No había respiro ni de día ni de noche, y Alan Hamilton pasaba sin dormir períodos de hasta sesenta horas. Cuando el hospital de emergencia en el que trabajaba fue bombardeado, trasladó a sus pacientes a un almacén. Salvó innumerables vidas trabajando en las condiciones de mayor peligro.

Un día de octubre, cuando arreciaban los bombardeos, sonaron las sirenas de alarma y la gente corrió a los refugios subterráneos. En ese momento Alan estaba operando, y no quiso abandonar a su paciente. Las bombas caían cada vez más cerca. Un colega le gritó:

–Salgamos ahora mismo de aquí.

–Enseguida. –Había abierto el pecho del paciente y estaba extrayendo restos ensangrentados de metralla.

–¡Alan!

No pudo marcharse. Concentrado en su labor, no se percató de las bombas que caían a su alrededor. Por supuesto, no oyó el sonido de la que explosionó en el edificio.

Estuvo seis días en coma, y cuando despertó se enteró de que, además de otras heridas, tenía destrozados los huesos de la mano derecha. Se la habían arreglado y presentaba un aspecto normal, pero ya nunca podría volver a operar.

Tardó casi un año en superar el trauma de ver arruinado su futuro. Se trató con un psiquiatra serio, de mentalidad práctica, que un día le dijo:

–Deje de compadecerse y vuelva a enfrentarse a la vida.

–¿Haciendo qué? –preguntó Alan amargamente.

–Lo que hacía hasta ahora, pero de una manera distinta.

–No le entiendo.

–Usted es un hombre que cura, Alan. Cura el cuerpo de las personas. Bien, eso ya no lo puede hacer, pero tan importante como eso es curar las mentes. Estoy seguro de que sería un buen psiquiatra, porque es inteligente y compasivo. Piénselo.

Resultó ser una de las decisiones más acertadas de su vida. Le gustaba enormemente lo que hacía. En cierto sentido, le resultaba más gratificante lograr que un paciente que llegaba sumido en la desesperanza volviera a la normalidad, que curarlo de sus males físicos. Muy pronto se procuró buena fama, y desde hacía tres años se veía obligado a rechazar pacientes. A Catherine accedió a tratarla sólo para poder enviarla a algún colega. Sin embargo, ella había logrado conmoverlo. *Tengo que ayudarla.*

Cuando regresó a la oficina luego de su sesión con Hamilton, Catherine fue a ver a Wim.

–Hoy he estado con el doctor Hamilton –le contó.

–¿Sí? En la readaptación social psiquiátrica, la tasa de muerte de uno de los cónyuges es de 100, de divorcios es de 73, de separaciones 65, de reclusión en cárceles 63, de muerte de un familiar cercano 63, de heridas o enfermedades de la persona 53, de matrimonio 50, de despidos del trabajo 47...

Catherine se quedó escuchándolo. *¿Cómo será,* se preguntó, *concebir las cosas sólo como números, no conocer a otra persona como ser humano, no tener nunca un amigo? Tengo la sensación de haber encontrado un nuevo amigo,* se dijo.

¿Cuánto tiempo hará que está casado?

XX

ATENAS

Trataste de destruirme y fracasaste. Te garantizo que para ti habría sido mejor que te salieran bien las cosas. Pero primero voy a destruir a tu hermana.

Las palabras de Constantin Demiris resonaban en los oídos de Lambrou. No tenía la menor duda de que su cuñado trataría de llevar a cabo su amenaza. Por Dios, ¿qué pudo haberle salido mal a Rizzoli, si todo se había planeado tan al detalle? Pero no había tiempo para detenerse a especular sobre lo sucedido. Ahora lo importante era advertir a su hermana.

Su secretaria entró en el despacho.

—Está esperando la persona que tenía citada a las diez. ¿La hago pasar?

—No. Cancele todos mis compromisos. —Cogió el teléfono, hizo una llamada y cinco minutos más tarde salía para encontrarse con Melina.

Ella lo esperaba en el jardín de la residencia.

—Spyros. ¡Te he notado tan preocupado por teléfono! ¿Qué pasa?

—Tenemos que hablar. —La condujo hasta un banco que había debajo de una glorieta. Se sentó mirando a su hermana, y pensó: *Qué encantadora es. Siempre fue motivo de alegría para los que se han cruzado en su camino. No merece que le pase esto.*

—¿No me vas a contar qué ocurre?

Lambrou respiró hondo.

—Lo que voy a decirte es muy doloroso, querida.

—Estás empezando a preocuparme.

—Ésa es mi intención. Tu vida corre peligro.

—¿Qué? ¿Quién la pone en peligro?

Spyros midió sus palabras.

—Creo que Costa va a intentar matarte.

Melina se quedó mirándolo boquiabierta.

—Hablas en broma.

—No; lo digo en serio, Melina.

—Querido, Costa es muchas cosas, pero no es un asesino. Sería incapaz...

—Te equivocas. Ya ha matado antes.

—¿Qué dices? —reaccionó ella, repentinamente pálida.

—Bueno, no lo hace él con sus propias manos, pero se lo encarga a otro...

—No te creo.

—¿Te acuerdas de Catherine Douglas?

—La mujer que fue asesinada...

—No la mataron: está viva.

Melina hizo gestos de negación con la cabeza.

—Imposible. No... no puede ser, porque ejecutaron a los homicidas.

Lambrou cogió las manos de su hermana entre las suyas.

—Melina, Larry Douglas y Noelle Page no mataron a Catherine. Durante el transcurso del juicio, Costa la tuvo escondida.

Melina quedó azorada, sin poder hablar, porque de pronto recordó a la mujer que había visto en su casa.

¿Quién es la mujer que vi en el vestíbulo?

Es una amiga de un socio mío. Va a trabajar en mis oficinas de Londres.

La he visto de pasada y me ha hecho recordar a alguien. Me re-

cuerda a la esposa del piloto que trabajaba contigo, pero sé que es imposible porque la asesinaron.

Sí, la mataron.

–La vi en la casa, Spyros. Costa me mintió, entonces.

–Está loco. Quiero que reúnas tus cosas y te marches de aquí.

Ella le respondió, serena:

–No; ésta es mi casa.

–Melina, no quiero que te pase nada.

–No te preocupes –repuso ella con voz firme–. No me pasará nada. Costa no es ningún tonto; sabe que si me hiciera daño, lo pagaría muy caro.

–Es tu marido, pero no lo conoces. Tengo miedo por ti.

–Te juro que puedo manejarlo, Spyros.

Lambrou se dio cuenta de que no había forma de disuadirla.

–Si no te vas, al menos hazme un favor. Prométeme que no vas a estar a solas con él.

Melina le dio una palmadita en la mejilla.

–Te lo prometo. –Desde luego, no tenía la menor intención de cumplir su palabra.

Cuando esa noche llegó Demiris a su casa, Melina estaba esperándolo. Él la saludó con una simple inclinación de cabeza y pasó de largo hacia su dormitorio. Melina fue tras él.

–Creo que ya es hora de que hablemos, Costa.

Demiris miró la hora.

–Me quedan apenas cinco minutos. Tengo un compromiso.

–¿Ah, sí? ¿Piensas matar a alguien esta noche?

–¿Qué estás diciendo?

–Spyros ha venido a verme esta mañana.

–Voy a prohibir que tu hermano ponga un pie en esta casa.

—La casa es mía también —lo desafió—. Hemos tenido una charla muy interesante.

—No me digas. ¿Sobre qué?

—Sobre ti, Catherine Douglas y Noelle Page.

Con esas palabras logró toda la atención de su marido.

—Eso es historia pasada.

—¿De verdad? Spyros dice que hiciste matar a dos personas inocentes, Costa.

—Spyros es un idiota.

—Yo vi a la chica aquí, en esta casa.

—Nadie te va a creer. No volverás a verla porque ya he enviado a alguien para eliminarla.

De pronto ella recordó a los tres hombres que habían ido a cenar. *Mañana a primera hora parten hacia Londres. Estoy seguro de que harán allí todo lo que sea preciso hacer.*

Demiris se le acercó y habló con voz contenida:

—Ya me estoy hartando de ti y de tu hermano. —Le sujetó el brazo y se lo apretó con fuerza—. Spyros trató de arruinarme. Más le habría convenido haberme matado. —La apretó más aún—. Los dos vais a lamentar que no lo haya hecho.

—¡Basta! Me estás haciendo daño.

—Mi querida esposa, todavía no sabes lo que es el dolor, pero pronto lo sabrás. —Le soltó el brazo—. Pero no voy a matarte abiertamente. No, no. Tengo hermosos planes para ti y tu hermanito. Bueno, ya hablaremos. Si me disculpas, voy a ir a cambiarme. No es de buena educación hacer esperar a una dama.

Dio media vuelta y se dirigió al vestidor. Melina se quedó allí, sintiendo que el corazón le latía con fuerza. *Spyros tenía razón. Es un loco.*

Se sentía totalmente indefensa, pero no temía por su propia vida. *¿Qué motivo tengo para vivir?*, pensó. Su marido le había quitado toda dignidad y la había rebajado a su mismo nivel. Recordó todas las veces que la había humillado en público. Sabía que sus amistades la compadecían. No, por ella misma ya no se preocupaba. *Estoy dispuesta a morir,* se dijo, *pero no puedo permitir que haga daño a Spyros. Sin embargo, ¿qué puedo hacer para impedírselo?* Spyros era un hombre poderoso, pero su marido lo era más. Sabía con certeza que, si ella lo dejaba, Costa iba a cumplir su amenaza. *Tengo que detenerlo de alguna manera. Pero ¿cómo? ¿Cómo...?*

XXI

La delegación de ejecutivos tenía a Catherine muy ocupada. Organizó para ellos reuniones con otros ejecutivos de la compañía y los llevó a recorrer las oficinas de Londres. Todos se maravillaron de su eficiencia, y quedaron debidamente impresionados.

Los días de Catherine eran intensos, y las distracciones le impedían ponerse a pensar en sus problemas. También llegó a conocer un poco más a cada uno de los hombres.

Jerry Haley era la oveja negra de su familia. El padre había sido un magnate del petróleo, y el abuelo, un juez muy respetado. Cuando Jerry tenía veintiún años, cumplió una condena de tres años en una prisión de menores por robo de coches, robo en viviendas y violación. Su familia finalmente lo envió a Europa para librarse de él. «Pero después me enderecé –le contó a Catherine–. Abrí una página nueva en mi vida.»

Yves Renard era un hombre amargado. Catherine se enteró de que sus padres lo habían abandonado, por lo cual lo criaron unos parientes lejanos que lo trataban muy mal. «Tenían una granja cerca de Vichy donde me hacían trabajar como un perro, de sol a sol. Me escapé de allí a los quince años, y me fui a buscar trabajo a París.»

Dino Mattusi, el alegre italiano, había nacido en Sicilia, en una familia de clase media.

–Cuando tenía dieciséis años provoqué un gran escándalo al huir con una mujer casada, diez años mayor que yo. Ah, era *bellissima*.

–¿Cómo terminó el asunto? –preguntó Catherine.

Mattusi suspiró.

–Me trajeron de vuelta a casa y después me mandaron a Roma para escapar de la ira del marido de la mujer.

Catherine sonrió.

–Entiendo. ¿Cuándo entró en la empresa del señor Demiris?

No quiso ser concreto en su respuesta.

–Al cabo de un tiempo. Primero trabajé de cualquier cosa con tal de ganarme la vida.

–¿Y después conoció a su mujer?

Miró a Catherine a los ojos y respondió:

–Mi mujer no está aquí.

La observaba, hablaba con ella, escuchaba el sonido de su voz, olía su perfume. Quería saber hasta el último detalle sobre ella. Le agradaba el modo en que se movía, y se preguntaba cómo sería su cuerpo bajo el vestido. Pronto lo sabría, muy pronto. No aguantaba más.

Jerry Haley entró en la oficina de Catherine.

–¿Le gusta el teatro, Catherine?

–Sí...

–Hay en cartel un musical nuevo, *Finian's Rainbow*. Me gustaría verlo esta noche.

–Si quiere, con todo gusto le consigo una entrada.

–No sería demasiado divertido ir solo. ¿Tiene algo que hacer hoy?

Catherine vaciló.

–No. –Clavó la mirada en las manos enormes e inquietas de Haley.

–¡Fantástico! Pase a buscarme a las siete por el hotel. –Fue una orden. Luego dio media vuelta y se marchó.

Qué raro, pensó Catherine. Ese hombre parecía tan abierto y simpático, y sin embargo...

Despues me enderecé. No pudo sacarse de la mente la imagen de esas manazas.

Haley la estaba esperando en el vestíbulo del Hotel Savoy, y juntos fueron al teatro en una limusina de la empresa.

–Londres es una ciudad preciosa –comentó él–. Siempre me encanta volver. ¿Hace mucho que está aquí?

–Unos meses.

–¿Es norteamericana de nacimiento?

–Sí, de Chicago.

–Esa sí que es una bonita ciudad. He pasado muy buenos momentos allí.

¿Violando a mujeres?

Llegaron al teatro y se unieron al gentío. El espectáculo fue excelente y el elenco espléndido, pero Catherine no pudo concentrarse. Haley se pasó todo el tiempo haciendo tamborilear los dedos contra un lado de la butaca y sobre las rodillas. No podía tener quietas esas manos inmensas.

Cuando terminó la representación, se volvió hacia Catherine.

–La noche está tan bonita... ¿No quiere que dejemos el coche y vayamos a caminar por Hyde Park?

–Mañana tengo que estar muy temprano en la oficina. Tal vez en otro momento.

Haley la observó con una mirada enigmática.
—Bueno. Hay tiempo de sobra.

Yves Renard se interesó por los museos.
—Claro que en París tenemos el museo más grande del mundo. ¿Conoce el Louvre? —preguntó a Catherine.
—No. No conozco París.
—Qué pena. Tendría que ir. —Pero en el mismo momento de decirlo, pensó: *Sé que no irá*—. Me gustaría visitar los museos de Londres. ¿Me acompaña el sábado a recorrer algunos?
Catherine tenía pensado ponerse al día con el trabajo de la oficina el sábado, pero Demiris le había pedido que se ocupara también de las visitas.
—De acuerdo, el sábado.
No tenía mucho interés en pasar el día con el francés. *Es tan amargo. Se comporta como si todavía estuviera recibiendo malos tratos.*

El día comenzó placenteramente. Primero fueron al Museo Británico, donde recorrieron galerías llenas de magníficos tesoros del pasado. Vieron una copia de la Carta Magna, una proclamación firmada por Isabel I y tratados de batallas libradas siglos antes.
Había algo en Yves Renard que perturbaba a Catherine, y sólo cuando llevaban casi una hora juntos se dio cuenta de lo que era.
Estaban mirando una vitrina donde había un documento redactado por el almirante Nelson.
—Creo que éste es uno de los objetos de la exposición más interesantes —comentó ella—. Nelson lo escribió poco antes de entrar en batalla, cuando no sabía si tenía autoridad... —De pronto tomó conciencia de que Yves Renard no la es-

cuchaba. Y más aún: no prestaba la menor atención al museo. Nada le interesaba. *¿Para qué, pues, me dijo que quería visitar museos?*

A continuación se dirigieron al Victoria and Albert, y allí se repitió la misma experiencia. Esta vez, Catherine lo observó atentamente. Renard pasaba de una sala a otra elogiando por cumplido lo que veían, pero resultaba obvio que tenía la mente en otra parte.

Al terminar, propuso Catherine:

–¿Le gustaría ir a la Abadía de Westminster?

–Sí, por supuesto.

Recorrieron la hermosa abadía deteniéndose ante la tumba de los personajes famosos de la historia, poetas, reyes y hombres de estado, que estaban sepultados allí.

–Mire. Ahí está enterrado Keats.

Renard siguió la dirección de sus ojos.

–Ah, Keats –dijo. Luego siguió caminando.

Catherine se quedó un instante mirándolo alejarse. *¿Qué busca? ¿Por qué está desperdiciando el día?*

Cuando volvían al hotel, Yves Renard dijo:

–Gracias, señorita Alexander. Me ha gustado muchísimo el paseo.

Miente. Pero ¿por qué?

–Hay un lugar que, según me han dicho, es muy interesante. Stonehenge. Creo que queda en la llanura de Salisbury.

–Sí.

–¿Quiere que vayamos allí el sábado que viene?

Catherine se preguntó si Stonehenge le resultaría igual de interesante que los museos.

–Sí, por supuesto.

Dino Mattusi era todo un gastrónomo. Un día entró en la oficina de Catherine con una guía para turistas en la mano.

–Tengo una lista de los mejores restaurantes de Londres. ¿Le interesa?

–Bueno, yo...

–¡Bien! Esta noche la llevo a cenar al Connaught.

–Esta noche tenía que...

–No acepto excusas. Paso a buscarla a las ocho.

–De acuerdo.

Mattusi esbozó una amplia sonrisa.

–*Bene!* –Se inclinó hacia delante–. No es bonito hacer las cosas solo, ¿verdad? –Su intención era evidente. *Es tan descarado,* pensó Catherine, *que en realidad no resulta peligroso.*

La cena estuvo exquisita. Pidieron salmón escocés ahumado y luego rosbif.

–Usted me resulta fascinante, Catherine –afirmó Mattusi, cuando estaban comiendo la ensalada–. Me encantan las norteamericanas.

–Ah. ¿Su esposa es de los Estados Unidos? –preguntó ella con aire inocente.

–No; es italiana. Pero es muy comprensiva.

–Eso a usted le debe de venir muy bien.

Él sonrió.

–Sí, sí, muy bien.

Cuando llegaron al postre, Mattusi preguntó:

–¿Le gusta el campo? Un amigo mío me presta un coche. ¿No le gustaría salir a dar un paseo el domingo?

Catherine iba a contestar que no, pero de pronto pensó en Wim, un muchacho tan solo... A lo mejor a él le gustaría dar un paseo por el campo.

–Sí, sería bonito.

–Le prometo que será sumamente interesante.

–¿Puedo llevar a Wim?

Mattusi le dijo que no con un movimiento de la cabeza.

–El coche es pequeño. Yo me encargo de organizarlo todo.

Los visitantes de Atenas eran exigentes, y a Catherine no le quedaba mucho tiempo para ella. Haley, Renard y Mattusi se reunieron varias veces con Wim Vandeen, y Catherine comprobó que cada uno de ellos había cambiado de opinión.

–¿Todo lo hace sin calculadora? –se maravilló Haley.

–Efectivamente.

–Nunca he visto nada semejante.

Catherine estaba impresionada con Atanas Stavich. El chico era la persona más trabajadora que hubiese conocido jamás. Cuando ella llegaba a la oficina por la mañana, él ya estaba allí, y se quedaba hasta después de que se hubieran marchado todos. Siempre estaba sonriente y deseoso de complacer. Le recordaba a un perrito sumiso. En algún momento de su vida alguien seguramente lo había tratado muy mal. Decidió entonces hablar de él en su sesión con Alan Hamilton. *Tiene que haber alguna forma de devolverle la confianza en sí mismo,* pensó. *Estoy segura de que Alan podría ayudarlo.*

–Sabes que el chico está enamorado de ti, ¿verdad? –le comentó Evelyn un día.

–¿Qué dices?

–Hablo de Atanas. ¿No has visto con qué adoración te mira? Te sigue a todas partes como un corderito extraviado.

Catherine se rió.

–Estás viendo visiones.

Siguiendo un impulso, un día lo invitó a almorzar.

–¿En un... restaurante? –preguntó Atanas.

–Sí, por supuesto –respondió Catherine, con una sonrisa.

El chico se sonrojó.

–No... no sé, señorita. –Se miró la ropa poco agraciada–. Seguramente le dará vergüenza que la vean conmigo.

–Yo no juzgo a las personas por la ropa que usan –sentenció Catherine–. Voy a reservar mesa.

Lo llevó al Lyons Corner House. El muchacho quedó admirado con el ambiente.

–Es muy hermoso. Nunca había estado en un lugar así.

Catherine se conmovió.

–Quiero que pidas lo que más te guste.

Él leyó la carta y movió la cabeza a uno y otro lado.

–Todo es muy caro. –Sus palabras arrancaron una sonrisa a Catherine.

–No te preocupes. Tenemos la suerte de trabajar para un hombre muy rico. Estoy segura de que a él le gustaría que comiéramos bien. –Lo que no le dijo fue que la cuenta la pagaría ella.

Atanas pidió un cóctel de gambas, ensalada, pollo asado con patatas fritas, y de postre, una tarta de chocolate con helado.

Catherine lo miraba comer, impresionada. Era un chico tan desmirriado.

–¿Dónde vas a meter tanta comida?

Atanas respondió con timidez.

–Nunca engordo.

–¿Te gusta Londres, Atanas?

Él asintió.

–Lo que he visto hasta ahora me gusta mucho.

–¿Trabajabas de recadero en Atenas?

–Sí, para el señor Demiris. –Había un deje de rencor en la voz.

–¿Acaso no te gustaba?

–Perdóneme... sé que no debería decirlo, pero el señor Demiris no me parece una buena persona. A mí... no me cae bien. –Miró rápidamente a su alrededor como con miedo a que alguien pudiese haberlo oído–. Él... no, mejor que no lo diga.

Catherine consideró más prudente no ahondar en el tema.

—¿Por qué decidiste venir a Londres?

El muchacho respondió en un tono de voz tan bajo que fue imposible oírle.

—¿Cómo?

—Quiero ser médico.

—¿Médico? —repitió ella, sorprendida.

—Sí. Sé que puede parecer una tontería... Mi familia proviene de Macedonia, y toda la vida me han contado historias sobre los turcos, que llegaban a nuestra aldea, torturaban y mataban a la gente. Nunca había médicos para ayudar a los heridos. Ahora la aldea ya no existe y mi familia quedó diezmada, pero todavía hay muchos heridos en el mundo, y yo quiero ayudarlos. —Bajó la mirada, cohibido—. Usted pensará que estoy loco.

—No —aseguró Catherine en tono quedo—. Creo que es algo maravilloso. ¿Así que has venido a Londres a estudiar medicina?

—Sí. Voy a trabajar de día y a estudiar de noche, y me licenciaré en medicina.

Había un tono de determinación en su voz.

—Estoy segura de que te irá bien. Hablaremos más sobre esto en otro momento. Tengo un amigo que quizá pueda ayudarte. Y también conozco un restaurante precioso donde podemos almorzar la semana que viene.

A medianoche estalló una bomba en la residencia de Spyros Lambrou. La explosión destrozó la entrada de la casa y mató a dos sirvientes. El dormitorio de Lambrou quedó destruido, y si él salvó la vida fue sólo porque a última hora había decidido asistir con su esposa a una cena que daba el alcalde de Atenas.

A la mañana siguiente le llegó a la oficina una notita que decía: «Mueran los capitalistas». Firmaba el «Partido Revolucionario Helénico».

—Pero ¿por qué te hacen semejante cosa a ti? —preguntó Melina, horrorizada.

—No fueron ellos. Fue Costa.

—No puedes probarlo.

—No necesito prueba alguna. ¿Todavía no sabes con quién estás casada?

—Yo... no sé qué pensar.

—Melina, mientras ese hombre viva, los dos corremos peligro. No hay nada que lo detenga.

—¿No puedes acudir a la policía?

—Tú misma lo has dicho: no tengo pruebas. Se reirían de mí. —Le cogió las manos entre las suyas—. Quiero que te vayas de aquí, por favor. Vete lo más lejos posible.

Ella se quedó callada un largo rato. Cuando por fin habló, dio la impresión de haber tomado una decisión importante.

—Está bien, Spyros. Haré lo que debo hacer.

Su hermano la abrazó.

—Bien. Y no te preocupes. Ya encontraremos la forma de detenerlo.

Melina permaneció en su dormitorio toda la tarde tratando de asimilar todo lo que estaba sucediendo. Su marido había hablado en serio cuando amenazó con destruirla a ella y a su hermano. No podía permitir que cumpliera su propósito. Y si la vida de ambos corría peligro, también lo corría la vida de Catherine Douglas. *Va a trabajar para mí en Londres. La pondré sobre aviso,* pensó. *Pero es preciso hacer algo más que eso: debo destruir a Costa, impedirle que cause daño a nadie más. Pero ¿cómo?* Y en ese momento se le ocurrió la forma. *¡Claro! Es la única manera. ¿Cómo no se me había ocurrido antes?*

XXII

ARCHIVO CONFIDENCIAL. TRANSCRIPCIÓN DE LA SESIÓN CON CATHERINE DOUGLAS

C: Lamento llegar tarde, Alan, pero he tenido una reunión a última hora en la oficina.

A: No hay problema. ¿Sigue en Londres la delegación de Atenas?

C: Sí. Piensan marcharse a finales de la semana que viene.

A: Lo dice con alivio. ¿Le está resultando difícil?

C: Bueno, no exactamente difícil. Pero yo les noto algo extraño.

A: ¿Extraño?

C: No es fácil de explicar. Parece una tontería, pero... todos tienen algo raro.

A: ¿Han hecho alguna cosa que...?

C: No. Simplemente me ponen nerviosa. Anoche volví a tener la pesadilla.

A: ¿El sueño en el que alguien trata de ahogarla?

C: Sí. Hacía tiempo que no lo tenía. Pero esta vez fue distinto.

A: ¿En qué sentido?

C: Fue más... real. Y no terminó donde había terminado antes.

A: ¿Pasó del punto en que alguien intentaba hundirla en el agua?

C: Sí. Estaban tratando de hundirme, pero de pronto me encontraba en un sitio seguro.

A: ¿El convento?

C: No lo sé con certeza. Podría haber sido. Yo estaba en un jardín y un hombre venía a verme. Creo que ya había soñado algo así antes, pero esta vez pude verle el rostro.

A: ¿Lo reconoció?

C: Sí. Era Constantin Demiris.

A: De modo que en el sueño...

C: Alan, no fue sólo un sueño; fue un recuerdo nítido. De pronto recordé que Demiris me regaló el prendedor de oro que tengo.

A: ¿Usted cree que su subconsciente sacó a la superficie algo que ocurrió en la realidad? ¿Seguro que no se trataba de...?

C: Seguro. Constantin Demiris me dio ese prendedor en el convento.

A: Usted dijo que la habían rescatado del lago unas monjas, y que ellas la llevaron al convento.

C: Así es.

A: Catherine, ¿alguien más sabía que estaba en el convento?

C: No, creo que no.

A: Entonces, ¿cómo pudo enterarse Demiris de que usted estaba allí?

C: No sé. Lo único que sé es que sucedió. Me desperté asustada, como si el sueño fuese una especie de advertencia. Tengo la sensación de que algo terrible está a punto de ocurrir.

A: Las pesadillas pueden producir ese efecto en nosotros. La pesadilla es uno de los enemigos más antiguos del hombre. Los ingleses, en la Edad Media, la llamaban «duende de la noche» y según la antigua superstición, solía salir después de las cuatro de la madrugada.

C: ¿Usted piensa que pueda tener algún significado real?

A: A veces lo tienen. Coleridge escribió: «Los sueños no son sombras sino que son las mismas sustancias y calamidades de mi vida».

C: Quizá yo esté tomando todo esto demasiado en serio. Al margen de las pesadillas, estoy bien. Ah, también quería hablarle de otra persona, Alan.

A: ¿Sí?

C: Se llama Atanas Stavich y es un chico joven que ha venido a Londres a estudiar medicina. Ha tenido una vida muy dura. Pensé que a lo mejor algún día usted podía reunirse con él y darle algún consejo.

A: Será un placer. ¿Por qué pone esa cara de preocupación?

C: Acabo de acordarme de algo.

A: ¿Sí?

C: Parece una locura.

A: Nuestro subconsciente no distingue entre locura y cordura.

C: En el sueño, cuando el señor Demiris me entregaba el prendedor...

A: ¿Sí?

C: Oía una voz que decía: «Este hombre te va a matar».

Debe parecer un accidente. No quiero que nadie pueda identificar su cuerpo. Había muchas formas de darle muerte. Tendría que empezar a hacer los preparativos. Tendido en la cama, mientras pensaba en las distintas alternativas, advirtió que tenía una erección. La muerte era el orgasmo máximo. Por fin decidió cómo iba a hacerlo. Era tan sencillo. No quedaría ni rastro del cadáver para identificar. Constantin Demiris estaría conforme.

XXIII

La casa de verano de Constantin Demiris se hallaba cinco kilómetros al norte del Pireo, en un terreno con vistas al mar. Demiris llegó a las siete de la tarde. Aparcó en el sendero de acceso, bajó del coche y se dirigió a la casa.

Al llegar, le abrió la puerta un hombre al que no conocía.

—Buenas tardes, señor Demiris.

Dentro pudo ver a unos seis agentes de policía.

—¿Qué pasa aquí? —preguntó de mala manera.

—Soy el teniente de policía Theophilos...

Demiris lo empujó a un lado y entró en el salón. Lo encontró completamente desordenado. Sillas y mesas estaban tiradas, patas arriba. En el suelo, un vestido de Melina, desgarrado. Demiris lo levantó y lo miró.

—¿Dónde está mi mujer? Tenía que encontrarme aquí con ella.

El policía le respondió.

—No está. Hemos registrado la casa y recorrido la playa de arriba abajo. Parece que han entrado ladrones.

—Bueno, ¿y dónde está Melina? ¿Los ha llamado ella a ustedes? ¿Ha estado aquí?

—Si, creemos que ha estado aquí, señor. —Sostenía un reloj de pulsera en la mano. El vidrio estaba roto, y las agujas se habían parado en las tres—. ¿Es éste el reloj de su mujer?

—De aspecto es igual.

—En el reverso tiene grabado: «Para Melina, con amor, Costa».

—Entonces lo es. Fue un regalo de cumpleaños.

El detective Theophilos señaló unas manchas en el suelo.

—Son manchas de sangre —dijo. Recogió un cuchillo que se hallaba tirado en el suelo, cuidando de no tocar el mango. La hoja estaba ensangrentada—. ¿Reconoce este cuchillo, señor?

Demiris le echó un vistazo.

—No. ¿Está diciendo que ella está muerta?

—Ciertamente es una posibilidad. Encontramos gotas de sangre en la arena, camino de la orilla.

—Dios mío —murmuró Demiris.

—Felizmente para nosotros, hay huellas digitales muy claras en el cuchillo.

Demiris se sentó pesadamente en un sillón.

—Entonces van a encontrar al asesino.

—Sí, en el caso de que tengamos registradas esas huellas. Las hay por toda la casa, pero tenemos que clasificarlas. Si nos permite tomarle las suyas, podremos descartarlas de entrada.

Demiris vaciló.

—Sí, desde luego —accedió después.

—El sargento que me acompaña se las tomará.

Demiris se acercó a un policía uniformado que tenía una almohadilla negra.

—Apoye los dedos aquí. —El trámite terminó en un instante—. Comprenderá que esto es pura rutina.

—Entiendo.

El teniente Theophilos le entregó una tarjeta.

—¿Sabe algo de esto, señor?

Demiris leyó la tarjeta. Decía: «Agencia de detectives Katelanos. Investigaciones privadas». Luego la devolvió.

—No. ¿Acaso significa algo?

—No sé. Vamos a investigarlo.

–Naturalmente, quiero que hagan todo lo posible por averiguar quién fue el responsable. Y avísenme si tienen alguna noticia de mi mujer.

El policía lo miró a los ojos y asintió.

–No se preocupe, señor. Le avisaremos.

Melina. La chica encantadora, preciosa, inteligente y divertida. Todo había sido tan maravilloso al principio. Después asesinó al hijo de ambos, y para eso jamás podía haber perdón... sólo la muerte.

La llamada se produjo al día siguiente, al mediodía. Demiris se hallaba en medio de una reunión cuando sonó el interfono.

–Perdone, señor –dijo la secretaria.

–Le advertí que no quería que me molestaran.

–Sí, señor, pero está un tal inspector Lavanos al teléfono, y dice que es urgente. ¿Quiere que le...?

–No. Lo atiendo. –Se volvió hacia los hombres reunidos con él–. Si me disculpan un segundo, señores. –Cogió el auricular del teléfono–. Demiris.

–Habla el inspector Lavanos, señor. Nos ha llegado cierta información que quizá sea de su interés. ¿Podría pasar por la jefatura de policía?

–¿Tienen novedades sobre mi mujer?

–Preferirla no hacer comentarios por teléfono, si no le importa.

Demiris vaciló apenas un instante.

–Voy ahora mismo para allá. –Cortó y se dirigió a las otras personas–. Ha surgido algo urgente. ¿Por qué no van a la sala de conferencias e intercambian opiniones sobre mi propuesta? Yo pienso estar de vuelta a tiempo para que almorcemos juntos.

Hubo un murmullo general de asentimiento. Cinco minutos más tarde, Demiris se hallaba camino de la jefatura de policía.

Había media docena de hombres aguardándolo en la oficina del jefe de policía. Demiris reconoció a los agentes que habían estado en su casa de la playa.

—Y éste es el fiscal especial Delma.

Se trataba de un hombre bajo, robusto, de cara redonda, cejas gruesas y ojos de mirada cínica.

—¿Qué ha pasado? —inquirió Demiris, en tono imperioso—. ¿Tienen noticias de mi esposa?

El inspector principal respondió:

—A decir verdad, hemos encontrado algunas cosas que nos intrigan. Confiábamos en que usted pudiera ayudarnos.

—Lamentablemente es muy poco en lo que yo puedo ayudarlos. Todo esto es tan terrible...

—¿Ustedes habían quedado en encontrarse en la casa de la playa ayer, a eso de las tres de la tarde?

—¿Qué? No. Ella me llamó y me pidió que nos reuniéramos allí a las siete.

El fiscal Delma habló con voz pausada.

—Casualmente ése es uno de los puntos que nos tiene intrigados. En su casa, una de las criadas nos dijo que usted llamó a su mujer a eso de las dos y le pidió que acudiera sola a la casa de la playa para esperarlo allí.

Demiris frunció la frente.

—Se confundiría. Mi esposa me llamó a mí y me pidió que estuviera allí a las siete.

—Ah. Entonces se equivocó esa persona.

—Obviamente.

—¿Sabe usted el motivo por el cual su mujer pudo haberle solicitado que se encontrara con ella en la casa de la playa?

—Supongo que sería para disuadirme de que le pidiera el divorcio.

—¿Usted le había dicho que pensaba divorciarse de ella?

—Sí.

—La criada dice haber escuchado una conversación telefónica durante la cual la señora le decía *a usted* que quería divorciarse.

—Me tiene sin cuidado lo que diga la criada. Usted ha de creer en mi palabra.

—Señor Demiris, ¿guarda usted bañadores en la casa de la playa? —preguntó el inspector principal.

—¿En esa casa? No. Hace años que no me meto en el mar. Me baño en la piscina de la casa que tengo en la ciudad.

El inspector abrió un cajón del escritorio y sacó un traje de baño en una bolsita de plástico. Lo extrajo y se lo mostró a Demiris.

—¿Es suyo este bañador? —preguntó.

—Supongo que podría ser mío.

—Tiene sus iniciales bordadas.

—Sí. Me parece que lo reconozco. Es mío.

—Lo encontramos en el fondo de un armario, en la casa de la playa.

—¿Y qué? Probablemente estaría allí desde hace mucho tiempo. ¿Por qué...?

—Todavía está húmedo de agua de mar. Los análisis demuestran que se trata de la misma agua que hay frente a su casa. Las manchas rojas que tiene son de sangre.

El ambiente se estaba caldeando.

—Entonces algún otro tiene que haberlo usado.

—¿Por qué iba alguien a hacer eso? Ésa es otra de las cosas que nos intrigan, señor Demiris.

El inspector principal abrió un sobre que tenía en el escritorio, y sacó un botón dorado.

—Uno de mis hombres encontró esto debajo de una alfombra, en la casa de la playa. ¿Lo reconoce?

—No.

—Es de una chaqueta suya. Nos tomamos la libertad de

enviar un detective hoy a su casa, a registrar su guardarropa. A una de sus chaquetas le faltaba un botón. Los hilos coinciden perfectamente. Y la chaqueta volvió de la tintorería hace apenas una semana.

–Yo no...

–Señor Demiris, usted dijo que le había avisado a su esposa que quería divorciarse y ella deseaba convencerlo de que no lo hiciera.

–Correcto.

El inspector exhibió la tarjeta comercial que le habían mostrado el día anterior en la casa de playa.

–Hoy hemos ido a la agencia de detectives Katelanos.

–Ya les dije que no los conozco.

–Su mujer los contrató para que la protegieran.

La noticia le cayó como un jarro de agua fría.

–¿Melina? ¿Protegerla de qué?

–De usted. Según el dueño de la agencia, su mujer pretendía divorciarse de usted, y usted le advirtió que si lo hacía, la mataría. Él le preguntó por qué no acudía a pedir ayuda a la policía, y ella contestó que quería mantener la situación en privado, que no se hiciera pública.

Demiris se puso de pie.

–No voy a quedarme aquí a escuchar semejante sarta de mentiras. No hay...

El inspector sacó entonces de un cajón el cuchillo manchado de sangre que se había encontrado en la casa de veraneo.

–Usted declaró no haber visto nunca este cuchillo.

–En efecto.

–Sin embargo, tiene sus huellas digitales.

Demiris clavó la mirada en el cuchillo.

–¿Mis huellas? Debe de haber un error. ¡Es imposible! Rápidamente fue repasando las pruebas que iban acumulándose en su contra: la criada aseguraba que había llamado a las dos a su mujer para decirle que fuera sola a la casa de la playa... un bañador con manchas de sangre... un botón arrancado de su chaqueta... un cuchillo con sus huellas dactilares...

–¿No ven, idiotas, que todo esto ha sido tramado? –gritó–. Alguien llevó ese bañador a la casa de la playa, echó unas gotas de sangre sobre éste y en el cuchillo, arrancó un botón de mi chaqueta y...

El fiscal lo interrumpió.

–Señor Demiris, ¿puede justificar por qué están sus huellas en el cuchillo?

–No... no sé. A ver, espere. Sí, ahora me acuerdo. Melina me pidió que le abriera un paquete. Ese debe de ser el cuchillo que me dio; por eso quedaron mis huellas en el mango.

–Entiendo. ¿Qué había en el paquete?

–No lo sé...

–¿No sabe lo que había dentro?

–No. Yo me limité a cortar la cuerda. Ella después no lo abrió.

–¿Qué explicación tienen las manchas de sangre en la alfombra y sobre la arena, en dirección al mar?

–Es obvio –le espetó Demiris–. Melina no tuvo más que hacerse un cortecito y caminar hacia el mar para que ustedes pensaran que yo la había asesinado. Está tratando de vengarse de mí porque le dije que iba a divorciarme. En estos momentos debe de estar escondida en alguna parte, riéndose porque supone que ustedes van a detenerme. Melina está más viva que yo.

El fiscal habló entonces en tono grave.

–Ojalá fuera verdad, señor. Lamentablemente, esta mañana hemos sacado su cadáver del mar. Fue apuñalada y ahogada. Queda arrestado, señor Demiris, por la muerte de su esposa.

XXIV

Al principio, Melina no sabía cómo iba a hacerlo. Sólo sabía que su marido había intentado destruir a su hermano, y eso no podía permitirlo. De alguna manera había que detenerlo. La vida de ella ya no importaba. Sus días y sus noches estaban llenos de dolor y humillación. Recordaba que Spyros había tratado de impedir su matrimonio. *No puedes casarte con Demitris. Es un monstruo y te destruirá.* ¡Qué razón tenía! Pero como ella estaba tan enamorada, no le hizo caso. Y ahora había que aniquilar a su esposo. Pero ¿cómo? *Tengo que pensar como Costa*, se dijo. Entonces lo hizo. Por la mañana ya había planeado hasta el último detalle. Después, lo demás fue fácil.

Constantin Demiris estaba trabajando en su escritorio cuando entró Melina. Llevaba en las manos un paquete atado con un cordel grueso y también un enorme cuchillo.

—Costa, ¿puedes cortar este hilo por favor? Yo no me doy maña.

Él levantó la mirada, con una expresión de impaciencia.

—No es raro que no puedas. ¿Nadie te ha dicho que no se debe sostener un cuchillo por la hoja? —Tomó el cuchillo y comenzó a cortar el cordel—. Podrías habérselo pedido a uno de los sirvientes.

Melina no contestó.

—¡Ahí tienes! —exclamó Demiris al terminar. Dejó el cuchillo, y Melina lo cogió de la hoja con mucho cuidado.

—Costa, no podemos seguir así. Yo todavía te quiero. Seguramente sientes algo por mí. ¿Recuerdas los momentos tan maravillosos que pasamos juntos? ¿Te acuerdas de aquella noche, en la luna de miel, cuando...?

—Por Dios, ¿es que no entiendes? Eso se terminó. Vete de aquí; me das asco.

Melina se quedó un instante mirándolo. Por último, dijo:

—Está bien. Como tú digas. —Dio media vuelta y se encaminó hacia la puerta, con el cuchillo.

—Te olvidas el paquete —gritó él.

Ella se marchó.

Fue al vestidor de su marido y abrió el armario. Había cientos de trajes, y un sector especial para las americanas de *sport*. Tomó una de éstas y le arrancó un botón, que se guardó en un bolsillo.

A continuación abrió un cajón y sacó un bañador con las iniciales de él bordadas. *Ya estoy casi lista*, pensó.

La agencia de detectives Katelanos quedaba en la calle Sofokleous, en un viejo edificio de ladrillos.

Hicieron pasar a Melina al despacho del dueño de la agencia, el señor Katelanos, un hombre bajo, calvo, con un fino bigote.

—Buenos días, señora Demiris. ¿En qué puedo servirla?

—Necesito protección.

—¿Qué clase de protección?

—Que me proteja de mi marido.

Katelanos frunció el entrecejo porque olió problemas. Ése no era en absoluto el caso que suponía que le iban a proponer. Sería muy desaconsejable hacer algo que pudiera ofender a un hombre tan poderoso como Constantin Demiris.

—¿No ha pensado en acudir a la policía?

—No puedo. No quiero publicidad. Prefiero que esto se mantenga en secreto. Le dije a mi marido que quería divorciarme, y él me amenazó con matarme si lo hacía. Por eso vengo a verlo a usted.

—Entiendo. ¿Y qué es lo que desea que haga exactamente?

—Que ponga a alguno de sus hombres a protegerme.

Katelanos estudió el semblante de la mujer. *Es muy hermosa,* pensó, *pero evidentemente neurótica.* Resultaba inconcebible que el marido le hiciera daño. Probablemente se trataba de una pequeña disputa conyugal, que en pocos días se arreglaría. Pero, entretanto, él podría cobrarle unos suculentos honorarios. Por eso, llegó a la conclusión de que valía la pena correr el riesgo.

—De acuerdo —aceptó—. Tengo a un hombre muy competente que puedo asignarle. ¿Cuándo quiere que empiece?

—El lunes.

Entonces él tenía razón. No había urgencia alguna.

Melina Demiris se puso de pie.

—Le llamaré —dijo—. ¿Puede darme una tarjeta suya?

—Sí, por supuesto. —Katelanos se la entregó y la acompañó a la puerta. *Es una buena clienta, puesto que puede impresionar favorablemente a mis otros clientes.*

Cuando llegó a su casa, Melina llamó por teléfono a su hermano.

—Spyros, tengo una buena noticia —anunció, con voz llena de entusiasmo—. Costa quiere una tregua.

—¿Qué? No confío en él. Debe de ser algún otro de sus trucos.

—No. Esta vez es sincero. Se da cuenta de que es una tontería estar peleando siempre contigo, y quiere hacer las paces.

Silencio.

—No sé.

—Dale al menos una oportunidad. Quiere reunirse contigo en tu chalet de Acrocorinth, esta tarde a las tres.

–Es un viaje de tres horas. ¿Por qué no podemos encontrarnos en la ciudad?
–No me lo dijo, pero si es para hacer las paces...
–Bueno, iré. Pero lo hago por ti.
–Por nosotros. Adiós, Spyros.
–Adiós.

Luego llamó a Constantin a la oficina.
–¿Qué pasa? –dijo él, con brusquedad–. Estoy ocupado.
–Acaba de llamarme Spyros. Quiere hacer las paces contigo.
Demiris reaccionó con una risita despectiva.
–No me extraña. Cuando acabe con él, va a tener toda la paz que quiera.
–Ha dicho que no iba a competir más contigo, Costa. Está dispuesto a venderte su flota.
–¿Venderme su... flota? ¿Estás segura? –De pronto su voz denotó un gran interés.
–Sí. Ha dicho que ya estaba harto.
–De acuerdo. Dile que me mande sus contables y...
–No. Quiere que te reúnas con él esta tarde, a las tres, en Acrocorinth.
–¿En su chalet?
–Sí. Es un sitio apartado. Estaréis solos. No quiere que nadie sepa ni una palabra de esto.
Y con razón, pensó Demiris, satisfecho. *Cuando se corra la voz, será el hazmerreír de todo el mundo.*
–De acuerdo. Avísale que iré.

El trayecto a Acrocorinth era largo, por caminos sinuosos que serpenteaban en medio de campos exuberantes, perfumados con el aroma de las vides, los limones y el heno. Lambrou pasó frente a antiguas ruinas. A lo lejos alcanzó a ver los pilares caídos de Elefsis, los derruidos altares de los dioses menores. Pensó en Demiris.

El primero en llegar fue Spyros. Aparcó delante del chalet y permaneció un momento en el coche, pensando en el encuentro que iba a tener lugar. ¿Realmente deseaba Constantin reconciliarse o era sólo uno de sus trucos? Si algo le pasaba, al menos Melina sabía adónde había ido. Se bajó del coche y caminó hasta la casa desierta.

Se trataba de una bellísima casa antigua, de madera, y desde allí se tenía una preciosa vista de Corinto, a lo lejos. De niño, Spyros había pasado allí fines de semana enteros con su padre, cazando animales pequeños en la montaña. Ahora, en cambio, perseguía animales mayores.

Quince minutos más tarde llegó Demiris. Vio que Spyros estaba dentro esperándolo, lo cual le produjo una enorme satisfacción. *Así que, después de tantos años, está dispuesto a reconocer que ha perdido.* Se bajó del coche y se dirigió hacia la casa. Los dos hombres se quedaron de pie, midiéndose con la mirada.

—Bueno, querido cuñado —dijo Demiris—, por fin hemos llegado al término del camino.

—Quiero que se acabe esta locura, Costa. Ya hemos ido demasiado lejos.

—Totalmente de acuerdo. ¿Cuántos barcos tienes, Spyros?

Lambrou lo miró sorprendido.

—¿Qué?

—¿Cuántos barcos tienes? Te los compro todos. Con un descuento importante, naturalmente.

Lambrou no podía creer lo que estaba oyendo.

—¿Comprar mis barcos?

—Sí, todos. Voy a tener la flota más numerosa del mundo.

—¿Estás loco? ¿Cómo se te ocurre pensar que quiero desprenderme de mis barcos?

Le tocó reaccionar a Demiris.

—Para eso nos reunimos hoy, ¿no?

—He venido a encontrarme aquí contigo porque tú querías hacer las paces.

El rostro de Demiris se ensombreció.

—¿Quién te lo ha dicho?

—Melina.

Ambos comprendieron a un mismo tiempo lo que había ocurrido.

—¿Te ha dicho que yo quería hacer las paces?

—¿Y te ha dicho que yo quería vender mis barcos?

—Qué imbécil —explotó Demiris—. Ha debido pensar que si nos reuníamos, íbamos a poder llegar a algún acuerdo. Es más tonta que tú, Spyros. He perdido toda la tarde por su culpa.

Giró sobre sus talones y se marchó hecho una furia.

Lambrou lo miró partir y pensó: *Melina no debería habernos mentido. Tendría que haber sabido que no hay forma de que su marido y yo nos pongamos de acuerdo. Ahora no; es demasiado tarde. Siempre ha sido demasiado tarde.*

Esa misma tarde más temprano, alrededor de las dos, Melina había llamado a la criada.

—Andrea, ¿puede traerme un té, por favor?

—En seguida, señora. —La mujer salió de la habitación, y cuando regresó con la bandeja del té diez minutos más tarde, la señora estaba hablando por teléfono con tono de enfado.

—No, Costa, ya lo tengo decidido. Me divorciaré de ti y lo pienso hacer armando el mayor escándalo posible.

Cohibida, Andrea dejó la bandeja y quiso retirarse, pero Melina le hizo señas de que se quedara.

–Amenázame todo lo que quieras –habló Melina por el teléfono sin línea–. No voy a modificar mi decisión... Nunca... No me importa lo que digas... No me asustas, Costa... No... ¿Para qué quieres que vaya?... Está bien, te veré en la casa de la playa, pero no te servirá de nada... Sí, iré sola. ¿Dentro de una hora? Muy bien.

Colgó lentamente, con cara de preocupación, y le habló a Andrea:

–Voy a la casa de veraneo para encontrarme con mi marido. Si a las seis no he vuelto, llame a la policía.

Andrea se puso muy nerviosa.

–¿No quiere que la lleve el mayordomo?

–No. El señor Demiris me pidió que fuera sola.

–Sí, señora.

Quedaba una cosa más por hacer. La vida de Catherine Alexander corría peligro: tenía que ponerla sobre aviso. El asesino tenía que ser uno de los integrantes de la delegación que había ido a cenar a la casa. *No volverás a verla. Ya he enviado a alguien para que la elimine.* Entonces, llamó a la oficina de Londres.

–¿Trabaja ahí la señorita Catherine Alexander?

–No está en este momento. ¿Quiere que la comunique con alguna otra persona?

Melina vaciló. El mensaje era demasiado urgente como para dejárselo a cualquiera, pero no tendría tiempo de volver a llamar. Recordó que Costa mencionaba a veces a un genio que había en Londres, un tal Wim Vandeen.

–¿Podría hablar entonces con el señor Vandeen?

–Un segundo, por favor.

Una voz masculina apareció en la línea.

–Hola.

–Tengo un mensaje para Catherine Alexander. Es muy importante. ¿Puede encargarse de dárselo usted, por favor?

–Catherine Alexander.

–Sí. Dígale... dígale que su vida corre peligro porque alguien va a tratar de matarla. Creo que podría ser uno de los hombres que viajaron de Atenas.

–Atenas...

–Sí.

–Atenas tiene una población de ochocientos seis mil...

Como no pudo lograr que el hombre entendiera, cortó. Había hecho todo lo posible.

Sentado ante su escritorio, Wim trataba de digerir el mensaje telefónico. *Alguien va a tratar de matar a Catherine. Este año se han cometido ciento catorce asesinatos en Inglaterra, o sea que con el de Catherine serán ciento quince. Uno de los hombres que vinieron de Atenas: Jeny Haley, Yves Renard, Dino Mattusi. Uno de ellos va a matarla.* La computadora que llevaba en la mente le suministró en el acto todos los datos sobre los tres hombres. *Ya sé cuál es.*

Cuando poco después regresó Catherine, no le dijo nada sobre la llamada.

Tenía curiosidad por comprobar si había acertado en su deducción.

Catherine salía con un miembro distinto de la delegación cada noche, y cuando llegaba a trabajar por la mañana, Wim siempre estaba allí, esperando, y ponía cara de desilusión al verla.

¿Cuándo va a permitir que la maten?, se preguntaba. A lo mejor debía contarle lo de la llamada. Pero eso sería hacer trampa. No sería justo alterar las probabilidades.

XXV

El trayecto a la casa de veraneo le significó una hora de tiempo y veinte años de recuerdos. Tenía tantas cosas que pensar, tanto que recordar. Costa, joven y apuesto, diciendo: *Te han enviado de los cielos para enseñarnos a los mortales lo que es la belleza. Imposible elogiarte demasiado. Cualquier cosa que yo diga no te haría justicia...* Los viajes maravillosos en su yate y las idílicas vacaciones en Psara... Las veces que de día le llegaban regalos de sorpresa, y de noche hacían el amor desenfrenadamente. Después, el aborto espontáneo, las numerosas amantes, el asunto de Noelle Page. Las palizas y las humillaciones en público. *¡Monnarimou! No tienes nada por qué vivir,* le había dicho él. *¿Por qué no te matas?* Y por último, la amenaza de aniquilar a Spyros.

Eso fue lo que a Melina le resultó imposible de soportar.

Llegó a la casa de playa, que se hallaba desierta. El cielo estaba nublado, y un viento frío soplaba desde el mar. *Un presagio*, pensó.

Entró en la casa, cómoda y acogedora, y paseó la mirada a su alrededor por última vez.

Después empezó a volcar los muebles y destrozar lámparas. Hizo jirones un vestido suyo y lo dejó caer al suelo. Dejó la tarjeta de la agencia de detectives sobre una mesa. Escondió el botón dorado debajo de la alfombra. Luego se arrancó el reloj que le había regalado Costa y lo golpeó contra la mesa.

Cogió el bañador de su marido que había traído desde su casa y lo llevó a la playa. Lo mojó en el agua y regresó. Entonces, quedaba una sola cosa por hacer. *Ya es hora*, se dijo. Respiró hondo, cogió el cuchillo de carnicero y lo desenvolvió lentamente para no romper el papel de seda en que traía envuelto el mango. Ése era el momento crucial. Tenía que clavarse el cuchillo lo suficientemente hondo como para que pareciera un homicidio, y al mismo tiempo tener fuerzas para llevar a cabo la última parte del plan.

Cerró los ojos y se lo clavó profundamente, en el costado. Le dolió intensamente y la sangre empezó a manar. Sostuvo el bañador húmedo contra la herida, y cuando estuvo bien manchado, lo guardó en el fondo de un armario. Empezaba a sentirse mareada. Miró en derredor para asegurarse de que no se había olvidado de nada; luego caminó tambaleándose hasta la puerta que daba al mar, dejando un reguero de manchas rojas en la alfombra.

Avanzó en dirección al mar. La herida sangraba profusamente. Pensó: *No voy a poder hacerlo. Costa va a ganar. No debo permitírselo.*

El trayecto le resultó interminable. *Un paso más, un paso más...*

Siguió caminando, luchando contra el mareo que la dominaba. La vista comenzaba a nublársele. Cayó de rodillas. *No debo detenerme ahora.* Se levantó y continuó, hasta que sintió el agua fría en los pies.

Cuando el agua salobre le llegó a la herida, dio un grito de dolor. *Lo hago por Spyros,* pensó. *Mi hermano querido.*

Alcanzó a divisar a lo lejos una nube baja, sobre el horizonte, y comenzó a nadar hacia allá, dejando una estela de sangre. Entonces sucedió un milagro. La nube bajó hasta ella, y pudo sentir la blanca suavidad que la envolvía, la acariciaba. Ya no experimentaba dolor sino una maravillosa sensación de paz.

Vuelvo a casa, pensó, feliz. *Por fin vuelvo a casa.*

XXVI

Queda detenido por la muerte de su esposa. Después de eso, todo pareció suceder a cámara lenta.

Volvieron a tomarle las huellas dactilares. Le sacaron fotos y lo recluyeron en un calabozo. Era increíble que se atrevieran a tratarlo así.

–Quiero hablar con Peter Demonides. Díganle que necesito comunicarme en seguida con él.

–El señor Demonides ha sido relevado de sus funciones y se está investigando su proceder.

De modo que no había nadie a quien acudir. *Voy a salir de esto,* se dijo. *Soy Constantin Demiris.*

Mandó llamar al fiscal en funciones.

Delma llegó a la cárcel una hora más tarde.

–¿Quería verme?

–Sí –respondió Demiris–. Tengo entendido que se sabe con certeza que la hora de la muerte de mi mujer fue las tres de la tarde.

–Correcto.

–Entonces, antes de que usted y la policía hagan el ridículo, yo puedo probar que ayer a esa hora estaba en otra parte, lejos de la casa de veraneo.

–¿Puede demostrarlo?

–Desde luego. Tengo un testigo.

Estaban sentados en el despacho del jefe de policía cuando llegó Spyros Lambrou. Al verlo, a Demiris se le iluminó el rostro.

–¡Gracias a Dios que has venido, Spyros! Estos idiotas suponen que yo maté a Melina. Tú sabes que no fui yo. Díselo.

Lambrou puso cara de no entender.

–¿Decirles el qué?

–Melina fue asesinada ayer a las tres de la tarde. A esa hora tú y yo estábamos en el chalet de Acrocorinth, y no habría podido llegar en coche a la casa de veraneo antes de las siete. Háblales de la reunión que tuvimos.

–¿Qué reunión?

Demiris comenzó a ponerse pálido.

–La... que tuvimos ayer, tú y yo, en Acrocorinth.

–Debes de estar confundido, Costa. Ayer por la tarde yo estaba solo, dando una vuelta en coche. No voy a mentir para salvarte.

En el rostro de Demiris se reflejó una expresión de furia.

–¡No puedes hacerme esto! –Lo aferró de las solapas–. Diles la verdad.

Spyros Lambrou se lo quitó de encima de un empujón.

–La verdad es que mi hermana murió y tú la asesinaste.

–¡Mentiroso! –gritó Demiris–. ¡Mentiroso! –Volvió a arremeter contra su cuñado, y dos policías tuvieron que sujetarlo.

–Hijo de puta. ¡Sabes que soy inocente!

–Eso lo determinarán los jueces. Creo que te hace falta un buen abogado.

En ese momento, Constantin Demiris tomó conciencia de que sólo había un hombre capaz de salvarlo.

Napoleón Chotas.

XXVII

ARCHIVO CONFIDENCIAL. TRANSCRIPCIÓN DE LA SESIÓN CON CATHERINE DOUGLAS

C: ¿Cree en las premoniciones, Alan?

A: No se pueden aceptar científicamente, pero, para serle sincero, yo sí las acepto. ¿Ha tenido alguna?

C: Sí. Tengo la sensación de que algo terrible está a punto de sucederme.

A: ¿Es eso parte del viejo sueño?

C: No. Le conté que el señor Demiris había enviado a unos hombres desde Atenas...

A: Sí.

C: Como me pidió que me ocupara de ellos, he estado viéndolos bastante.

A: ¿Siente que con ellos está en peligro?

C: No, no exactamente. Es difícil de explicar. No me han hecho nada, pero yo estoy... como esperando que pase algo. Algo muy desagradable. ¿Tiene sentido lo que digo?

A: Hábleme de esos hombres.

C: Hay un francés, Yves Renard. Siempre quiere ir a visitar museos, pero cuando vamos, me doy cuenta de que no le interesan. Me ha pedido que lo lleve a Stonehenge este sábado.

A: ¿Y quién más?

C: Después está también Jerry Haley, un norteamericano. Es simpático, pero tiene algo que me perturba. Por último, Dino Mattusi. Supuestamente es ejecutivo de la empresa del señor Demiris, pero me hace preguntas cuyas respuestas debería saber. Me invitó a dar un paseo en coche. A mí se me ocurrió que podía llevar a Wim... Y hablando de Wim...

A: ¿Sí?

C: Últimamente se comporta de una manera extraña.

A: ¿En qué sentido?

C: Cuando llego a la oficina por la mañana, siempre está esperándome, cosa que antes no hacía. Y al verme, casi se diría que se enfada conmigo. Nada de esto tiene sentido, ¿verdad?

A: Todo cobra sentido una vez que uno encuentra la clave, Catherine. ¿Ha tenido otro sueño?

C: Sí. Soñé con Demiris, pero no lo recuerdo bien.

A: Cuénteme lo que recuerde.

C: Yo le preguntaba por qué era tan amable conmigo, por qué me había dado el puesto en Londres y la casa. Y también por qué me había regalado el prendedor de oro.

A: ¿Y él qué le contestó?

C: No me acuerdo. Me desperté gritando.

El doctor Hamilton leyó detenidamente la transcripción, buscando alguna huella inadvertida del subconsciente, alguna pista que pudiera explicar qué era lo que perturbaba a Catherine. Estaba casi seguro de que su aprensión se relacionaba con el hecho de la llegada de personas extrañas de Atenas, el lugar que había sido el escenario de su pasado traumático. La parte referente a Wim lo tenía intrigado. ¿La estaría imaginando Catherine? ¿O acaso Wim se estaba comportando de una manera atípica? *Él tiene cita conmigo para dentro de unas semanas. Quizá debería adelantársela.*

Siguió pensando en Catherine. Aunque tenía por norma no comprometerse afectivamente con sus pacientes, a Catherine la consideraba una persona especial. Era hermosa, frágil y... *¿Qué estoy haciendo? No puedo pensar de esta manera. Voy a concentrarme en otra cosa.* Pero sus pensamientos volvían siempre a ella.

Catherine no podía alejar a Alan Hamilton de su mente. *No seas tonta,* se dijo, *está casado. Todas las pacientes se enamoran de sus psicoanalistas.* Pero nada de lo que se decía le servía. *Tal vez debería consultar a otro psicoanalista para hablarle de mi psicoanalista.*

Dos días después tenía que ir a verlo. *Quizá debería cancelar la sesión antes de que sea tarde. Demasiado tarde.*

El día en que tenía la sesión, se vistió con esmero y fue a la peluquería. *Si hoy es la última vez que voy a verlo,* reflexionó, *no tiene nada de malo que me ponga guapa.*

Apenas entró en el consultorio se le fue toda la decisión. *¿Por qué tiene que ser tan atractivo? ¿Por qué no pudimos conocernos antes de que él se casara? ¿Por qué no pudo conocerme cuando yo todavía era una persona normal y cuerda? Pero, por otra parte, si yo fuera una persona normal y cuerda, no habría acudido a él en busca de ayuda, ¿no?*

–Perdone, no le he entendido.

Catherine se dio cuenta de que había hablado en voz alta. Ahora era el momento de anunciarle que ésa era su última sesión.

Respiró hondo y dijo:

–Alan... –Perdió el ánimo y miró la fotografía que estaba sobre la mesita–. ¿Cuántos años lleva casado?

–¿Casado? –Siguió la dirección de sus ojos–. Ah. No; ésa es mi hermana con su hijo.

Catherine se sintió invadida por una profunda felicidad.

–¡Estupendo! Quiero decir que... ella es muy agradable.

–¿Se siente bien, Catherine?

Kirk Reynolds siempre le preguntaba eso. *En aquel entonces yo no estaba bien, pero ahora sí.*

–Estoy bien. ¿No está casado?

–No.

¿Quiere cenar conmigo? ¿Quiere acostarse conmigo? ¿Quiere casarse conmigo? Si pronunciaba cualquiera de esas cosas en voz alta, realmente pensaría que estaba loca. *A lo mejor lo estoy.*

Él la observaba con ceño.

–Catherine, lamentablemente no vamos a poder seguir con estas sesiones. La de hoy será la última.

Sintió que el corazón le daba un vuelco.

–¿Por qué? ¿He hecho algo que...?

–No... La culpa no es suya. En una relación profesional de esta índole, el terapeuta no debe comprometerse afectivamente con el paciente.

Ella lo miraba con ojos brillantes.

–¿Está diciendo que se siente comprometido afectivamente conmigo?

–Sí. Y debido a eso me temo que...

–Tienes toda la razón del mundo –exclamó ella, alborozada–. Hablaremos sobre el tema esta noche, cuando salgamos a cenar.

Cenaron en un pequeño restaurante italiano, en pleno Soho. La comida podía haber sido buenísima o espantosa, pero a ellos les daba igual porque estaban totalmente absortos el uno en el otro.

–No es justo, Alan, que tú sepas tanto sobre mí. Háblame de ti. ¿Nunca has estado casado?

–No. Estuve comprometido.

–¿Y qué pasó?

–Fue durante la guerra. Vivíamos juntos en un pequeño apartamento. Eran los días de los bombardeos. Yo estaba trabajando en el hospital, y cuando una noche volví a casa... –Catherine reparó en el dolor que empañaba su voz–. El edificio ya no estaba. No quedaba nada en pie.

Ella apoyó una mano sobre la suya.

–Cuánto lo siento.

–Me llevó mucho tiempo reponerme. Y nunca he vuelto a conocer a nadie con quien quisiera casarme. –Con los ojos añadió: *hasta ahora*.

Estuvieron horas conversando sobre infinidad de temas: teatro, medicina, la situación mundial. Pero la verdadera conversación fue sin palabras, una suerte de electricidad que crecía en el interior de ambos, una tensión sexual arrolladora.

Por último, Alan sacó la cuestión a relucir.

—Catherine, en cuanto a lo que te he dicho hoy sobre la relación médico-paciente...

—Háblame de ello en tu casa.

Se desvistieron juntos, rápida, ansiosamente. A medida que Catherine se quitaba la ropa rememoraba cómo se había sentido con Kirk Reynolds y qué diferente era ahora. *La diferencia es estar enamorada. Y yo estoy enamorada de este hombre.*

Se tendió en la cama a esperarlo, y cuando él llegó y la abrazó, se desvanecieron en ella todos los miedos a no poder volver a estar nunca más con un hombre. Se acariciaron explorando mutuamente sus cuerpos, primero con ternura, luego apasionadamente, hasta que la necesidad se volvió apremiante. Entonces se unieron, y Catherine lanzó exclamaciones de placer. *Vuelvo a ser yo misma,* pensó. *¡Gracias!*

Quedaron allí tendidos, exhaustos, y Catherine retuvo a Alan entre sus brazos: no deseaba soltarlo nunca más.

Cuando pudo volver a hablar, dijo con voz temblorosa:

—Usted sí que sabe tratar a una paciente, doctor.

XXVIII

Catherine se enteró por los periódicos de la detención de Constantin Demiris, acusado de dar muerte a su esposa. La noticia la conmocionó enormemente. Cuando llegó a la oficina, el ambiente era lúgubre.

–¿Te has enterado? –comentó Evelyn, con amargura–. ¿Qué vamos a hacer?

–Seguir exactamente como él habría querido que hiciéramos. Estoy segura de que se trata de un error. Voy a tratar de llamarlo por teléfono.

Pero fue imposible comunicarse con él.

Constantin Demiris era el preso más importante que jamás hubiese habido en la Prisión Central de Atenas. El fiscal había dado orden de que no se le dispensara tratamiento especial alguno. Demiris había solicitado varias cosas: acceso a teléfonos, télex o servicio de mensajero. Todas sus peticiones fueron denegadas.

La mayoría de sus horas de vigilia, y muchas de sus horas de sueño, las pasaba tratando de imaginar quién había matado a Melina.

Al principio supuso que Melina había descubierto a un ladrón que estaba desvalijando la casa, y que éste le había dado muerte. Pero apenas la policía le presentó todas las pruebas en su contra, comprendió que alguien le estaba tendiendo una trampa. El asunto era: ¿quién? La persona *más indicada* era Spyros Lambrou, pero esa teoría resultaba sumamente endeble, pues Lambrou amaba a su hermana más que a nadie en el mundo, y jamás podría haberle causado daño.

Sus sospechas recayeron entonces en la banda con la que había trabajado Tony Rizzoli. A lo mejor se habían enterado de lo que él le había hecho a Rizzoli, y ésa era su forma de vengarse. Demiris descartó de plano tal teoría. Si la mafia hubiera querido tomarse la revancha, sencillamente lo habrían liquidado.

Así, sentado a solas en su celda, repasó todos los acontecimientos una y otra vez, tratando de resolver el misterio. Al final, cuando hubo agotado todas las posibilidades, sólo quedaba una conclusión posible: Melina se había suicidado. Se suicidó y lo preparó todo para que lo culparan a él. Demiris pensó en lo que les había hecho a Noelle Page y Larry Douglas, y lo irónico era que él se encontraba ahora en la misma situación en que habían estado los otros: iban a juzgarlo por un crimen que no había cometido.

El guardián se acercó a la puerta de la celda.

—Ha venido a verlo su abogado —anunció.

Demiris siguió al vigilante hasta una salita de reuniones. El abogado, de apellido Vassiliki, lo estaba esperando. Tenía algo más de cincuenta años, una abundante cabellera canosa y un perfil semejante al de un artista de cine. Se había ganado fama de criminalista de primera línea. ¿Sería suficiente con eso?

—Tiene quince minutos —le advirtió el funcionario, y los dejó solos.

—¿Y bien? ¿Cuándo va a sacarme de aquí? —preguntó Demiris, en tono prepotente—. ¿Para qué le pago?

—Señor Demiris, el asunto no es tan sencillo. El fiscal se niega a...

—El fiscal es un imbécil. No pueden mantenerme encerrado aquí. ¿No puedo salir bajo fianza? Pagaré lo que sea.

Vassiliki se pasó la lengua por los labios.

—Se ha rechazado la fianza. He revisado las pruebas que ha reunido la policía contra usted, y son muy desfavorables.

—Desfavorables o no, yo no maté a Melina. ¡Soy inocente!

El abogado tragó saliva.

—Sí, por supuesto. ¿Tiene alguna idea... de quién pudo haberlo hecho?

—Nadie. Mi mujer se suicidó.

—Perdone, señor Demiris, pero creo que eso no nos sirve mucho como defensa. Va a tener que pensar en algo mejor.

Abatido, Demiris comprendió que el hombre tenía razón. Ningún jurado del mundo iba a creer su historia.

A primera hora del día siguiente, el letrado volvió a visitarlo.

—Lamentablemente, traigo malas noticias.

Demiris casi se rió en voz alta. Estaba preso, esperando a que lo sentenciaran a muerte, y ese idiota le decía que traía malas noticias. ¿Qué podía haber peor que la situación en que estaba?

—¿Sí?

—Se trata de su cuñado.

—¿Spyros? ¿Qué pasa con él?

—Me han informado que fue y contó a la policía que una tal Catherine Douglas está con vida. Yo no estoy muy al tanto de los pormenores del juicio a Noelle Page y Larry Douglas, pero...

Demiris ya no escuchaba. Debido a la gravedad de todas las cosas que le estaban pasando, se había olvidado totalmente de Catherine. Si la encontraban y ella hablaba, podía verse involucrado en la muerte de Noelle y Larry. Ya había enviado a Londres a una persona para que la eliminara, pero el tema ahora se volvía urgente.

Se inclinó hacia delante y aferró el brazo del abogado.

—Quiero que envíe un mensaje a Londres de inmediato.

Leyó dos veces el mensaje y sintió el comienzo de la excitación sexual que experimentaba siempre antes de cumplir con un contrato. Era como jugar a ser Dios. Él decidía sobre la vida y la muerte de las personas. Se sobrecogía sólo de pensar en el inmenso poder con que contaba. Pero había un problema. Si tenía que hacerlo cuanto antes, no quedaba tiempo para su otro plan. Tendría que improvisar algo y conseguir que pareciera un accidente. Esa misma noche.

XXIX

ARCHIVO CONFIDENCIAL. TRANSCRIPCIÓN DE LA SESIÓN CON WIM VANDEEN

A: ¿Cómo se siente hoy?

W: Bien. He venido en taxi. El nombre del chófer era Ronald Christie. Matrícula del coche, tres-cero-dos-siete-uno; número de licencia del taxi tres-cero-siete-cero. En el camino hemos pasado treinta y siete Rover, un Bent-ley, diez Jaguar, un Mini Minor, seis Austin, dos Rolls-Royce, veintisiete motos y seis bicicletas.

A: ¿Cómo le va en el trabajo?

W: Usted lo sabe.

A: Dígamelo.

W: Odio a la gente de la oficina.

A: ¿Y a Catherine Alexander?

W: ¿Catherine Alexander? Ah, ella. Ya no trabajará más allí.

A: ¿Qué quiere decir?

W: Van a asesinarla.

A: *¿Qué?* ¿Por qué dice eso?

W: Ella me lo dijo.

A: ¿Catherine le dijo que iban a matarla?

W: La otra.

A: ¿Qué otra?

W: La esposa.

A: ¿La esposa de quién?

W: De Constantin Demiris.

A: ¿Ella le dijo que Catherine Alexander iba a morir asesinada?

W: La señora Demiris. Su esposa. Me llamó desde Grecia.

A: ¿Quién va a matarla?

W: Uno de los hombres.

A: ¿Se refiere a los hombres que llegaron de Atenas?

W: Sí.

A: Wim, vamos a tener que terminar aquí esta sesión porque tengo que irme.

W: De acuerdo.

XXX

Las oficinas de la Corporación Helénica cerraban a las seis. Unos minutos antes de la hora, Evelyn y los demás empleados se preparaban ya para marcharse.

Evelyn se dirigió al despacho de Catherine.

—Están pasando *De ilusión también se vive* en el Criterion, y ha tenido muy buena crítica. ¿Quieres que vayamos a verla?

—No puedo. Gracias, Evelyn. Le prometí a Jerry Haley ir al teatro con él.

—Te tienen ocupada, ¿eh? Bueno, que te diviertas.

Catherine oyó cómo los demás se marchaban. Por fin reinó el silencio. Echó un último vistazo a su escritorio, comprobó que todo quedara en orden, se puso el abrigo, cogió el bolso y salió al pasillo. Casi había llegado a la puerta de salida cuando sonó el teléfono. Dudó si debía atenderlo o no. Miró la hora; iba a llegar tarde. El teléfono seguía sonando. Volvió corriendo a su oficina y contestó.

—Hola.

—Catherine. —Era Alan Hamilton y parecía agitado—. Gracias a Dios que te encuentro.

—¿Pasa algo?

—Estás en peligro. Alguien quiere matarte.

Ella dejó escapar un gemido. La pesadilla se hacía realidad. De pronto se sintió mareada.

—¿Quién?

—No lo sé. Pero quiero que te quedes donde estás. No salgas de la oficina. No hables con nadie. Yo voy a buscarte.

—Alan...

—No te asustes; ya salgo para allá. Enciérrate con llave. Quédate tranquila, que no pasará nada.

La comunicación se cortó.

Catherine colgó lentamente.

—¡Dios mío!

Atanas apareció en ese momento en la puerta. Vio el rostro desencajado de su amiga, y corrió a su lado.

—¿Pasa algo, señorita Alexander?

—Alguien... alguien quiere asesinarme.

El muchacho la miró boquiabierto.

—¿Por qué? ¿Quién habría de querer matarla?

—No estoy segura.

Oyeron que alguien golpeaba la puerta de la calle.

Atanas miró a Catherine.

—¿Voy a ver?

—No —dijo ella rápidamente—. No dejes entrar a nadie. El doctor Hamilton ya viene hacia aquí.

La llamada a la puerta se repitió, más fuerte.

—Podría esconderse en el sótano —murmuró el chico—. Ahí estará a salvo.

—Tienes razón.

Se dirigieron al fondo del pasillo, hacia la puerta por la que se accedía al sótano.

—Cuando llegue el doctor Hamilton, dile dónde estoy.

—¿No va a tener miedo ahí abajo?

—No —respondió Catherine.

Atanas encendió una luz y bajó delante de ella por la escalera que llevaba al sótano.

—Aquí nadie la encontrará —aseguró—. ¿No tiene idea de quién quiere matarla?

Ella pensó en Demiris y en las pesadillas. *Él va a tratar de matarla. Pero eso fue sólo un sueño.*

—No estoy segura.

Atanas la miró de frente y declaró, en un susurro:

—Creo que yo lo sé.

Lo miró sorprendida.

—¿Quién?

—Yo. —De pronto sacó una navaja y la apretó contra el cuello de Catherine.

—Atanas, éste no es momento para juegos. —El cuchillo se hundió más en su carne.

—¿No has leído *Cita en Samarra,* Catherine? ¿No? Bueno, ya es demasiado tarde, ¿verdad? Se trata de una persona que intentó escapar de la muerte. Fue a Samarra y la muerte la estaba esperando allí. Esta es tu Samarra, Catherine.

Le repugnaba oír palabras tan aterradoras en boca de aquel chico de aspecto tan inocente.

—Atanas, por favor. No puedes...

Le dio una fuerte bofetada.

—¿No puedo porque soy demasiado joven? ¿Te he sorprendido? Eso es porque soy un excelente actor. Tengo treinta años, Catherine. ¿Sabes por qué tengo apariencia de chiquillo? Porque cuando estaba creciendo nunca tuve alimento suficiente. Vivía de los desperdicios que encontraba en los cubos de basura por la noche. —Con el cuchillo apretado contra el cuello de Catherine, la obligaba a retroceder hacia una pared—. Cuando era niño vi cómo unos soldados violaban a mi madre y a mi padre, y luego los mataban a puñaladas. Después me violaron a mí y me dieron por muerto.

La llevaba cada vez más al fondo del sótano.

—Atanas, yo nunca he hecho nada para hacerte sufrir.

Él esbozó su sonrisa juvenil.

—Esto no es algo personal sino un asunto de negocios. Vales cincuenta mil dólares para mí. Muerta.

Para ella fue como si se hubiera corrido una cortina

frente a sus ojos y estuviera viéndolo todo a través de una bruma roja. Una parte de su ser se hallaba fuera, observando lo que estaba sucediendo.

—Yo había tramado un hermoso plan para ti, pero ahora tengo prisa, de modo que tendremos que improvisar.

Catherine sintió que la punta del cuchillo se le clavaba en el cuello; de pronto el hombre rasgó con él la parte delantera del vestido.

—Hermosa. Muy hermosa. Había planeado, primero, una fiesta para nosotros, pero como viene hacia aquí el doctor, no hay tiempo. Lo lamento por ti, porque soy un gran amante.

Catherine se sentía sofocada, casi no podía respirar.

Atanas metió la mano en su chaqueta y sacó un botellín del bolsillo, que contenía un líquido de color rosa.

—¿Nunca has probado el *slivovic*? Brindaremos por tu accidente, ¿eh? —Retiró el cuchillo para destapar la botella, y durante un instante Catherine estuvo tentada de huir.

—Vamos, pruébalo —dijo él, en tono suave—. Por favor.

Catherine se pasó la lengua por los labios.

—Mira, te pagaré...

—No gastes saliva. —Bebió un largo sorbo y le pasó la botella—. Bebe.

—No. Yo no...

—¡Bebe!

Catherine tomó la botella y bebió un sorbo pequeño. El fuerte aguardiente le quemó la garganta. Atanas le quitó la botella y bebió un largo trago.

—¿Quién le contó a ese médico amigo tuyo que alguien iba a matarte?

—No... no sé.

—De todos modos no importa. —Señaló uno de los gruesos postes de madera que sostenían el techo—. Ve allí —dijo.

Catherine miró en dirección a la puerta. La hoja de acero le presionó el cuello.

–No me hagas decírtelo dos veces.

Entonces caminó hacia el poste.

–Muy bien. Siéntate. –Se dio la vuelta un instante, y Catherine aprovechó para huir.

Corrió hacia la escalera con el corazón latiendo aceleradamente. Corría para salvar la vida. Cuando llegó al primer escalón, sintió una mano que la agarraba de una pierna y la arrastraba hacia atrás con una fuerza increíble.

–¡Puta!

La cogió del pelo y acercó su rostro al de ella.

–Vuelve a intentarlo y te parto las piernas.

La hoja del cuchillo se le clavaba entre los omóplatos.

–¡Muévete!

Atanas la llevó de vuelta hasta el poste de madera, y la arrojó al suelo.

–¡Quédate aquí!

Se acercó hasta una pila de cajas de cartón que había atadas con un cordel grueso, cortó dos trozos largos y regresó.

–Coloca las dos manos detrás del poste.

–No, Atanas...

Le asestó un puñetazo tan fuerte en la cara, que la vista se le nubló. Atanas se agachó para hablarle en un susurro.

–Nunca me digas que no. Haz lo que te digo si no quieres que te corte el pescuezo.

Catherine puso ambas manos detrás del poste e instantes más tarde sintió que él le ataba las muñecas; la soga le magullaba la carne y le cortaba la circulación.

–Por favor, están demasiado apretadas...

–Bien –dijo él, sonriente. Tomó el segundo trozo de cuerda y le ató firmemente los tobillos. Luego se puso de pie–. Ya estamos. –Bebió un trago de la botella–. ¿Quieres otro sorbito?

Ella contestó que no con la cabeza, y Atanas se encogió de hombros.

–Como quieras.

Vio que él volvía a llevarse la botella a los labios. *A lo mejor se emborracha y se queda dormido,* pensó, desesperada.

—Solía tomarme un litro de aguardiente al día —alardeó Atanas, y dejó la botella vacía en el suelo de cemento—. Bueno, ya es hora de ponerse a trabajar.

—¿Qué... qué vas a hacer?

—Voy a fraguar un pequeño accidente. Va a ser una obra maestra. Quizás hasta le cobre tarifa doble a Demiris.

¡Demiris! Entonces no era sólo un sueño. Fue él quien lo planeó todo. Pero ¿por qué?

Vio que Atanas se dirigía hacia la inmensa caldera. Retiró la tapa y examinó la llama piloto y los ocho quemadores que mantenían caliente la unidad. La válvula de seguridad se hallaba resguardada dentro de un armazón de metal que la protegía. Atanas tomó un trozo de madera y lo introdujo en el armazón de modo que impedía el funcionamiento de la válvula. La aguja del termostato marcaba 65 grados, pero Atanas la llevó hasta el máximo. Satisfecho, regresó con Catherine.

—¿Te acuerdas de todos los problemas que hemos tenido con esta caldera? Bueno, me temo que finalmente va a explotar. —Se le acercó más—. Cuando la aguja llegue a los 204 grados, estallará. ¿Sabes lo que ocurrirá entonces? Las tuberías del gas se abrirán, y la caldera les prenderá fuego. Entonces todo el edificio explotará como una bomba.

—¡Estás loco! Hay personas inocentes que...

—No existen las personas inocentes. Vosotros los norteamericanos creéis en los finales felices, pero sois unos tontos. Tampoco existen los finales felices. —Se agachó y tanteó la soga con la que Catherine estaba atada al poste, comprobando que le cortaba la carne y los nudos estaban firmes. Lentamente acarició los pechos desnudos de Catherine, y se los besó—. Es una pena que no tengamos más tiempo. Nunca sabrás lo que te pierdes. —La agarró del pelo para besarla en los labios. Ella sintió el olor a alcohol en su aliento–. Adiós, Catherine. –Se levantó.

–No me abandones –le rogó–. Hablemos...

–Tengo que tomar un avión. Me vuelvo a Atenas. –Vio que se encaminaba a la escalera–. Te dejo la luz encendida, así podrás ver todo cuanto ocurra.

Un instante después, ella oyó cerrarse la puerta del sótano y el ruido del cerrojo. Después, silencio. Estaba sola. Miró la aguja del indicador de temperatura y notó que ascendía rápidamente. Subió de 70 a 75 grados, y seguía subiendo. Trató de soltarse, pero cuanto más forcejeaba, más fuerte quedaban atadas las manos. Volvió a mirar: la aguja había pasado ya de los 82 grados. No había forma de escapar.

Alan Hamilton conducía por la calle Wimpole como un loco; entraba y salía de los carriles, no prestaba atención a los gritos indignados que proferían contra él ni a los bocinazos de conductores indignados. En Portland Place giró a la izquierda al notar que más adelante la calle estaba cortada y se dirigió hacia Oxford Circus. Allí el tráfico era más denso, lo cual lo obligó a aminorar la marcha.

En el sótano de la calle Bond 217, la aguja de la caldera había ascendido hasta 93 grados. El sótano se estaba poniendo muy caliente.

El tráfico estaba casi detenido. La gente volvía a su casa, salía a cenar, al teatro. Al volante de su coche, Alan Hamilton se preguntaba si no debía haber dado aviso a la policía. *Pero ¿qué conseguiría? Una paciente neurótica que tengo supone que la van a asesinar. Los policías se reirían de mí. No, tengo que llegar yo.* El tráfico comenzó a moverse de nuevo.

En el sótano, la aguja estaba a punto de alcanzar los 145 grados. El calor ya era casi insoportable. Trató una vez más de desatarse; la soga le dejó las muñecas en carne viva, pero los nudos siguieron firmes.

Giró en la calle Oxford y atravesó velozmente la línea reservada para los peatones en el momento en que cruzaban dos ancianas. Oyó a sus espaldas el agudo silbato de un policía. Por un momento estuvo tentado de detenerse y pedir ayuda. Pero no había tiempo para explicaciones, así que prosiguió su marcha.

En una esquina apareció un inmenso camión que le obstruyó el paso. Hamilton tocó enérgicamente la bocina. Sacó la cabeza por la ventanilla y gritó:

—¡Salga de ahí!

El camionero lo miró.

—¿Qué te pasa? ¿Vas a un incendio?

El tráfico se volvió una maraña infernal. Cuando por fin se despejó, Hamilton avanzó raudamente hacia la calle Bond. Un viaje que debía durar diez minutos le había llevado casi media hora.

En el sótano, la aguja llegó a los 204 grados.

Felizmente, ya avistaba el edificio. Se acercó a la acera de enfrente y clavó los frenos. Abrió la puerta y se bajó del coche como una tromba. Cuando corría hacia la entrada, se detuvo presa del horror. La tierra tembló en el instante en que todo el edificio explotaba como una bomba gigantesca, llenando el aire de humo y fuego. Y de muerte.

XXXI

Atanas Stavich estaba tremendamente excitado, como le ocurría siempre que culminaba un trabajo. Acostumbraba a tener relaciones sexuales con sus víctimas –hombres o mujeres– antes de matarlas, y eso siempre le resultaba emocionante. Ahora se sentía frustrado porque no había tenido tiempo de torturar a Catherine ni forzarla a hacer el amor con él. Miró la hora. Todavía era temprano, pues su avión salía a las once de la noche. Tomó un taxi hasta Shepherd Market, pagó, se bajó y echó a andar por el laberinto de calles. En las esquinas, grupos de muchachas jóvenes reclamaban a los hombres que pasaban.

–Hola, querido. ¿No quieres una clase de francés.

–¿No te gustaría una fiesta?

–¿Te interesa el estilo griego?

Ninguna de ellas se acercó a Atanas. Él se aproximó a una rubia alta que vestía una breve falda de cuero y zapatos de tacón muy fino.

–Buenas tardes –dijo, cortés.

Ella lo miró, divertida.

–Hola, nene. ¿Tu mamá sabe que has salido?

Atanas sonrió con timidez.

–Sí, señorita. He pensado que, si no está ocupada...

La prostituta se rió.

–¿Ah, sí? ¿Y qué harías si yo no estuviera ocupada? ¿Ya te has acostado alguna vez con una mujer?

—Una vez, y me gustó.

—Eres como un pececillo —se rió ella—. Por lo general devuelvo al agua a los más pequeños, pero esta noche el negocio anda flojo. ¿Tienes un billete de diez?

—Sí.

—De acuerdo. Entonces vamos arriba.

Entraron por una puerta y subieron dos tramos de escalera, hasta un apartamento de una sola habitación.

Atanas le entregó el dinero.

—Bueno, a ver qué es lo que sabes hacer, querido. —Se desnudó y observó desvestirse a Atanas. Quedó boquiabierta—. ¡Dios mío! Es enorme.

—¿Sí?

La mujer se tendió en la cama.

—Con cuidado. No vayas a hacerme daño.

Atanas llegó a la cama. Habitualmente disfrutaba golpeando a las prostitutas porque así aumentaba su goce sexual, pero ése no era el momento de hacer algo que pudiera resultar sospechoso o dejar alguna pista a la policía. Por eso, sonrió y dijo:

—Hoy es tu noche de suerte.

—¿Qué?

—Nada. —Trepó encima de ella y la penetró. Le hizo daño, pero era Catherine la que gritaba pidiendo piedad, rogándole que parara. La golpeó salvajemente, cada vez más fuerte, porque los alaridos lo excitaban, hasta que por fin sintió que todo explotaba. Entonces, se tendió en la cama, satisfecho.

—Dios mío —murmuró la mujer—. Eres increíble.

Atanas abrió los ojos, pero no era Catherine la que estaba a su lado. Se hallaba en una sórdida habitación, con una puta horrible. Se vistió, tomó un taxi hasta su hotel, hizo las maletas y se marchó.

Frente al mostrador de la Olympic Airways había una fila corta. Cuando le llegó el turno a Atanas, entregó su pasaje.

–¿El avión sale puntualmente?

–Sí. –El empleado leyó el nombre que figuraba en el pasaje. *Atanas Stavich.* Volvió a mirar a Atanas; luego miró de reojo a un individuo que había a un lado e hizo un leve movimiento de cabeza. El hombre entonces se acercó al mostrador.

–¿Me permite su pasaje?

Atanas se lo entregó.

–¿Pasa algo?

–Este vuelo está completo –le explicó el individuo–. Pase, por favor, a la oficina, así veremos cómo lo podemos arreglar.

Atanas se encogió de hombros.

–De acuerdo. –Fue detrás del hombre, inundado de una profunda sensación de euforia. Demiris ya debía haber salido de la cárcel. Era un hombre demasiado importante para que pudieran tocarlo. Todo había salido a la perfección. Los cincuenta mil dólares los pondría en una de sus cuentas numeradas de Suiza. Después se tomaría unas vacaciones. Tal vez iría a la Riviera, o quizás a Río. Le encantaban los homosexuales brasileños.

Entró en la oficina y quedó paralizado de la impresión.

–¡Usted está muerta! ¡Está muerta! ¡Yo la maté! –gritó.

Aún seguía gritando cuando lo sacaron de allí y lo llevaron a un coche de la policía. Alan Hamilton y Catherine lo observaron mientras se alejaba.

–Todo ha terminado, cariño, por fin se ha acabado.

XXXII

Varias horas antes, en el sótano, Catherine intentó desesperadamente soltar sus manos, pero cuanto más forcejeaba, más le apretaba la soga. Los dedos se le estaban entumeciendo. No apartaba la vista de la aguja de la caldera, que ya estaba en 121 grados. *Cuando llegue a los 204, estallará. Tiene que haber alguna forma de salir de aquí. ¡Tiene que haberla!* Su mirada se posó en la botellita de aguardiente que Atanas había arrojado al suelo; entonces, el corazón comenzó a latirle de prisa. *¡Hay una posibilidad! Si pudiera...* Se recostó contra el poste y estiró los pies hacia la botella, pero no la pudo alcanzar. Se deslizó un poco más hacia abajo. La botella quedaba a dos centímetros escasos. Se le llenaron los ojos de lágrimas. *Un intento más,* pensó. *Uno más.* Se echó más hacia abajo, y la espalda se le desgarró al rozar contra la madera. Volvió a empujar con todas sus fuerzas. Con un pie rozó la botella. *Cuidado, no vayas a alejarla más.* Lenta, muy lentamente, atrapó la boca de la botella con la soga que le ataba los pies. Luego movió los pies hacia sí para acercar la botella. Por fin consiguió tenerla a su lado.

La aguja ya estaba en 137. Trató de no dejarse dominar por el pánico. Despacio fue llevando la botella con los pies hasta detrás del poste. Los dedos de su mano rozaron la botella, pero los tenía demasiado entumecidos para poder agarrarla. Además, también estaban resbaladizos por la sangre de la herida que le había provocado la soga.

Cada vez hacía más calor. Volvió a probar, y la botella resbaló. Miró la aguja: *¡148 grados!* Respiró hondo una vez más y tuvo la impresión de que la aguja subía velozmente. Comenzaba a salir vapor de la caldera. Trató de agarrar la botella.

¡Por fin lo consiguió! La tenía sujeta entre sus manos atadas. La sostuvo firmemente, levantó los brazos y los bajó dirigiéndolos contra el poste. La botella golpeó contra el suelo de cemento. No pasó nada. Lanzó un grito de desesperación y volvió a intentarlo. Nada. La aguja subía inexorablemente. *¡176 grados!* Volvió a tomar aliento, golpeó la botella con todas sus fuerzas y oyó el ruido de vidrios rotos. *¡Gracias a Dios!* Actuando lo más rápidamente que el miedo le permitía, sujetó el cuello roto de la botella en una mano y comenzó a desgastar la soga con la otra. El vidrio le hizo cortes en las muñecas, pero ella no hizo caso del dolor. Sintió que cortaba un hilo; luego otro, y de repente las manos quedaron libres. Aflojó de prisa la soga de la otra mano y desató la cuerda de los pies. La aguja había llegado hasta los 193 grados. Chorros de vapor salían de la caldera. Se puso de pie con un gran esfuerzo. Atanas había atrancado la puerta de acceso. No había tiempo de escapar del edificio antes de la explosión.

Fue hasta la caldera y tiró del pedazo de madera que impedía que funcionara la válvula de seguridad, pero estaba atascado. *¡204 grados!*

Tuvo que tomar la decisión en una fracción de segundo. Corrió hasta el refugio antiaéreo, entró y cerró la gruesa puerta. Se arrodilló en el suelo del inmenso búnker hecha un ovillo, con la respiración entrecortada, y cinco segundos más tarde tuvo la impresión de que la habitación se movía. Permaneció allí en las tinieblas, respirando con dificultad, escuchando el rugido de las llamas del otro lado de la puerta. Se había salvado. Ya había terminado todo. *No, todavía no, se dijo, todavia me queda algo por hacer.*

Una hora más tarde, cuando los bomberos la hallaron y la sacaron de allí, se encontró con Alan. Corrió a su lado, y él la estrechó entre sus brazos.

—Catherine, mi amor. ¡He tenido tanto miedo! ¿Cómo lo has hecho...?

—Después te lo contaré. Ahora debemos detener a Atanas Stavich.

XXXIII

Se casaron con una ceremonia sencilla en la granja que la hermana de Alan tenía en Sussex. La hermana de Alan resultó ser muy simpática, y estaba igual que en la foto que Alan tenía en el consultorio. El hijo estudiaba en un internado. La pareja pasó un fin de semana tranquilo en el campo, y luego viajaron de luna de miel a Venecia.

Venecia era una página de brillante colorido en un libro de historia medieval, una mágica ciudad flotante de canales y ciento veinte islas unidas por cuatrocientos puentes. Alan y Catherine llegaron al aeropuerto Marco Polo, cerca de Mestre, y tomaron una lancha hasta la terminal de la plaza de San Marcos. Se alojaron en el Royal Danieli, el viejo y hermoso hotel contiguo al Palacio de los Dux.

La suite que les asignaron era bellísima, con muebles antiguos, y daba al Gran Canal.

—¿Qué quieres que hagamos primero?

Catherine se le acercó y lo rodeó con sus brazos.

—Adivina.

Deshicieron el equipaje más tarde.

Venecia fue como un bálsamo curativo, que ayudó a Catherine a olvidarse por completo de los horrores y pesadillas del pasado.

Salieron juntos a explorar. La plaza de San Marcos quedaba a pocas manzanas del hotel, pero siglos atrás en el tiempo. La iglesia de San Marcos era a la vez galería de arte y catedral, con sus paredes y techos adornados con asombrosos mosaicos y frescos.

Entraron en el Palacio de los Dux, recorrieron sus opulentas cámaras. Se detuvieron en el Puente de los Suspiros, que siglos antes los prisioneros cruzaban para ir al encuentro de la muerte.

Visitaron museos e iglesias en algunas islas cercanas. En Murano presenciaron el soplado del vidrio, y en Burano vieron cómo las mujeres bordaban encajes. Cogieron una lancha para ir a Torcello; allí cenaron en el hermoso jardín lleno de flores de Locanda Cipriani, que a Catherine le recordó el jardín del convento. Recordó también lo perdida que se sentía entonces. Miró a ese hombre tan querido que tenía enfrente y pensó: *Gracias, Dios mío.*

Mercerie era la principal arteria comercial, y allí encontraron tiendas fabulosas. Rubelli era famosa por las telas; Casella por los zapatos y Giacondo Cassini por las antigüedades. Cenaron en Quadri, en Al Graspo de Ua, y en El Bar de Harry. Subieron en góndolas y en los *sandoli,* más pequeños.

El viernes, poco antes de concluir su estancia, se presentó un aguacero repentino en medio de una violenta tormenta eléctrica.

Catherine y Alan corrieron a guarecerse en el hotel, y miraron llover desde la ventana.

—Lamento lo de la lluvia, señora Hamilton —dijo Alan—. Los folletos prometían un sol espléndido.

Catherine sonrió.

—¿Qué lluvia? Estoy tan contenta, mi amor.

En el cielo brillaron unos relámpagos, y segundos más tarde se oyó la explosión de los truenos. Otro sonido estalló dentro de la mente de Catherine: la explosión de la caldera.

—¿No es hoy cuando el jurado entrega su veredicto?

Alan vaciló antes de responder.

—Sí. Yo no te lo quería mencionar porque...

—No me hace daño, y quiero saberlo.

Él la miró un instante; luego asintió.

—De acuerdo.

Alan se dirigió a una radio que había en un rincón. Buscó en el dial la BBC, que estaba transmitiendo las noticias.

«... y el primer ministro ha presentado hoy su renuncia. El presidente tratará de formar un nuevo gobierno.» La transmisión se oía con muchas interferencias, y la voz se perdía por momentos.

—Es esta maldita tormenta —comentó Alan.

El sonido retornó.

«En Atenas, ha llegado a su fin el juicio a Constantin Demiris, y el jurado acaba de entregar su veredicto hace apenas unos instantes. Para sorpresa de todo el mundo, el veredicto...»

Ya no se oyó más.

—¿Cuál te parece que ha sido el veredicto, Alan?

Él la tomó en sus brazos.

—Depende de si crees o no en los finales felices.

XXXIV

EPÍLOGO

Cinco días antes de la fecha de inicio del juicio a Constantin Demiris, el vigilante abrió la puerta de su celda.

–Tiene visitas –dijo.

Demiris levantó la mirada. A excepción de su abogado, hasta aquel momento no le habían permitido visita alguna. No quiso demostrar ni la menor curiosidad. Aquellos hijos de puta lo trataban como a un preso común, y por eso no les iba a dar el gusto de demostrar emociones. Acompañó al funcionario hasta el pequeño locutorio.

–Pase.

Demiris entró y se detuvo. En una silla de ruedas vio a un anciano de pelo totalmente blanco. Su rostro era un horrible remiendo de tejido quemado color rojo y blanco. La comisura de los labios le había quedado hacia arriba, formando un espantoso rictus igual que una sonrisa. Demiris tardó un instante en darse cuenta de quién era.

–¡Dios santo! –exclamó, pálido.

–No soy un fantasma –sostuvo Napoleón Chotas. Su voz era un ronquido áspero–. Pasa, Costa.

Demiris recuperó la voz.

–El incendio...

–Salté por la ventana y me rompí la columna. El mayordomo consiguió alejarme antes de que llegaran los bomberos. No quise que te enteraras de que había salvado la vida. Estaba demasiado cansado para seguir peleando contigo.

—Pero... se encontró un cadáver.
—El de un sirviente mío.
Demiris tomó asiento.
—Me... alegro de que estés vivo —pronunció con voz débil.
—Debes estarlo, porque voy a salvarte la vida.
Demiris lo observó, cauteloso.
—¿Ah, sí?
—Sí. Pienso defenderte.
Demiris soltó una carcajada.
—León, después de tantos años, ¿me tomas por tonto? ¿Cómo se te ocurre que voy a poner mi suerte en tus manos?
—Porque soy el único que puede salvarte, Costa.
Constantin Demiris se puso de pie.
—No, gracias. —Se encaminó a la puerta.
—Hablé con Spyros Lambrou y lo convencí de que declare que estuvo contigo a la hora en que murió su hermana.
Demiris se detuvo y giró sobre sus talones.
—¿Por qué va a hacerlo?
Chotas se inclinó hacia adelante en su silla de ruedas.
—Porque lo persuadí de que apoderarse de toda tu fortuna sería una venganza mucho más dulce que enviarte a la muerte.
—No entiendo.
—Le aseguré que, si atestiguaba a tu favor, le cederías toda tu fortuna: tus barcos, tus empresas, todo lo que posees.
—¡Estás loco!
—¿Te lo parece? Piénsalo. Su testimonio puede salvarte. ¿Acaso tu fortuna tiene más valor para ti que tu propia vida?
Hubo un largo silencio. Demiris volvió a sentarse y lo miró con cara de desconfianza.
—¿Spyros está dispuesto a declarar que estuve con él a la hora en que murió Melina?
—Así es.
—¿Y a cambio pretende quedarse con...?
—Todo lo que tienes.

Demiris meneó la cabeza.

—Yo tendría que quedarme con...

—*Todo.* Quiere desplumarte por entero. Ésa sería su venganza.

Algo tenía intrigado a Demiris.

—¿Y esto a ti qué te reportaría, León?

Los labios del abogado formaron algo que quiso ser una sonrisa.

—Yo me quedo con todo.

—No te entiendo.

—Antes de que le transfieras la Corporación Helénica a Lambrou vas a ceder todos los bienes a una empresa nueva. Una compañía de mi propiedad.

—Y así Lambrou no recibiría nada.

Chotas se encogió de hombros.

—Siempre hay uno que gana y otro que pierde.

—¿Y él no sospechará nada?

—De la manera que pienso hacerlo, no.

—Si lo traicionas a él, ¿cómo sé que no harás lo mismo conmigo?

—Muy sencillo, mi estimado Costa. Estás protegido. Vamos a firmar un convenio por el cual la nueva empresa me pertenecerá sólo en caso de que te absuelvan. Si te condenan, no me toca nada.

Por primera vez Demiris sintió interés. Estudió con la mirada al abogado paralítico. *¿Sería capaz de perder deliberadamente el juicio y renunciar a cientos de millones de dólares sólo para vengarse de mí? No, no es tan tonto.*

—De acuerdo —dijo lentamente—. Acepto.

—Bien. Acabas de salvar tu vida, Costa.

He salvado mucho más que eso, pensó él, gozoso. *Tengo cien millones de dólares escondidos en un sitio donde nadie los puede encontrar.*

La reunión de Chotas con Spyros Lambrou había sido difícil. Lambrou casi lo echa de su oficina.

—¿Pretende que declare para salvarle la vida a ese monstruo? Váyase de aquí.

—Usted quiere vengarse, ¿no?

—Sí. Y lo voy a conseguir.

—¿Eso cree? Conoce muy bien a Costa, un hombre al que le importa más la fortuna que su vida. Si lo ejecutan, sufrirá apenas unos minutos, pero si usted logra humillarlo, si le saca todo lo que tiene y lo obliga a seguir viviendo sin dinero, le infligiría un castigo mucho mayor.

Lo que el abogado sostenía era cierto. Demiris era el hombre más codicioso que hubiera conocido jamás.

—¿Dice que está dispuesto a transferirme todos sus bienes?

—Todo. Su flota, la empresa, hasta la última compañía de su propiedad.

Era una tentación enorme.

—Déjeme pensarlo. —Lambrou lo miró salir en su silla de ruedas. *Pobre tipo,* pensó. *¿Qué aliciente tiene para seguir viviendo?*

A medianoche llamó por teléfono a Chotas.

—Ya me he decidido —dijo—. Trato hecho.

La prensa estaba enloquecida. No sólo se juzgaba a Constantin Demiris por el homicidio de su mujer sino que, además, lo defendía un hombre que había vuelto de entre los muertos, el prestigioso criminalista que, según se suponía, había fallecido en un siniestro.

El juicio tuvo lugar en la misma sala donde se había realizado el de Noelle Page y Larry Douglas. Sentado a la mesa de la defensa, Constantin Demiris parecía envuelto en un aura de invisibilidad. A su lado, Napoleón Chotas en su silla de ruedas. Por la otra parte, el fiscal en funciones Delma.

En ese momento, Delma se dirigía al jurado.

—Constantin Demiris es uno de los hombres más influyentes del mundo. Su enorme fortuna le concede numerosos privilegios. Pero hay uno que no tiene: el derecho a cometer un asesinato a sangre fría. Nadie tiene ese derecho. —Se volvió para mirar al acusado—. Esta fiscalía demostrará de manera irrefutable que Constantin Demiris es culpable de haber asesinado brutalmente a su esposa, que lo amaba. Cuando hayan terminado de escuchar las declaraciones, estoy seguro de que sólo podrán llegar a un veredicto: culpable de homicidio premeditado. —Regresó a su asiento.

El juez se dirigió a Chotas.

—¿Está preparada la defensa para presentar su exposición inicial?

—Sí, su Señoría. —Chotas se arrastró en su silla y fue a colocarse delante de los miembros del jurado. Pudo distinguir una expresión de lástima en sus rostros cuando trataban de no mirar su cara grotesca y su cuerpo lisiado—. A Constantin Demiris no se le juzga porque sea rico o poderoso. O quizá sea *debido a eso* que se le ha traído ante este tribunal. Los débiles siempre tratan de destronar a los poderosos, ¿verdad? Al señor Demiris puede culpárselo de ser rico y poderoso, pero algo voy a probar con absoluta certeza: que no es culpable de haber dado muerte a su mujer.

El juicio había comenzado.

El fiscal Delma interrogaba al teniente de policía Theophilos.

—¿Puede describir lo que vio cuando llegó a la casa de veraneo de Demiris, teniente?

—Mesas y sillas tiradas aquí y allá. Todo estaba revuelto.

—¿Daba la impresión de que hubiera habido un terrible forcejeo?

—Sí, señor. Como si hubieran entrado en la casa a robar.

—¿Encontró usted un cuchillo ensangrentado en el lugar del crimen?

—Sí, señor.

—¿Había en él huellas digitales?

—Así es.

—¿A quién pertenecían?

—A Constantin Demiris.

Los miembros del jurado se volvieron hacia el acusado.

—Cuando registraron la casa, ¿qué más encontraron?

—En el fondo de un armario hallamos un bañador ensangrentado, que tenía bordadas las iniciales de Demiris.

—¿Podría ser que ese bañador hubiese estado desde hacía tiempo en la casa?

—No, señor. Todavía estaba húmedo de agua de mar.

—Gracias.

Le tocó entonces el turno a Chotas.

—Teniente Theophilos, usted tuvo oportunidad de conversar personalmente con el reo, ¿verdad?

—Sí, señor.

—¿Cómo lo describiría físicamente?

—Bueno... —Miró hacia donde estaba Demiris—. Yo diría que es fornido.

—¿Le parece fuerte? Quiero decir, físicamente fuerte.

—Sí.

—No del tipo de hombre que necesitaría dejar patas arriba toda una habitación para matar a su mujer.

Delma se puso de pie.

—Protesto.

—Ha lugar. El defensor se abstendrá de orientar al testigo.

—Pido disculpas, su Señoría. —Chotas volvió a dirigirse al

teniente–. Al conversar con el señor Demiris, ¿lo consideró usted un hombre inteligente?

–Sí, señor. No creo que nadie pueda hacerse tan rico sin ser muy inteligente.

–Totalmente de acuerdo con usted, teniente. Y eso nos lleva a una interesante cuestión. ¿Le parece a usted que un hombre inteligente como él va a ser tan tonto de cometer un crimen y dejar en el lugar de los hechos un cuchillo con sus huellas digitales y un bañador con manchas de sangre? ¿No diría que eso no fue muy inteligente?

–Bueno, a veces la gente, al cometer un crimen durante un arrebato de pasión, hace cosas extrañas.

–La policía encontró un botón de la chaqueta que supuestamente vestía Demiris, ¿verdad?

–Sí, señor.

–Y ésa es una prueba clave contra el acusado. ¿La hipótesis policial es que su esposa se lo arrancó en el forcejeo cuando él intentaba matarla?

–Correcto.

–Así, tenemos a un hombre que acostumbra a vestir con corrección. Le arrancan un botón de la chaqueta, pero no se da cuenta. Vuelve a su casa con la chaqueta puesta y sigue sin notarlo. Después se la quita y la cuelga en el armario... y todavía no lo advierte. De ser cierto, mi defendido no sería sólo tonto sino también ciego.

El señor Katelanos, dueño de la agencia de investigación, se hallaba en el estrado y trataba de sacar el máximo provecho de su momento de gloria. Delma lo estaba interrogando.

–¿Es usted propietario de una agencia de detectives?

–Sí, señor.

–¿Es cierto que unos días antes de morir, la señora Demiris fue a verlo?

–Así es.

—¿Qué quería?

—Protección. Dijo que iba a divorciarse del marido, y que éste había amenazado con matarla.

Corrió un murmullo entre los espectadores.

—De modo que la señora estaba muy trastornada.

—Sí, sí. Mucho.

—¿Y contrató a su agencia para que la protegieran de su marido?

—Correcto.

—Es todo: Gracias. —Se volvió hacia Chotas—. Su testigo.

Chotas se acercó en su silla de ruedas hasta el banquillo de los testigos.

—Señor Katelanos, ¿cuánto hace que está en el negocio de la investigación privada?

—Casi quince años.

Chotas se mostró impresionado.

—Bueno, es mucho tiempo. Entonces debe de ser muy competente en su trabajo.

—Supongo que sí —respondió el testigo, modestamente.

—Me imagino que tendrá mucha experiencia en el trato con personas que tienen problemas.

—Por eso vienen a verme —se ufanó Katelanos.

—Y cuando la señora Demiris fue a verlo, ¿la notó un poquito perturbada o...?

—No, no. Estaba *muy* alterada. Podríamos decir, presa del pánico.

—Entiendo. Porque tenía miedo de que el marido la matara.

—Así es.

—Cuando esa señora se fue de su oficina, ¿cuántos hombres envió con ella? ¿Uno? ¿Dos?

—Bueno, no. No mandé a ninguno.

Chotas frunció el ceño.

—No entiendo. ¿Por qué no?

—Porque ella dijo que quería que comenzáramos el lunes.

Chotas lo miró desconcertado.

–Me está confundiendo, señor Katelanos. La mujer que fue a verlo, aterrada porque su marido intentaba matarla, ¿se marchó así, sin más, diciendo que no necesitaba protección hasta el lunes?

–Bueno... así fue.

–Yo me pregunto entonces –reflexionó el abogado– hasta qué punto estaba asustada la señora.

La criada de los Demiris se hallaba en el estrado.

–¿Oyó usted una conversación telefónica entre la señora Demiris y su esposo?

–Sí, señor.

–¿Podría relatar la conversación?

–Bueno, la señora le dijo a su marido que quería el divorcio, y él le contestó que no se lo iba a dar.

Delma miró al jurado.

–Entiendo. –Volvió a mirar a la testigo–. ¿Qué más oyó?

–El señor le pidió que se reuniera con él a las tres de la tarde en la casa de la playa, y que fuera sola.

–¿Especificó que debía ir sola?

–Sí. Y ella me dijo que si no estaba de vuelta a las seis, diera aviso a la policía.

Se produjo una reacción visible en el jurado cuando todos se volvieron para mirar al reo.

–No hay más preguntas. Su turno, señor Chotas.

El defensor se acercó al estrado en su silla de ruedas.

–Su nombre es Andrea, ¿verdad?

–Sí, señor. –La mujer trató de no mirar aquel rostro desfigurado, lleno de cicatrices.

–Andrea, dice usted que oyó a la señora Demiris decirle a su marido que iba a pedir el divorcio, y que él le contestó que no se lo iba a dar; y después, él le pidió que fuera sola a la casa de la playa, a las tres. ¿Correcto?

–Sí, señor.

–Recuerde que está bajo juramento, Andrea. Eso no es en absoluto lo que oyó.

–Sí, sí lo oí.

–¿Cuántos teléfonos hay en la habitación donde tuvo lugar la conversación?

–Uno solo.

Chotas acercó un poco más su silla.

–¿Y usted no estaba escuchando por otro teléfono?

–No, señor. Jamás haría eso.

–Entonces, la verdad es que sólo oyó lo que decía *la señora* Demiris. Por lo tanto, era imposible que oyera lo que decía su marido.

–Bueno, supongo...

–En una palabra, usted *no* oyó al señor Demiris amenazar a su esposa ni pedirle que fuera a la casa de veraneo, ni nada. Usted *se lo imaginó* todo a partir de lo que decía la señora.

Andrea parecía aturdida.

–Bueno, supongo que podría decirlo así.

–*Lo estoy diciendo así.* ¿Por qué se hallaba usted en la habitación cuando hablaba por teléfono la señora?

–Ella me pidió que le llevara un té.

–¿Y usted se lo llevó?

–Sí, señor.

–Y lo dejó sobre una mesa.

–Sí, señor.

–¿Por qué no se fue después?

–La señora me hizo señas de que me quedara.

–¿Ella quiso que usted oyera la conversación o lo que supuestamente fue una conversación?

–Supongo... que sí.

La voz del defensor fue como un latigazo.

–De modo que usted no sabe si ella estaba hablando con su marido o no hablaba con nadie. –Acercó un poco más su silla–. ¿No le parece raro que en medio de una conversación privada la señora la hiciera quedarse y escuchar? Sé que en mi casa, si estamos hablando algo íntimo, no les pedimos a los criados que escuchen. No. Yo le digo que esa conversación nunca se realizó. La señora Demiris no estaba hablando con nadie. Estaba tendiendo una trampa a su marido para que hoy, en esta sala, se lo juzgara con el riesgo de perder la vida. Pero Constantin Demiris no mató a su mujer. Las pruebas en su contra fueron dejadas expresamente, con mucho cuidado. Ningún hombre inteligente deja un reguero de pistas tan obvias que conducen a él. Y sea lo que sea Demiris, no se puede negar que es un hombre inteligente.

El juicio se alargó diez días más con acusaciones y refutaciones, y el testimonio de los peritos policiales y del médico forense. El consenso general era que tal vez Demiris fuese culpable.

Napoleón Chotas se guardó la bomba para el final, cuando puso a Spyros Lambrou en el banquillo de los testigos. Antes de empezar el juicio, Demiris había firmado un acta notarial por la cual transfería todos los bienes de la Corporación Helénica a Lambrou. Un día antes, dichos bienes habían sido cedidos secretamente a Napoleón Chotas, con la aclaración de que el convenio tendría vigencia sólo si Demiris resultaba absuelto en el juicio.

–Señor Lambrou. Usted y su cuñado, Constantin Demiris, no se llevaban bien, ¿verdad?

–No; en efecto.

–De hecho, no sería exagerado asegurar que se odiaban, ¿verdad?

Lambrou miró a Demiris.

–Creo que se queda corto en su afirmación.

–El día que desapareció su hermana, Demiris declaró a la policía que se hallaba lejos de la casa de veraneo. Más aún, que a las tres, hora en que se estima la muerte, estaba reunido con usted en Acrocorinth. Cuando la policía lo interrogó respecto de esa reunión, usted negó que se hubiera realizado.

—Es cierto.

—¿Por qué?

Meditó antes de responder. Luego habló en tono indignado:

—Demiris trataba muy mal a mi hermana. Constantemente la humillaba, y yo quería castigarlo. Como me necesitaba a mí de coartada, resolví no declarar en su favor.

—¿Y ahora?

—No puedo vivir más con la mentira. Tengo que confesar la verdad.

—Aquella tarde, ¿se reunió Constantin Demiris con usted en Acrocorinth?

—Sí. La verdad es que sí.

Se produjo un alboroto en la sala. Delma se puso de pie, con rostro demudado.

—Protesto, su Señoría.

—No ha lugar.

El fiscal volvió a sentarse. Demiris estaba inclinado hacia delante, con los ojos brillantes.

—Háblenos sobre esa reunión. ¿La había planeado usted?

—No. Fue idea de Melina. Nos engañó a los dos.

—Los engañó, ¿cómo?

—Me llamó por teléfono para decirme que su marido deseaba encontrarse conmigo en mi chalé para hablar de negocios. Después llamó a Demiris y le dijo que yo quería que nos reuniéramos allí. Cuando llegamos, no teníamos nada que decirnos.

—¿Y dicho encuentro se produjo a primera hora tarde, a la hora en que se estableció la muerte de su hermana?

—Así es.

—Acrocorinth queda a cuatro horas de viaje en coche de la casa de la playa. Hice comprobar este dato. —Chotas miraba al jurado–. De modo que es imposible que el señor Demiris estuviera en Acrocorinth a las tres y de regreso en Atenas antes de las siete. –Se volvió para dirigirse a Lambrou–. Está bajo juramento, señor Lambrou. Lo que acaba de relatar, ¿es la verdad?

–Sí. Que Dios me castigue si no lo es.

El jurado estuvo cuatro horas deliberando. Demiris los estudió con la mirada cuando regresaron a la sala. Se le veía pálido, nervioso. Chotas no miraba al jurado sino a su defendido. Demiris había perdido el aplomo y la arrogancia. Era un hombre que estaba haciendo frente a la muerte.

–¿El jurado ha llegado a un veredicto? –preguntó el juez.

–Sí, su Señoría. –El presidente mostró un papel que tenía en la mano.

–Que me lo traigan, por favor. –Un ujier se acercó al jurado, recogió el papel y se lo llevó al juez. Éste lo leyó y levantó la mirada–. El jurado declara que el acusado es inocente.

El desorden se adueñó de la sala. La gente se levantaba; algunos aplaudían; otros silbaban.

La expresión de Demiris era de éxtasis. Respiró hondo, se puso de pie y fue hasta donde estaba su abogado.

–Lo has conseguido –dijo–. Estoy en deuda contigo.

Chotas lo miró a los ojos.

–Ya no, porque ahora yo soy rico y tú eres pobre. Ven, vamos a celebrarlo.

Demiris empujó la silla de ruedas. Cruzaron en medio del gentío, pasaron frente a los periodistas y llegaron al aparcamiento. Chotas señaló un coche que estaba cerca de la entrada.

–Ése es mi coche.

Demiris lo llevó hasta la puerta.

–¿No tienes chófer?

—No lo necesito. Hice acondicionar el coche para poder conducirlo yo. Ayúdame a subir.

Demiris le abrió la puerta, lo levantó y lo sentó al volante. Plegó la silla y la puso en el asiento de atrás. Luego se sentó en el asiento contiguo.

—Sigues siendo el mejor abogado del mundo.

—Sí. —Puso la marcha y arrancó—. ¿Qué vas a hacer ahora, Costa?

Demiris midió su respuesta.

—Bueno, de alguna forma me arreglaré. —*Con cien millones de dólares, puedo reconstruir mi imperio.* Se rió—. Spyros se va a disgustar mucho cuando se dé cuenta de que lo estafaste.

—No puede hacer nada. El contrato que firmó le otorga una compañía que no tiene ningún valor.

Iban rumbo a la montaña. Demiris miró a su compañero mover las palancas que accionaban el acelerador y el freno.

—Te arreglas muy bien con esto.

—Uno aprende a hacer lo que necesita. —Subían por una carretera estrecha.

—¿Adónde vamos?

—Tengo una casita allá arriba. Vamos a brindar con champaña, y después llamaré un taxi para que te lleve de vuelta. ¿Sabes, Costa? Estuve pensando en todo lo que sucedió... la muerte de Noelle y Larry Douglas. Y del pobre Stavros. Ninguna se debió a un asunto de dinero, ¿no? —Se volvió para mirar a su acompañante—. Fue todo por odio. Por odio y amor. Tú amabas a Noelle.

—Sí. La amaba.

—Yo también. Eso no lo sabías, ¿verdad?

Demiris se sorprendió.

—No.

—Y sin embargo, contribuí a matarla. Eso nunca me lo he perdonado. ¿Tú te lo has perdonado?

—Se merecía el castigo que le tocó.

—Creo que a la larga, todos nos merecemos lo que nos

toca. Una cosa no te he contado, Costa. Ese incendio... desde aquella noche, he sentido dolores insoportables. Los médicos trataron de volver a componerme, pero no les salió bien. Quedé *demasiado* paralítico. –Movió una palanca que aceleró el coche. Tomaban velozmente curvas cerradas, y cada vez subían más. El mar Egeo se veía ya muy abajo.

–Precisamente, es tanto lo que sufro, que ya no tiene sentido seguir viviendo. –Volvió a empujar la palanca, y el coche avanzó a más velocidad.

–Ve más despacio. Corres demasiado...

–Así que he resuelto que tú y yo vamos a terminar juntos.

Demiris se volvió y lo miró horrorizado.

–¿Qué estás diciendo? Reduce, hombre, que nos vamos a matar.

–Así es. –Chotas volvió a mover la palanca.

–¡Estás loco! Eres rico. No quieres morir.

Los labios llenos de cicatrices formaron una horrenda imitación de sonrisa.

–No, no soy rico. ¿Sabes quién lo es? Tu amiga, la hermana Teresa. Doné todo tu dinero al convento de Janina.

Corrían hacia una curva sin visibilidad en la empinada carretera de montaña.

–¡Detén el coche! –gritó Demiris. Trató de apoderarse del volante, pero no pudo quitárselo a Chotas–. Te daré lo que quieras. ¡Para!

–Ya tengo todo lo que quiero.

Un segundo después se despeñaban por el precipicio. El coche cayó por la escarpada pendiente dando vueltas, en una elegante pirueta de muerte, hasta que al final se hundió en el mar. Se oyó una tremenda explosión; luego un silencio profundo, eterno.

Todo había terminado.

Título de la edición original: *Memories of Midnight*
Traducción del inglés: Raquel Albornoz
Foto de la sobrecubierta: Mario Vilar

Diseño: Emil Tröger

Círculo de Lectores, S.A.
Valencia 344, 08009 Barcelona
3 5 7 9 1 9 0 6 8 6 4 2

Depósito legal: B. 10799-1991
Fotocomposición: gama, s.a. Barcelona
Impresión y encuadernación: Printer industria gráfica, s.a.
N. II, Cuatro caminos s/n, 08620 Sant Vicenç dels Horts
Barcelona, 1991. Printed in Spain
ISBN 84-226-3618-2
N.º 29256